扮演着这一出戏的角色

进入了另一出戏的情境

歌德《亲合力》

歌德接着说：

"《亲合力》中没有一句是我没经历过的，
然而没有一句是这样经历的。"

爱克曼《歌德谈话录》

亲合

QIN HE

身体结合了，灵魂为何丧失亲合力？

刁斗——著

作家出版社

第一章 **他说：**

我们的关系呀，是医生与花生的关系，是护士与护膝的关系

………………………… *1* …………………………

第二章 **她说：**

结婚？那不给娶我的男人出难题嘛，我算姑娘还是孩子妈妈

………………… **37** …………………

第三章 **他说：**

我那些朋友要是看出来你是个骚货，会替我难过或笑话我

………………… **80** …………………

第四章 **她说：**

上帝为什么让我们活着？就是为了让我们想，为什么活着

………………… **116** …………………

第五章 **他说：**

弱小的狗，还是把你们这些强大的人整合成了同一种样子

………………… **160** …………………

第六章 **她说：**

你们带给我的危险让我上瘾，受伤害时，我都觉得那么享受

………………… **193** …………………

第七章 **他说：**

你愿意嫁给我吗？她说：我愿意……

………………… **233** …………………

第一章

他说：

…………………………… 我们的关系呀，

… 是医生与花生的关系，是护士与护膝的关系

报告席上的台湾人手势复杂。他大概有哑语功底，或练过魔术，或学过扒窃，或在乐队兼过指挥。他的手势偏于凌厉，但不无优雅，与他口齿的伶俐和语句的果断十分般配。他告诉台下听众，包括何上游这种，在电视机前听演讲的，红薯，也就是地瓜，是能让人长命百岁的极品食物。医学上已得到证实，他说，世界上，红肉消耗量最大的地区，就是癌症发病率最高的地区。他指出这点时做耳语状，左手成勺形拢在嘴边，尖厉的声音也柔和了，像中级领导训斥下属时，忽然看到上司走来。此人医生出身，号称世界级营养学专家，直立不动时，两肩略微参差，不在同一条水平线上。他一般不直立不动。什么叫红肉？他自问自答。红肉就是羊肉、牛肉、猪肉。他没提狗肉。或许像许多西方人一样，台湾人也把狗肉视为人肉，不入食谱，至少不公开摆上餐桌。台湾学步西方的历史比大陆长。何上游喜欢吃肉，包括狗肉。那个台湾人又说，方便面是什么？它是高油脂食物，是高热量食物，尤其是高磷食物，它的磷之高无与伦比，它没有纤维，多盐，多味精调料，完全符合癌症食品要求……他删减食谱时下手狠

1

辣，似乎除开地瓜等粗粮，除开鱼和水果蔬菜，什么都不能吃，连近些年人们营养概念中的黄金食品牛奶和鸡蛋，也成了冰毒摇头丸，需要打击取缔。他是个煽动性极强的饮食噩梦制造者。他说，他是本着学者的良知和正直这么干的。是他准备详述喝牛奶吃鸡蛋的害处时，一段广告插了进来。何上游暂时走出噩梦。

电视台正开始尊重观众。有些电视台，播广告时，已能在屏幕一角或一侧，标出这段广告将用时多少的字幕提示：本节广告还有一百一十八、一十五、一十三……秒，跳动的数字告诉何上游，他有近两分钟时间移情别恋，去另一频道看足球比赛。是中国队与越南队友谊赛的现场直播。他按一下遥控器。中国队恰好进了个球。这是中国队主场，比赛地点就在沈阳，在沈阳的浑南新区，在浑南新区的奥体中心。看台上，许多观众站起来，鼓掌欢呼又蹦又跳。何上游希望看到进球的慢镜回放。没看到。这时充满电视屏幕的，先是包括球场球员和看台观众的大远景，然后是撇开球场球员，只含看台观众的中近景，再然后，是四五个观众的特写镜头。摄像师另眼相看这几个群众演员组成的画面。这四五人里，两三个是陪衬的角色，真正的主角是一男一女，甚至，真正的主角只是那女的。何上游和摄像师一样，也另眼相看眼前的画面——是对那女主角另眼相看——但他们看重的，肯定不是同一种东西。人是同一个人，姿势是同一个姿势，区别在于他们的眼光，分别是审美的与功用的。那女主角穿一袭大红背带式连体长裙，这在视觉上已足够显眼，而她表情神态，更与所有球迷都不一样：她眼睛里的热烈与温柔，只该独属于初恋少女。她是少妇。少妇眼里的热与柔若投向球场，投向某个踢球的帅哥，投向杜威或者曲波，也没什么特别。明星制度之所以有效，理由之一，即是普通公众性幻想时，寄托对象与展览场所允许公开。此时红裙女主角的特别之处在于，她不把爱慕寄托在某个临时性的符号身上，展览幸福时，也

亲合

没寻求公共背景的人多势众为她壮胆打气。她的旁若无人，能标榜出她的爱慕和幸福的由衷与独立。她的目光，只投向她身边的人，那个特写镜头里的男主角；她的双臂，还亲昵懒散地，毫不做作而大大方方地，蛇一样环绕在男主角腰上。给人的感觉是，她倚靠他才能立足，他由她扶持才能站稳。男主角正摇晃着脑袋，面对球场大喊大叫，还试图跳脚。女主角对他的环抱有固定作用，他跳不起来，只能徒劳地抻拽身子，像弹簧没得到足够的拉力。

　　这一切上演的时间不足八秒，八秒以后，进球的慢镜回放占领了荧屏，取代了特写镜头中的男女主角，待回放结束，电视画面里，已是越南队的倒脚推进与中国队的严防死守。何上游把刚才探向电视的身体靠回床头。他有些遗憾，没看清特写镜头里的男主角。但有一点他能够肯定，那不是董建设。他盯着电视屏幕，期待摄像师把镜头再拉起来，摇过球场，扫过看台，重新推向红裙女子。也许，当千娇百媚的女主角再度走进他视野时，他将进一步确认，就像男主角不是董建设一样，女主角也不是——何上游跳下电视对面的双人床，走出卧室寻找泾泾。泾泾在厨房，他听得见她声音看不到她人。他伫立片刻，悄悄地，朝客厅一角的厨房靠去，选中个角度，透过门缝往里边看。泾泾上身着橘黄色围裙，绾住头顶倾斜发髻的，也是一条橘黄色发带。她站在水槽前，背对厨房门，边哼《两只蝴蝶》边择香菜。如果她面朝厨房门口，除开脸、双手、大腿下部，何上游看不到她身体主干。她身上围裙宽大，从脖子一直遮到腹股沟，连两条胳膊都盖得严实。何上游从后面看她。她是一片白，除了脖子腰上，有两根黄束带固定围裙，她身体的后部全裸露着。刚才从外面回来，她冲完淋浴直接下厨，没穿衣服。何上游的目光上下移动，最后在泾泾屁股上停留下来，准确地说，是停在她左屁股蛋上。那个左屁股蛋不比右屁股蛋更加饱满或者相反。那里有颗黑色痦子，像粒药丸，被压扁后，随意丢置在白底衬上。白色底衬浑圆滑腻，泛着金属的光泽。它还在。何上游松口气。他喉结一滚，干咽口唾沫，仿佛吞下一粒药丸，一粒被压扁的、随意丢置的、能安神静心的黑色药丸。他悄悄挪步，退回卧室，坐到床上，把注意力重新还给电视。电视里，中国队与越南队的徒劳往返很消耗药效，他把注意力交还给电视的努力也显得徒劳。泾泾，他再度来到卧室门口，大声喊，渭渭有条红裙子吗？他这声喊，似乎带着满腹的积怨。泾泾已经开始洗菜，哗哗的水声影响听力，她没觉察出他的怨气。什么？她关掉水龙头，来厨房门口，渭渭怎么了？我是说，何上游不看她，站在卧室门外回望电视，也缓和了口气，渭渭是不有条裙子，背带式的，大红色？如果何上游看她，看泾泾，看不到她左屁股蛋上黑色的痦子。泾泾正面朝向他时，身体隐蔽在橘黄色后边。红裙子？有呀，怎么了？没怎么，我是想，你要喜欢，也买一条，鲜亮，往人堆里一站特别扎眼，上电视都能抢来特写镜头。泾泾身形一闪离开厨房门口。小姑娘呀，大红大绿的。她闪得快，何上游视线迅速追踪，也没看到她的屁股，左右屁股蛋都没看到，更别提痦子了。何上游再回卧室，站着按遥控器，又调到台湾人讲营养那个频道。台湾人对牛奶和鸡蛋的抨击非常精彩，像说单口相声。何上游连不上已经中断的饮食噩梦。他捏着遥控器再出卧室，去厨房门口，然后回来再去，回来再去，一遍遍用视线射击泾泾的左屁股蛋，像个总打不中目标的末流狙击手固执地寄希望于下一次击发。有一次，他正发射目光的子弹，泾泾回头说，饿啦？马上好。他卡一下壳，忙上移目光看泾泾脸，问菜够不，说他想打个电话，让渭渭董建设一块来吃。我得跟建设再杀两盘，上礼拜他连胜我两个中盘。他说。泾泾说过来什么，董建设去上海昨天走的，渭渭也忙，今天加班，都没去我妈那儿，我自己陪何木和董伊玫玩了一天。停片刻，泾泾又小声说，我例假今天走了。排油烟机嗡嗡作响，何上游先没听清

　　　　　　　　　　　　　　　　　　　　　　　亲合

泾泾最后补了句什么，还不解地问谁走了，但马上，他回忆起了她的口形，就猜到了。他重回卧室，坐到床上，面朝电视。在性交这场足球赛中，例假是守门员，是进攻球员射门的最后防线。守门员在时，你可以或倒脚或佯攻，耐心找寻中鹄的机会；可守门员走了，你还不射门，参赛的诚意会让人怀疑。你还那么，何上游嘟哝道，活力四射。唔？泾泾正拾掇折叠饭桌，听他说话，直起身来，停止了动作。你说什么？哦，我说，何上游说，建设渭渭这两口子总那么忙，真是活力四射。

　　上床以后，他们像往日那样正面相对。不行，这晚上何上游神思恍惚，一与泾泾正面相对，就疑惑，焦虑，茫然，惶恐，还没等插入她的身体，就会突然想到什么，得急三火四地跪到一旁，把她推翻过来，至少侧拥起来，去看她左屁股蛋上的黑色瘩子。看完他会踏实一些，会歉疚地把泾泾放平摆好，再扑向她。但问题是，一把泾泾放平摆好，泾泾就又与他面对面了。泾泾的正面没有屁股，更没瘩子。何上游苦恼。疑惑焦虑茫然惶恐，像性欲一样也折磨人，甚至比性欲更折磨人。此时理性暂付阙如。何上游臣服于更折磨人的欲望，让性交变得困难重重。他再翻转泾泾，再看她屁股……药丸一样的黑色瘩子，始终在泾泾左屁股蛋上，泾泾仰躺时，何上游看不到它时，它在泾泾左屁股蛋上的实在属性也没动摇。但看不到它，何上游觉得，它便只有虚有的性质。这没办法。何上游不信任虚有只看重实在。虚有和实在分裂了他。他也知道，有种体位能两全齐美，能同时满足他的两种欲望：既看到泾泾屁股，又不影响性交，甚至会提升性交的形式主义乐趣。他排斥它。畜生才那样！有回泾泾要求那样，他愤怒地喊。后来他请泾泾原谅，说他自小就反感畜生的行径。他十九岁前在农村生活，了解畜生，更了解许多东西，比如贫穷和落后，愚昧和无知，卑微和低贱，是怎样把人变畜生的。我们是人，他说，人应该有

5

高级的享乐趣味与身体尊严。他像烙饼或煎鱼那样掀动泾泾。这一晚上，他司职厨师。

宋白波新居的客厅里，沙发后面，上端，正对着电视墙的那面墙上，居中位置，挂只枣红色木质相框，里边镶张黑白照片，十二寸大小。那面墙上再没别的。相框的显赫地位得到了突出，但也孤单。相框里的照片影像模糊，凑到近前才能看出，那些围在半张巨大椭圆形会议桌前的，是二十多个白种男人——再进一步细看，又能发现，其中之一是白人妇女。他们多数坐着，只有个别人站立或行走，行走者好像要走出画面，走向厕所。画面背景里没有厕所。那是居里夫人，玛丽·居里。宋白波对围在相框前的几个人讲解。她是二十四个人里唯一的女性。宋白波也是相框前几个人里唯一的女性。她的声音清脆明亮，斩钉截铁，如同照片远端一个站立者炯炯的目光。这人大家不觉陌生，若往他面相上再增加些岁数，在他生命之树的年轮上再多画出二三十道，就更熟稔了。他是阿尔伯特·爱因斯坦。年轻的爱因斯坦目光警觉，表情孤傲，透着股初涉世事的敏感与紧张；他年长后留在照片里的从容淡定，此时基本不见端倪。是他眼神中一以贯之的睿智光芒，将他的年轻与年长统一了起来。这是第一届索尔韦会议，宋白波说，当时世界上——主要是欧洲——物理学界的顶级精英，差不多都来了。宋白波居于男人圈子的中心位置，不光说话的口气像男人，举手投足也像男人，幅度大，有刚性，仿佛她就是照片里二十四分之一的居里夫人。居里夫人比她娴静。稍显疲惫的居里夫人靠近桌子，侧身而坐，立成锐角的左臂支着下颏，正与人悄声交谈什么。他们中，有三分之一已经或即将成为诺贝尔奖得主。宋白波眼镜后边的目光柔和起来，向艳羡甚至贪婪过渡。她读大学时学水利，毕业后直接进政府机关，没干过专业。诺贝尔奖没有过颁给水利工程师或机关

亲合

公务员的先例。宋白波说，这张照片，是路逊去比利时时，特意从布鲁塞尔的科学博物馆扫描回来送给她的，照片里的许多人，是她少女时代的崇拜偶像，现在也是她心目中的英雄。这是能斯特，这是普朗克，这是洛伦兹……宋白波介绍照片里的人，像给路逊介绍她朋友：这是封文福，这是马新奇，这是任小彤……路逊是个随和的男人，矮胖却敏捷，身上的关节特别灵活，好用得有些不可思议，仿佛是后塞入他体内的金属替代品。二十天后，他将成为宋白波的第二任丈夫。他们的新居，由他和宋白波联手打造，墙上这张照片，他应该看过不止百遍，还不算在布鲁塞尔，可此时，他像未婚妻那些第一次见到照片的朋友们一样，脸上也充满好奇的表情，依着女主人的意志看照片听介绍。这是金斯，这是卢瑟福，这是庞加莱，这是朗之万……宋白波点到一个留着八字胡的瘦高个时，课堂秩序受到了干扰。胡不归挤开众人包括宋白波，面颊几乎贴上照片。原本他在圈子外侧。保罗·朗之万？他问。宋白波的脸色转怒为喜。她想怒，是胡不归推拉听众影响她讲解，而喜，是胡不归的问话能够证明，他可能是她潜在的信息知音，是与她同属一个科学家崇拜团伙的秘密成员。她从胡不归的反馈中看到了自己喜的价值。你知道朗之万？就是他，抛了。她直接以英语发音提及"保罗"。他是最早对爱因斯坦相对论作出响应的人，又是皮埃尔·居里的学生和被监护人……哦，那我倒不知道。胡不归退出人圈，面露失望，好像对保罗·朗之万不太满意。别的男人利用胡不归这个打岔的机会，顺势解散，坐回沙发，抽烟喝水。相框前只剩下宋白波自己，更像讲台上站着的教师了。我只知道，胡不归说，他是居里夫人情人。胡说！宋白波没想到，胡不归是从这个角度与她结同伙做知音的。胡不归你的特长就是亵渎神圣，低级趣味。情人怎么就亵渎了，就低级了？胡不归耸肩装傻，模仿照片上那些白种人习惯使用的肢体语言。宋白波不理他，继续授课。她更改了授课内容。

朗之万我不敢说，你们男人我不敢说，但玛丽，她是纯洁的天使，是女性智慧与美的集大成者，她与皮埃尔，既是模范夫妻，更是科学伉俪，她怎么能有情人呢？更何况，你安给她的朗之万，还是她弟子。弟子呀，就像孩子……哎呀呀你真恶心，再往下我都没法说了。胡不归嘻嘻笑，对身旁的何上游说，她再说就得说乱伦这俩字了，可语言禁忌……何上游大声说，你住嘴吧！何上游的反应过于激烈，脸涨得通红。所有人都感到意外，包括宋白波。何上游自己也愣了。好在，对何上游的表现可以这样理解：这是在宋白波家，身边还有与大家并不熟悉的路逊，你胡不归不该败坏主人的兴致。

门铃响了。门铃解除了大伙的尴尬。进来的是凌霄叶芊芊。路逊问宋白波，要菜吗？宋白波说，还有孔国庆——算了不等了，上菜。路逊给饭店打电话，要事先订好的外卖。宋白波大声问封文福：文福，你读过爱因斯坦的《悼念玛丽·居里》吧？我觉得那篇文章比所有大作家写的同类文章都精彩。任小彤小声对马新奇说：老马，听说路逊不是离过两回是离过三回，白波是他第四个老婆。凌霄拍着浑圆的沙发背脊告诉叶芊芊：正宗的意大利货，五万八，哦，人民币。何上游和胡不归同时挤着嗓子打电话。不是他俩通话。是何上游看看表，打出去一个电话，没好气地说：你还没完呀完了赶紧回家别逛了；胡不归是刚拿起一个血淋淋的水蜜桃咬一口，听电话响，忙把桃子放回果盘，左右两手互相一抹，掏出手机，通过电波和声音，将水蜜桃糖分很高的浓甜汁液送了出去：哦，好的明白，知道了，亲一下。

楚厉王那会儿，有个平民叫卞和，在荆山脚下发现块璞玉，献给了厉王。据记载，厉王愚蠢，以玉为石，认为卞和欺骗他，砍去卞和一只左脚——我不认为这是厉王愚蠢，这只能说明他身边的专家不太

　　　　　　　　　　　　　　　　　　　　　　　　　　　　亲合

识货。厉王信专家而不信卞和，没什么不对。这是题外话，但题外话也值得思考，为什么世世代代的人都认为错在厉王——后来，武王即位，卞和再去献玉，武王他也认为那是石头，把卞和的右脚也砍掉了。再后来，文王即位，失去双足的卞和抱玉痛哭于荆山脚下，泪血涌流，天下感动。文王派人问：受砍脚之刑的人数不胜数，为什么唯独你悲痛不已？卞和答：我不是为脚被砍了才这样悲痛，我痛心的是，一块宝玉竟屡屡被认作普通石头。文王让人剖开璞玉，果然是美玉。于是，卞和被封为零阳侯，当上官了。封文福一边轻揉被打肿的脸，一边给菲菲讲上面的故事。菲菲打完他，火就灭了，听故事能心平气和，还不时伸出右手，在丈夫揉脸那只左手的背面温柔地揉搓。等于隔着封文福的手背揉封文福的肿脸。数分钟前，就是这只温柔的手，粗暴地在丈夫脸上制造了青肿。还疼不？你要说话不得劲就别讲了。这典故我知道，它说明了卞和忠诚，为了让美玉得见天日，他不惜失去双脚。我知道你对我好，从来都忍着我让着我……封文福说不是这意思。你想想，卞和是什么人？是个没根子没背景没战功没能力的人，作为普通百姓，能吃饱饭是最实惠的，那美玉，对他来说，有和没有有什么区别？可如果他献玉成功，就有可能得到奖赏，就可能升官发财封妻荫子。这么着他才连赌三把。从这个角度看，能说他丢了两脚代价很大吗？要我说，他便宜占大了。当然也有赌输的可能，可不赌，哪知输赢。菲菲说，也是哈，可那大王，他有了美玉能怎么样呢？她思路被故事情节吸引了过去。她摸摸自己项上的玉坠，又摸摸丈夫腿下的双脚。玉脚俱在。女人真蠢，封文福对何上游说，她们总会被表面的东西牵上歧路，而看不到表面后边，那个也许藏得一点都不深的另一样东西。他沮丧地挪开菲菲摸他的手，把一堂借助隐喻的哲理课，改成了通俗直白的故事会：卞和献玉的目的是改变命运，至于大王有了玉能怎么样，他才不操那个心呢。菲菲愣头愣脑地哦一声，等待下文。没下文了。她钻进厨房，手脚麻利地炒四个菜。每次打完封文福，她都会炒四个菜并备酒二两。不无犒劳的意思。好像丈夫挨打的日子属于年节，或者，丈夫挨打是对这个家庭做的贡献，值得赏赐。她节俭，平常不太让炒菜上桌，不许封文福在家喝酒。何上游说，行了文福，你这想法太病态了，怎么能让卞和当榜样呢？

这时候，马路对面传来争执声，并迅速有人围拢过去。那几个募集捐款的女孩子，和几个妇女吵了起来。距离稍远，女人们的叫喊声纠缠在一起，人好像也要往一块纠缠。又分开了。人分开了声音没分开。何上游和封文福停止说话，往那边看。听不清她们吵些什么，只能猜。他们已经猜过她们，是猜过那几个募捐女孩，不包括后来出现的妇女。一小时前，他俩路经马路对面，走向这片杨树稀疏的街边绿地，何上游边走边欣赏封文福脸上的青肿：又怎么了。他的意思，不是问这脸怎么弄的，是问菲菲为何扇他。所有夫妻间都有隐私，比如做爱或吵架，都不宜于公示给外人，但外人通过想象能判断出，既然是夫妻，就一定会做爱和吵架。许多封闭的隐私更是公开的隐私。而部分夫妻间，在公开隐私的覆盖之下，又有秘密隐私，就像某些人的某种疾病，本人不说，外人凭想象难以知悉。何上游生过阴虱，算性病的一种，那是一次热恋失败以后，他唯一一次嫖娼得到的馈赠——他不认为自己武断，坚持把妓女视为阴虱的源头。那天他也去过公共浴池。那是他曾有过的秘密疾病。那几天，许多小小的黑色寄生虫蠕动在他阴毛里，而内裤边角，还有更小的乳白色虱卵密密麻麻。为消灭它们，他设计过两套方案，一是自杀，一是就医。权衡利弊后他选择了后者。他剃净阴毛，勤换内裤，每天数次往阴部涂抹一种淡黄色药水。他坚持了一周。第一次会见泾泾渭渭两姐妹时，新生的阴毛正苗壮成长，雨后春笋般钻出他耻骨部位的皮肤表层。那些短茬在成熟之前，坚硬如松针，并不像柔软的玉米缨子。当时，他坐在床沿，时

亲合

不时地扭动身体，他导师的妻子，也就是介绍人，悄声提醒他不要坐没坐相。导师妻子与妈妈同龄。可面对亲妈，他也不能解释他阴部瘙痒到了什么程度。客人走后，他褪去裤子，一气挠了十几分钟。抓痒很舒服，恋爱也是。但那之后，他没为享受抓痒的舒服再得阴虱，也没为享受恋爱的舒服，在泾泾之外，再对其他女人投怀送抱。曾经的阴虱是一套程序，为他在身体与疾病间，也在道德与非道德间，建立了一个敏感度超强的应激机制。他可以让别人知道他的应激反应常常过激，但他生成这一机制的秘密缘由，则从不允许别人窥破。本来，封文福菲菲这对夫妻间的秘密隐私之一，即菲菲经常扇封文福耳光这一暴力内幕，也一直是封文福菲菲藏匿的阴虱，没外人知道。外人若看到封文福脸上隐约的青肿，都相信他们夫妻同样的解释：封文福患有一种不至于让人羞于出口的疾病，食物过敏，有时吃馒头都反应不适。这是事实，结婚前封文福的面庞就间或青紫，像一只茄子。何上游没见过结婚前的封文福，没法区别封文福彼时的茄子脸与此时的茄子脸有何不同。五年前他们一见如故，成了比一般朋友更近的朋友，封文福就接受了友谊的稀释软化，没忍住，把躲藏在恩爱夫妻华服美裳后边的家庭暴力的阴虱暴露了出来。何上游忍住了，他只吸收友谊的营养，对其中毒素的传染进行了抵御。多开诚布公，他也没暴露过曾活跃在自己裤裆里的真正的阴虱。她怎么能这样？最初分享封文福的家庭秘密，何上游满腔义愤，她这样做，是让你的家庭成为藏匿阴虱的不洁的裤裆。封文福被这个冷僻的比喻震得发呆，干吧嗒嘴没有回言。你应该以牙还牙以眼还眼，何上游建议，士可杀不可辱。打老婆？封文福这回缓过劲了，以一个干脆的反问句否定了朋友，他看向何上游的眼神也有了失望，好像他一下发现，原来自己精选的朋友并非君子而是粗汉。何上游意识到了这点，为朋友怀疑他的君子本质感到委屈。他得抹去他的粗汉痕迹。如果离婚，何上游试探着说，你净身出户，多年夫妻了，财产都给她。你是男人！他以为他这回不会受责备。可封文福一开口，他才知道，在封文福看来，离婚比打老婆更不君子。离婚？这怎么可能呢。我抛弃她她怎么办？他又把何上游逼进了死角，像菲菲打他时，总先逼得他无路可逃。何上游沉默一会儿，从死角寻找活路。他也知道，在菲菲的巴掌面前，封文福有路也不会逃。你不是慈善机构呀，何上游说，她知道离开你不行，就得对你好点。哈，封文福近乎快乐地说，她对我当然好了，她对我好的时候，远远多于打我的时候。这种推理方式，让何上游的思维难以跟进。那——何上游说，她要也不打你，岂不更好。封文福郑重地摇了摇头。如果她不打我，但给我戴绿帽子，或弄一堆穷亲戚烦我，或欺负我妈，或逼我当官挣钱指责我没出息，你说，哪个好？这种非此即彼的逻辑，让何上游彻底跟不上趟了，他几乎挣扎着说，我意思是，如果菲菲既不打你，也不给你戴绿帽子，也不欺负你妈和让穷亲戚烦你，还不对你挑三挑四乱提要求，总之吧，什么毛病都没有，光对你好，那不更好吗？封文福拍拍何上游肩膀，没再说话，好像刚挨完老婆打的是何上游，需要他安抚。何上游气馁了，避开封文福的茄子脸。他希望在他们以后的友谊中，能删除从裤裆里掏阴虱的节目。封文福舍不得这一保留节目。每回挨完打，都借着四盘炒菜二两白酒补给的养分，找何上游炫耀。像炫耀挨打，又像炫耀口头福。封文福每年挨打的次数，不多于国家的法定节日数，这保证了何上游走节庆程序时不会太烦。又怎么了？届时他只这么淡淡地关心一句，也就行了：不探讨打的行为，只谈论打的原因。刚才，封文福对何上游那个传统句式的回答是：与她们干的事有关。

　　女孩子有三个，站在两排居民楼之间的胡同口。她们目光茫然，神色疲惫，但充满一种机械的热情，对走过她们身边的何上游封文福拉拉扯扯。动作像妓女推销性交，表情不像，表情像售货员推销山寨

　　　　　　　　　　　　　　　　亲合

版的雷达浪琴欧米茄。洪水无情人有情华夏儿女献爱心；中国人民是一家战胜洪水靠大家；传统美德大发扬互助友爱捐钱忙……她们推销顺口溜。她们的顺口溜不光推销给何上游封文福，只要身边有人经过，她们就拉拉扯扯，同性亦然。她们身后的铁栅栏上，挂块红条幅，写着"抗洪救灾捐款献爱"八个大字，红条幅下，栅栏基座上，摆只圆形红募捐箱，上面写了四个小字，是面朝四方的同一个字："捐"。最近长江像往年一样，又发大水，国家领导也像往年一样，又指挥部署，除了派军人前往救灾，还动员百姓捐钱捐物。主要是捐钱，捐物的多是公司企业，个人捐物没人接收。百姓的特点是善良顺从爱凑热闹，一听领导发了号令，立即爽快地解囊掏钱，还自发地，为明星名人列财富榜，赞美出手阔绰的，指责抠抠搜搜的，以公众的舆论压力配合国家领导的动员号令。国家领导没为多钱算多多钱算少划过杠杠，只为有级别的公务人员定了标准，比如在沈阳的省直机关，正厅八百副厅六百正处四百副处二百一般干部一百……副省级以上干部是稀有物种，不属于普通人眼里的风光景致，老百姓不掌握他们的捐款标准。何上游和封文福都有自己的工作单位和捐款额度，不可能把钱花在非刀刃上，快步摆脱仨女孩时，他们没把爱心扔圆箱子里。他们边走边对视一眼，差不多同时地，就三个姑娘的花言巧语提出了质疑：借机骗钱吧；不是冒牌货？随即他们面色赧然，又主动否定了自己的判断。他们不习惯心思太恶。那么纯，顶多大学生没准才高中生，不会有假；也是，眼下非常时期，国难当头似的，成人也不好意思发国难财。说着话他们穿过马路，走进这片枯瘦的绿地，坐上一张还能坐人的长条椅子。长椅上下，散扔着至少三份报纸。显然，一两个或两三个报纸爱好者曾盘桓这里。叠过折过揉皱过的报纸以白色为主调，和周围肮脏的绿色不甚协调。报纸爱好者不是环保爱好者。何上游也没环保概念，一屁股就坐上了长椅；封文福利整，哈下腰，把地上报纸捡起来，与原本扔在长椅上的报纸码一码，摞一起，堆在两人中间。何上游说，她为捐款打你？她也太浑了。何上游顺手拿起一张报纸，看上面领导捐款的彩色照片。她不明白？说捐款自愿，但都是组织行为，你封文福能不捐吗？她以为咱是乡下农民下岗工人呀，我就不信她没捐。封文福看另一张报纸，那上的照片是滔滔洪水中，几个解放军在冲锋舟上救人。不是因为捐不捐，封文福说，是因为，我捐一千。一千？你捐一千？何上游声音高上去，又低下来。你也真是，太多了，菲菲那么节俭，你捐一千是割她肉呀——你们指标定那么高？问题就出在这儿，哦，我不是说出在一千上，封文福说，要规定一千，菲菲不能怪我，我要不按规定硬捐一千但没惹麻烦，菲菲骂我几句也能过去。她有爱心，一见到电视里的灾民就抹眼泪。可我——唉，我他妈赔了夫人又折兵啊。树叶遮出的暗影在封文福脸上跳跃，与上边的青肿混淆起来，模糊了他挨打的印迹。我明白了，你个一百档次的老百姓，比一把手捐得还多，让头头们不舒服了。操他妈的，要光不舒服……我一直没告诉你上游，还琢磨着到时给你惊喜呢。最近，他们打算给我个副处，都基本定了，可钱一捐出去，一天半的工夫呀，这事就吹了，他们说我是政治投机，心术不正……

　　马路对面的吵架声骤然而起，其声波的传输方式，相当于一把锯的拉扯，锐利、平直、重复，具有迅速剖开卞和之玉的那种力量。何上游和封文福往那边张望，然后，他们重新倾向于认为，三个募捐女孩确有问题。如果她们不是骗子，不是冒牌货，为什么她们吵架声不敢大于那几个妇女？为什么她们会狼狈地中止善举而让出胡同口这个募集捐款的黄金地段？尤其是，为什么她们容忍了那几个妇女没收她们募捐所得的强盗行径？那几个妇女，也是去胡同口募善款的。她们比她们出现得晚，但比她们正规。她们将一面飘拂的红旗插上栅栏基

　　　　　　　　　　　　　　　　　　　　　　亲合

座，绑上铁栅的条幅也不是一条而是两条，她们的募捐箱高大方正，模样和质地也更郑重，与电视上募捐的钱柜看不出区别。她们还有停在身边的倒骑驴作为装载辎重的交通工具。比较之下，三个女孩太业余了。那条褶哄哄皱巴巴的褪色条幅，只能算一条加宽加长的本命年软布腰带，而她们手边矮墩墩圆滚滚的临时募捐箱，如果没有红纸罩面，而是覆以土黄色或黑灰色，冲那大小和形状，也很难不让人把它看成腌菜贮米的家常坛子。她们也许真是天使，但简陋和寒酸，打印在她们身上的是魔鬼标记。笑贫不笑娼的效力无所不在。何上游和封文福默默无言，目送三个遭劫的姑娘落荒而去——她们也有交通工具，是戳在墙根的两辆自行车。破旧的自行车摇摇晃晃，冒失地穿行在宽阔街路的机动车道上，一辆驮红坛子红布带，另一辆驮没骑车的她们的伙伴。走吧？何上游收回目光说。走吧，封文福收回目光应。

他们起身，沿来路走。走出几步，封文福说等一下，又回到他们坐过的长椅前。把它们扔垃圾箱里。他是指报纸。封文福哈腰拾掇报纸，何上游注意到，包裹封文福屁股的牛仔裤松松垮垮，像卓别林穿的那条裤子。牛仔裤已经够瘦的了。上游！封文福忽然大叫，声音失真，把沉思的何上游吓了一跳。怎么了？何上游快步回返，往长椅前走。封文福直起身，手里摊开的报纸上有一沓钱——报纸的折痕说明，那钱原本由它包着。它混在报纸里，封文福说，这么多。何上游从报纸上拿起钱，数一遍。两千，他说，正好是你损失的一倍，交到柜上，菲菲能消气。他重新用报纸把钱包好，塞封文福手里，同时抱起椅子上的报纸。走。这怎么行上游，菲菲气早消了，再说她气不消我也不能把这不义之财当灭火器呀。何上游说，这怎么不义呢？这叫变废为宝。要不——交给谁？交她们吧。封文福的眼睛往马路对面溜。给她们当善款。胡扯，你怎么知道她们募捐不为吃喝嫖赌。只要这钱不是偷的抢的骗来的，就不脏。那咱们——封文福往何上游身边凑，像乞求什么。文福你别恶心我，何上游厉声说，你敢提平分咱们就断交！何上游抱着手里的报纸朝垃圾箱走。要不你当小金库吧，给自己买点营养品。上游，封文福没动，发出的声音哆哆嗦嗦，那这样吧，他像电影里的烈士临终前还惦记党费，咱们等到五点，五点了还没人来找，我就留下它。这时是三点半，距五点还有九十分钟。一场足球赛。

渭渭指责董建设搞突然袭击。她骑他身上，掐他脖子。看她恶狠狠的表情和龇牙咧嘴发力的样子，他应该死了至少昏了。他没死也没昏，还嘻嘻笑，一只手掰渭渭手，另一只手伸到渭渭腋下挠她痒痒。渭渭也笑，笑软了，半趴在董建设身上，像在家里的床上沙发上地毯上。身边有人来来去去。董伊玫喊，妈我带何木去那边玩。渭渭说去吧。泾泾起身，说我带你们去。渭渭制止泾泾。你别什么都不放心。泾泾顺从地重又坐下，坐回何上游躺在上面的白躺椅上。不许下水！她冲不远处的彩色海绵泡沫池喊。董伊玫和何木正在泡沫池里又喊又叫。那喊叫不像对泾泾叮嘱的回应。这家伙，不信任我。渭渭也从董建设身上翻下来，重新坐好，坐在董建设躺的白躺椅上，侧头，撅嘴，以受了很大委屈的口吻向泾泾和何上游诉苦。泾泾和何上游都说不可能别瞎猜。他们的安抚并不认真。泾泾的眼睛一直盯着远处的董伊玫何木，何上游则顺势挪挪身子，向渭渭董建设扭过头去。何上游这样调整姿势一举两得。首先，把面部表情交给说话人，会使他显得认真一点，好像他这个当姐夫的，的确愿意为他们评断是非主公道，也能弥补泾泾这个姐姐的心不在焉。其次，把头扭向渭渭董建设，他就不必再偷偷摸摸地，而可以光明正大地，细致观察渭渭屁股，准确地说，是观察渭渭的右半个屁股。不太理想。前一个堂皇的目的容易实现，后一个隐秘的目的难以达成。光明正大和偷偷摸摸没大区别，他还是无法从渭渭的右屁股蛋上看出什么。董建设的身体是他视线的屏障。怎么不能，你问他。渭渭用何上游看不见的屁股拱董建设。董建设说，玩笑嘛，是英俊的主意。那天一买完机票，我刚想给你发短信，他拉住我说，先不告诉家里几点回去，到时来个突然袭击，看看老婆守不守妇道。看看看看，心思多邪。渭渭又掐董建设脖子。我守妇道没？你抓住啥没？董建设躲，哎哎哎——我老婆那么精，哪能让我……错了错了，我老婆那么忠贞，那么纯洁，别说出门五天，出门五年我都放心。董建设半欠起身子，东一下西一下地吻渭渭腰背，像小兽面对大食物时，不知从哪儿下口。渭渭穿比基尼泳装。英俊两口子不住他妈家吗？还不放心？泾泾敷衍地说，不敷衍的目光仍射向远处。渭渭说，婆媳吵架，租个破房子搬出来了。哎，董建设腾地坐起来，闪渭渭一下，英俊的不放心还真有道理，他抓了现行！唔？其他三人都叫一声，齐看董建设，何上游是既看董建设又看渭渭的右屁股蛋。董建设已不再为渭渭的右屁股蛋当屏障了。那天晚上吧，我俩坐民航大巴到马路湾十点，英俊打车回家应该十点二十左右。董建设开始表情沉重，语调正经。其他三人知道，英俊是他最好的同事和朋友。悬念陡生。渭渭的右屁股蛋一闪之后，又离开了何上游视野。英俊到家后，怕影响老婆睡觉，自己拿钥匙开门。门反锁着。他只能又敲又喊。好一会儿后他老婆开门了，穿睡衣睡裤，身后站个男人衣衫不整。英俊气疯了，一巴掌打在老婆脸上，冲进厨房就拎菜刀。那男的叫，兄弟兄弟你误会了，听我解释。英俊说解释个屁，明摆着的事！男的再三拱手，说兄弟兄弟，我解释完你再砍也不迟呀。他说，不瞒你说兄弟，我确实是因为男女私情来你家的，可这是不得已。我情人住你家楼上，我去她家，不巧她丈夫回来了，我无路可逃，情急之下，才顺着窗外排水管爬你家来的。我已惊扰了你家弟妹，她正骂我呢，都怨我，实在对不起。至于你家弟妹，我都吓着她了，你就别埋怨她了。英俊将信将疑，问他老婆是这样吗，他老婆说是呀是呀你不问青红皂白就打我。那你——怎么反锁了门？他老婆说，你在家时门都反锁呀。那你——怎么这么慢？他老婆又说，我怕你误会嘛，想让他从窗户再爬回去，可他说他爬不动了，再爬会摔死。英俊一看错怪了老婆，挺过意不去，就摸摸他老婆脸扭头对那男的说，行了行了你滚吧！那男的道声谢谢匆匆走了。英俊关好门，想继续对老婆表示歉意，可一下又想起什么，左右开弓又打起来。他老婆边躲边叫：你怎么还打呀他都解释了！英俊喊：你们拿我当傻逼呀，这屋平房！没楼上也没下水管，窗户也有铁笼子封闭！董建设讲完，静场片刻，三个听者表情各异。泾泾惊讶：怎么会这样？怎么会这样？渭渭不屑：你信他？这坏蛋，变着法地埋汰英俊。何上游微笑：建设你这段子我好几年前就听过了。董建设大笑，指着游泳池说，好了下去游一会儿吧。两个女人去招呼孩子，两个男人跳进水里。下水前，何上游的目光没好意思多追随一会儿两姐妹的屁股。

　　他们在标为两米的深水区游。董建设水性好，五十米一个来回，游第二个来回时，就落何上游二十五米，半圈。如果差距只两米五，何上游还能再游下去。能否追上是另一回事。有限的差距不会让人气馁，还有可能成为动力。二十五米则太长了，容易泄掉竞争的勇气，亦会拖垮参与的热情。何上游独自爬上池沿，打量一路蝶式起伏的董建设。即使前些天他没去上海，就在沈阳，他也不像电视特写镜头里球场观众席上渭渭身边的男主角呀。何上游的心跳加快了速度。不是游泳累的，游两圈泳所耗的气力已经恢复。建设，我想提个建议——是突然涌到嘴边的话，引发了他心脏的剧烈跳动，你得，注意点渭渭……他急忙伸手把嘴捂住。他的嘴没发出声音，用不着捂，即便出声了，起伏在水里的董建设也听不到。他捂了，捂住了仍不放心，还转身往浅水区另一侧的儿童池走。儿童池离董建设远

亲合

自成格局的儿童池呈菱形，中间立一座有三条滑道的水上滑梯，泾泾渭渭正陪董伊玫何木溜滑梯玩。儿童池的水比游泳池中浅水区的水还浅，顶多没过成人膝盖。儿童池里的成人都是女成人，为照顾孩子，基本弯腰站在水里。何上游慢慢蹚到池边。他的眼前全是屁股，是些撅着的、拧来扭去的、肥瘦不均圆扁各异的、在窄小单薄的泳装下半遮半掩的女人的屁股。也有乳房，因哈着身子而半袒半露的女人乳房，大大小小形形色色。也有别的男人看儿童池，偷偷摸摸，躲躲闪闪。他们可能也是池中孩子的父亲，但他们看的，估计不是孩子，而是孩子妈妈，是孩子妈妈的屁股和乳房，并且不是自己孩子妈妈的屁股乳房。何上游不注意乳房，只关心屁股。他比其他男人看得磊落。他只看自己孩子妈妈的屁股，多看的一个屁股，虽然属于另一个孩子的妈妈，但与自己孩子的妈妈，应该算是没有区别。那个孩子的妈妈，与自己孩子的妈妈出自同一枚受精卵，由同一条产道滑入人世时，只比自己孩子的妈妈晚几分钟。泾泾注意到丈夫的目光，使劲摆手，说你玩你的去。她意思是，你这种样子太现眼了，她意思还包括，想看的话，你也应该像其他男人那样，含蓄点，委婉点，装成凝神的思想者而不是直勾勾的窥视者。渭渭也凑过来。不用比，这里你老婆身材最好。何上游冲儿童池里的一对姐妹笑一笑，退向远处。

　　儿童池里，泾泾身材的确最好，渭渭也最好，她们并列最好。相像相似相同相当，让她俩没有比较余地。除了身材，她们脸形、五官、笑容、仪态，也都为比较取消了可操作性。双胞胎是生命奇迹的通俗化注脚。何上游相过好几回亲，能对泾泾一见钟情，很难说与她的双胞胎身份没有关系。世上有了两片相同的树叶，并且只有两片，在这种情况下，占有其中的一片，就像把另一片也占有了。如果占有一百片相同树叶中的一片，也会有同时占有另外九十九片的感觉吗？恐怕不会。首次见面，这对姐妹同时出现，恶作剧似的，从头饰到鞋袜，两人装扮得一模一样。作为一个幽默的妇女，导师妻子这样说道：妹妹已经结婚半年，你只能选择姐姐，你猜吧，哪个是姐姐。何上游没猜。一小时的会面过程中，他把窘迫、羞涩、聪慧、文雅，均匀地分配给一对姐妹。她们各得二分之一，也是同享百分之百。他没说自己的猜测结果。他没有猜测结果，一忽认为那个提到爱迪生的、嗓音偏柔的是，一忽又认为那个除了江青不知道"四人帮"还有谁的、嗓音偏媚的是。一小时后，两姐妹离去，何上游对导师妻子说，哪个是姐姐他都同意。后来他再没见过两姐妹的恶作剧打扮，也就不用费猜想了。泾泾成了他妻子后，有一天，打量着她赤裸的身体，他突然问，泾泾，如果你和渭渭再穿成一样，都不说话，不用眼神示意我，我该怎么认出你呢？提问时，何上游脸上略带恐慌。他的恐慌不够真实，像掩饰兴奋。泾泾渭渭，说话方式小有不同，一个偏柔，一个偏媚。那时泾泾还没当母亲，自己就是调皮的孩子。她撅起屁股，冲丈夫摇晃。看屁股呀，她说，渭渭屁股上也有个痦子，但在右边。何上游笑了。胡扯，我怎么能看渭渭屁股，那不成流氓了。他只喜欢在想象中占有两片相同的树叶。泾泾说，你是她姐夫，看她屁股有什么关系。何上游愣了。他的兴奋迅即消失，恐慌真实起来。此时的恐慌与先前的恐慌质地不同。他在泾泾屁股上掐了一把。你意思是，董建设也可以看你屁股？何上游下手重了，泾泾嗷的一声跳了起来，疼出了眼泪。何上游意识到了自己的过分，但还是等一会儿，才搂住泾泾，抚摸她左屁股蛋上扁黑的痦子。或者，他是为确认她的痦子才搂的她。触觉能传递歉意，更确保了证据的实实在在。这方式笨拙但很实用。妻子没被掉包。泾泾委屈地说，人家都说嘛，小姨子有半拉屁股是姐夫的，可没人说大姨姐有半拉屁股是妹夫的。

这时候，妹夫董建设正走过来，拎着泳帽泳镜对何上游说，差不多了吧。两人同时往儿童池看。两人的妻子，都把屁股撅向他们，如果不是一个穿红色比基尼一个穿碎花连体泳装，他们还真分不清哪个女人属于自己。距离也远，他们看不到两个女人屁股上扁圆的痦子。距离近他们也不可能看到，至少泾泾的没人能看到。泾泾的碎花连体泳装有圈裙摆，虽然短，遮掩她左屁股蛋上的痦子也绰绰有余；渭渭的比基尼泳裤倒小得过分，只能盖住阴毛臀沟，可泾泾说过，她们姐儿俩的痦子并不对称，渭渭的那枚，不长在右屁股蛋的中央部位，而是偏内，几乎长在屁股沟里。此时，那痦子很可能就隐藏在渭渭比基尼短裤的边沿下边，只要那短裤边沿不偏斜或内卷，那痦子就必然含而不露。这点何上游始终清楚。始终清楚还始终搜寻，不能说就是强迫症操纵了他。也不能说不是。董建设也始终犯了强迫症一样在搜寻泾泾的左屁股蛋吗？他希望渭渭没给董建设说过，泾泾屁股上也有痦子。他愿意自己妻子的隐秘体征只自己掌握。他也不反对了解渭渭的隐秘体征。可惜的是，还有一个男人，可能也了解渭渭的身体秘密。不是董建设。董建设是渭渭丈夫，有权知悉妻子的身体，何上游没有嫉妒的资格。他嫉妒另一个男人。一个看中越足球也能激动的末流球迷，不配了解渭渭的屁股！何上游也常被足球激动，亚洲的除外。

女护士与何上游面对面站着。她双眼放光，红唇湿润，不是那张灰白色条桌隔开他们，她就贴上他了，至少她高耸的胸脯能贴他手上。他手上捏一只柠檬色硬壳纸袋。何上游没故意靠近女护士，也没故意往前伸手。要实现与女护士的纸袋交接，他胳膊必须略微探出。此前，女护士把纸袋捧在胸前，很不情愿将它交出，仿佛那是她捡的钱包，而他是钱包主人，米索要钱包，尽管她必须物归原主，但难免有点恋恋不舍。何上游，女护士嘴里轻声叨念，像叫他，又像自言自语。唔？他视线从纸袋上"体检中心"这几个大字和"用科技管理健康用爱心呵护生命"这几个小字上抬了起来。什么？他不很确定她是不是叫他，试图打开纸袋的手指僵在胸前。难道里边装的是噩耗？哦，女护士从梦呓中醒来，你是，何上游？对呀，他说，我是何上游。那你，有弟弟吗？弟弟，有呀，怎么了？耶！女护士在喉咙深处欢呼一声，同时双臂往回一拢，似乎她敏感的双乳遭遇突袭，她得保护它们，又或者，她要夺回刚交给何上游的那只纸袋。她双臂的舞动，带起股微风，一种女人的气息弥漫开来。也可能不算女人的气息，只是某种化学制品挥发的味道。何上游边嗅边后退半步。你弟弟，女护士飞快地回了下头，扫一眼星散在这间屋子里的其他护士，挤着条桌使劲往前够，是演员不？演员？何上游这句不解的反问，只是脱口而出，早在女护士的问题提出之前，他已猜到她缘何激动。最近电视上，有个叫何下游的演员大红大紫，沈阳人，模样与何上游有几分相像。电视是中国公众的《新约全书》，电视红人就是使徒，关心使徒是教众的需要。已有不少人好奇地问过他了，何下游与他什么关系。何上游松口气，看来纸袋里潜伏的可能不是噩耗。不是，面对女护士诚恳的目光，他的愧疚也很诚恳，我弟弟，不是演员。他都想说对不起了。他想解释，他老家在朝阳山区，弟弟是农民，与他长得一点都不像，每回爸妈吵架，爸爸都指责妈妈不忠，而妈妈不忠的唯一证据，就是她二儿子不像她的丈夫，而她大儿子，与丈夫仿佛出自同一套模具。他没说。没必要。不是？女护士说，谦虚吧？不是谦虚，何上游继续诚恳，我弟弟不叫何下游，他叫——喊，不是呀……刚才先诚恳的女护士，不需要何上游效法她诚恳，更需要谎言，如果何上游骗她，说何下游确实是他弟弟，然后，再鄙薄她这个无聊的饭厮，她倒能挨顿打一样好受一些——虐恋之打在有些人是享受。何上游没鄙薄她，她没法好受，她就转而去鄙薄他。大部分人没平等概念，当不成爷爷就当孙子，或者反过来，当不成孙子就当爷爷。她不

22　　　　　　　　　　　　　　　　　　　　　　　　　亲合

再诚恳，重复"不是呀"时，口气像指责何上游是个骗子。那你叫这个名，她进一步指责何上游携带了三十七年的生命代码。何上游不高兴了。他不认为她做了她应做的工作，把纸袋给他，就有权对他人品和身份进行双重指责。他放弃了当女护士面打开纸袋，甚至就某个问题请教她的打算，转身离开了灰白色条桌。那你——女护士还心有不甘，在他身后又追问一句，和何下游，是什么关系？这回的女护士，把诚恳和鄙薄搅在了一起。哦，何上游停下脚步，回头看她，眼里也合并了诚恳与鄙薄，然后，像背标准答案一样飞快地说：我们的关系呀，是医生与花生的关系，是护士与护膝的关系。这确实是标准答案，且句型固定。自从何下游走红以来，何上游已多次操练过它，每回根据不同的提问对象，换一下答案中的名词也就行了。这标准答案由胡不归拟定。胡不归通过这个答案耍小聪明，既为帮他腔，又为开他心。有一次，被朋友们戏称为首长也的确是副师职军人首长的马新奇替女儿向他提这个问题，他刚想不耐烦地答句没关系，就听胡不归在一旁说，他们呀，是首长与手淫的关系，是马新奇与马铃薯的关系；又有一次，开北京吉普的建筑设计师凌霄也这么问，他直接扭脸看胡不归，把回话权利转让给他。胡不归乐于享用各种权利，就忙不迭地又说，他们呀，是吉普车与吉林省的关系，是设计与射精的关系。气得凌霄抢啤酒瓶，威胁着要砸胡不归脑袋。更多的时候，胡不归不在提问现场，何上游只能自己应对，借此进行组词练习。他语文基本功不是很好。他身后的女护士没反应过来他什么意思。你说什么？她大声问，声音中仍然不乏期待，你再说一遍……可她身后，女护士身后的其他女护士们，已一个个笑得枝摇花颤。

何上游没再重复他的俏皮话，在女护士们的笑声中拐下楼梯。没下几磴，意识到那些女护士已看不到他，他忙打开柠檬色大纸袋。一张爱克斯光片掉了出来，还有封面印有"体检报告"几个大字的一沓表格。他慌里慌张，差点念阿弥陀佛真主保佑"买够的"。他什么也没念。他没信仰，佛陀真主上帝都与他无关。很快，有信仰他也不用念了，表格上他能看明白的文字共同显示，他一切正常：谷丙转氨酶、尿酸、胆固醇、甘油三酯、总胆红素、白蛋白/球蛋白、血糖……爱克斯光片他看不明白，就没看，文字对爱克斯光片里的脏器有乐观的描述。晚上回家，他给泾泾看体检报告。看来没事，他留有余地说，即使有事，没检查出来咱也当没有。他暗示泾泾，上床后他们要好好做一场爱。泾泾连声叫太好了太好了。不是为做爱叫好，至少表面不是，表面她为医生和科学叫好。专家和技术也有失误的时候，她捧着那堆表格说，但我还是信赖医生和科学。她的表达略显夸张。何上游笑笑没揭穿她。泾泾从来都认为他没事，不看体检结果就那么认为，不用他去医院检查就那么认为，她反对他为健康设立过高的标准。他不认为他标准"过高"。他苦恼，为无法证明他不是草木皆兵感到苦恼。他不能自行把自己想象的疾病强加给医院的体检报告。他们好多天没亲近了。先是泾泾来月经，然后他们欲爱未成，再然后，他多日反省他的欲爱未成，主动质疑自己身体，最后，去医院体检并紧张地等待体检结果。单位的公费体检两年一次，这两年中，他一般自费体检两到三次。等待体检结果那一周里，他们可以做爱，但没做，他的理由是，他担心他罹患的疾病连累泾泾。泾泾表示不怕连累，他假装没听明白她的表白。现在行了。他都没看泾泾左屁股蛋，就趴到她身上。屋里只亮盏红玻璃罩地灯，在泾泾绛红色的躯体上投注些暗影，某种化学制品的气味飘浮在床上，仿佛由斑驳的暗影散发出来。何上游疑虑地嗅嗅鼻子。它不好闻，也不难闻，它最大的特点是混淆与中和——将白天的护士，将其他与他有过近距离接触的女人，将渭渭，混淆和中和为他身下的泾泾。她还是泾泾吗？何上游想破解自己的疑虑。来不及了，他的欲望正独立开他，自主攀升，不允许他在它退潮

亲 合

前琢磨别的。他就被动地兴奋，被动地加大动作幅度，还为呼应身体的动作，被动地叨念泾泾泾泾。这时候叫"泾泾泾泾"，不是呼唤，不是联络，不是打招呼，这时候的"泾泾泾泾"也不算名字，只是啊哦嗨嘿等感叹词语，不做回应不算失礼。这泾泾明白。以前他叫她，做爱时，像感叹啊哦嗨嘿那么叫她，她都不回应，或者，只以不太像回应的方式做出回应：喘息、呻吟、啜泣、尖叫。也不是每次都程式化地把喘息呻吟啜泣尖叫演示一遍。做爱不是做操，不必哪节哪段哪招哪式都规范合拍。她有时这样有时那样，这样和那样纠缠混杂。她从没像丈夫那样，于忘形之际呼喊名字：上游上游。何上游不反对她也把他名字当啊哦嗨嘿，是她主动不那么用。做爱时，没人事先设计台词，老调重弹是习惯使然。可这天，泾泾大概太过兴奋，破坏了习惯。何上游的感叹启发了她，她渴望以他的方式做出回应。就真那么回了。在喘息呻吟啜泣尖叫之外，她以他喊她名字的方式回应了他。这是一次错误的回应。她的错误，不在于她破坏习惯，在老调之外，弹响了啊哦嗨嘿式的回应之弦，而在于，她在啊哦嗨嘿替代词的选择上出了纰漏。她语文基本功比何上游更差。何上游后来说，那样的感叹是对爱情的亵渎，对纲常的污辱，对伦理的践踏，它暴露出的，是使用者本性上的淫猥、堕落、下贱、无耻。他几乎举手欲打泾泾。没打。泾泾还处于忘形之中，她忽略了何上游已撤离她身体，正用几乎打她脸的手捂自己嘴，以阻止行将到来的呕吐。可她，忘情的泾泾，仍然口齿不清地一遍遍回应：爸爸爸爸小爸爸呀……

疾病首先不是隐喻，是身体事实。身体是一个人存在的基础，基础动摇了，建筑在这个基础之上的人便会成为一个不断放大的空洞，由发烧放大为肺炎，由良性肿块放大为恶性肿瘤，由视神经疲劳放大为失明，由脚气放大为脚趾溃烂直至截肢……最后，无限的空洞将吞噬主体，取代主体，消灭主体。每回何上游发表类似见解，都没人搭茬，也搭不上茬。他见解一般只发表在心里。多数情况下，没人能确切知道他对许多问题怎么想的。聊天时，他也开口说话，但很少与众人交流。说话不总等同于交流。他不信任直觉信号的本能性指令。表达喜怒哀乐时，他愿意先对那信号过滤一下，再反射出来。这样的结果是，至少表面上，他的表达不那么到位：不太准确，不够坚定，不甚真实。他给人的感觉是没什么观点。他有观点，不光有观点，还心思缜密思维活跃。他在脑子里，常常召开圆桌会议，通过形式多样气氛热烈的主题辩论，完善充实他的观点。每当他的某个想法与他人相左，他都会迅即下达会议通知，将两个或三个或更多个何上游召集起来，围坐在他脑袋里的圆桌四周，彼此争执，互相驳难，去伪存真，最终定型他的想法。他的癖性是自己沟通自己，类似圣人三省吾身。他的内在癖性涂花了他的外在特点：有人认为他镇定，有人认为他麻木，有人认为他心地单纯，有人认为他城府太深。你是个不慎把钉子踩进脚掌的仪仗队员，有回玩扑克，胡不归插空拿他打趣，下半截都疼得钻心了，上半截还气宇轩昂。善于敲边鼓的任小彤摆了摆手，对这比喻做进一步发挥。他呀，是个拉了裤兜子的仪仗队员，别的队员都被熏乱了阵脚，连主席台上的领导都噘了鼻子，唔，哪儿来的臭味？只有他，还没事人一样正步走呢。何上游不呼应胡不归任小彤的俏皮话，没事人一样看封文福。封文福也不呼应胡不归任小彤，神色紧张地看手里的牌。每人手里都只剩三张牌了。何上游的计算先于他完成。你长考也没用，两张主落我一家了，抠定了。他把自己手中的三张牌亮到桌上。你一调我一管出张副你一毙，我总比你大，你Q调我A管你红桃2调我本2管；你把K毙出去吧，漏抠不着算便宜你。这是个双抠，封文福输得挺惨。此前一直何上游小输，只这一把，就翻本了。胡不归和任小彤也都小有进项。胡不归和任小彤再演双簧，看

　　　　　　　　　　　　　　　　　　　　　　　　亲合

看看看，上游这种沉着冷静，这种气定神闲，这种赢大钱而不忘形的风度，根本就不是普通凡人。何上游微笑。收钱找钱。拢牌洗牌。

早上一睁眼，就听到了窗外单调的雨声，或者，是雨声充当开启器，掀起了原本合着的眼皮。雨不大，但像面包屑糊进牙齿的缝隙，让感受它的人饱受折磨。屋里还黑，似乎没到起床时间。到了。八点了。这个季节，天光五点就已明亮。何上游扭头去看泾泾，没看着。他愣一下，才记起来，昨晚都洗完澡爬上床了，泾泾又下地穿好衣服，回了娘家，说看何木去。何上游有些惊讶，她竟彻夜未归，这简直就是公然的挑衅！以前泾泾受了委屈，抹抹眼泪就过去了，这也保证了结婚以来，没特殊情况，他夜夜都能搂着她睡。他们不夜夜做爱。不做爱还夜夜搂着，应该能说明一些问题。何上游坐起来，目光茫然地看泾泾枕头。与他的枕头一样，泾泾的枕头也暄软蓬松，绣着荷花。以前他没打量过它。以前，他自己的枕头他也没打量过。两个枕套两株荷花，一模一样，应该出自同一块机模。可似乎哪里又有不同。他的那株，润泽鲜嫩，好像孩子胖嘟嘟的小脸；泾泾的那株，狐媚妖冶，如同女人淫荡的阴户。这不可能。何上游使劲闭眼，再睁开，重新审视两株荷花。它们同样绣工精良，看不出差异。泾泾枕头上也有些压痕，困惑之后，他意识到，那是睡眠中，他不经意碰出来的。他警惕地看看周围，俯上去，闻闻。没闻到自己头发的味道，枕头上，充满的仍然是泾泾的气息——那种化学制品的馥郁气息，近来常常让他疑虑。他狗一样继续抽动鼻子，又闻泾泾的厚毛巾被。毛巾被也没特殊气味。他心有不甘。他踢开自己的毛巾被，抖开泾泾那条叠成方块的毛巾被裹自己身上，好一会儿后，捧到脸前重新闻嗅。这时候，他是魔术师，是表演放鸽子节目的魔术师，先把空鸽笼展示给观众，再用深色绒布将其盖住，而最终目的，是撤掉绒布打开笼门，把具体的鸽子从空无中放出。但他不是魔术师，更不是鸽子，他包裹过的自己还是自己。泾泾的毛巾被上没他体味，化学制品的气息依然馥郁。何上游赤裸的身上起了鸡皮疙瘩：如果有外人枕过她枕头盖过她被子，光靠鼻子辨不出来。据说，人类的嗅觉曾经发达，狗一样灵敏，后来退化了。进化提升人的一些能力，也抑制人的一些能力。有时候，进化退化是同一件事。还据说，借助某种科技手段，能检测出枕头上的毛发与被子上的皮屑。何上游没有科技手段，只能捧着泾泾的枕头和毛巾被默默发呆久久思索。这时他又是魔术师了，还更高级，不用往身上覆盖什么，他自己就不再是自己。他成了被魔术师用深色绒布遮掩过的鸽子中的一只，由于翅膀被做了手脚，即使冲出鸽笼，其飞翔半径，也不会大于剧场甚至舞台。他有些绝望，右手放到小肚子下面，报复性地抚弄自己。泾泾枕头与毛巾被上的另一种气息，那种出之于他想象的、不属于泾泾的雄性气息，对他进行意念催情。他的呼吸急促起来。在最后时刻他把手挪开。让自己接受雄性气息催情，这太荒唐了，雌性气息催情他都不为所动。想当年，别的同学通过手淫投机取巧，他却懂得如何以性欲为动力发展德智体。他相信手淫有害健康。他自控力过人。他的右手离开身体，拿起了手机。他得分出心思找别的事做。他做了，把一条短信打了出来：你在家吗？今天的计划有无改变？他没立刻按发送键，只把它存进草稿箱里。他紧张的情绪得到了缓解。

昨天晚上，泾泾洗澡时，她手机在床头柜上响了一下。是短信提示音。在台灯的直射光之外，暗红色手机斜斜地躺着，慵懒而暧昧，周身散发着性感的微光。何上游按下电视遥控器的静音键，侧耳听一会儿卫生间水声。他拿起手机，调出了短信：

领导到基层访贫问苦，送一穷老汉二百元钱。老汉下

　　　　　　　　　　　　　　　亲合

跪。领导说，大爷别这样，我就是您的亲儿子嘛。老汉的儿媳羞红了脸，悄声对领导说，你说话可要算数的噢。

发件人栏没显示人名，只有手机号。这说明，短信发送者与泾泾的联系不太密切。也有另一种可能，他们联系密切，但基于某种考虑，泾泾没把他/她名字存通讯录里。一个能随意发段子逗乐的人却不是经常联系的人，这不正常。何上游皱眉琢磨那段子，希望从中发现点什么，比如，其表面内容背后，是否有另有所指的密码信息。看不出来。他重看发件人栏里的电话号码。那串包含了三个"八"与三个"六"的数字仿佛在示威，健美运动员一样伸胳膊踢腿，异常醒目的"八"与"六"，似乎是它最值得炫耀的肌肉线条。何上游毫无根据地认为，这是男人的肌肉线条。他想了想，在那段子上增删字句，又让它原路返回来处：

　　（擅自小作修改，以求更合逻辑。惭愧！）领导到基层慰问一个独生子因公牺牲的穷苦老汉，送上二百元钱。老汉下跪。领导说，大爷别这样，从此以后，我就是您的亲儿子了。老汉的儿媳羞红了脸，悄声对领导说，你说话可要算数的噢。

作完回复，期待让何上游浑身燥热。他盼望那号码赶紧有反应。他没放下泾泾手机，好像下意识地，又浏览起手机里的其他短信，还看拨出的电话以及已接电话和未接电话。拨出电话以及已接电话未接电话不特别多，短信多，逐条看去挺花时间。泾泾洗完澡，洗完头，洗完刚换下的内衣内裤站到床边时，他的检查还没完毕。泾泾回屋前，他有时间把她手机放回原处。他都伸手放了，又缩回手，故意暴露了他的行为。他是君子不是小人。泾泾见他摆弄她手机，先没在乎，似乎还想就自己手机的性能或质量发表意见。她没发表。何上游的神色让她的不在乎变成了在乎。你——你检查我手机？她那样子，像有人指控她在纽约驾车肇事，可她没去过纽约，也不会开车。你是个谨慎的女人。何上游微微一笑。不过可惜呀，男人常常马虎粗疏。你什么意思？泾泾不快地夺过手机。我意思是，何上游慢慢背出"八"与"六"们，我想知道，这是谁的电话。泾泾看那段子，说她不知道那个号码。不像撒谎。何上游摇头，以层出不穷的推论证明泾泾撒谎。泾泾驳不倒那些推论，在何上游越来越激烈的指责声中，她穿上衣服要回娘家。理屈词穷了吧！何上游以胜利者的讥讽送妻子出门。家门之外夜色如漆。何上游想喊回泾泾，没喊。他估计十分钟后，一小时后，三小时后，她会主动回到他身边。十二小时过去了，她都没往回打个电话。

　　何上游下床洗漱穿衣吃饭。十点了，他站在窗口看外边的雨，同时把草稿箱里的短信发了出去。二十分钟后，他收到回复。这是漫长的二十分钟。好几次，他烦躁地拿起电话，想拨过去。没拨。收到的复信言简意赅：在家正常！就四个字，写二十分钟。何上游想骂街没骂出口。他文明；他也没权利指责对方。他攥把伞出屋，发现雨停了，脸色稍微好了一些。二十分钟的拖延，让他减去了带伞的负担。他回屋送伞。如果光送伞，开一下门就行，不用麻麻烦烦地脱鞋进屋，是他忽然想到什么，才脱鞋进屋的。他从书架上抽出本厚书。在出租车上，他把厚书举到眼前，看它封面。封面主体是张白种男人的头像照片，面色忧戚，满布沧桑，他看他时，他也看他，眼里射出雄性的气息。他避开他眼睛。他不好意思与一个散发着雄性气息的男人长久对视，尽管那男人在照片上。那男人下巴颏的下边写着书名：《狱中书简》，书名的下边，是"[捷]瓦茨拉夫·哈维尔著"一行小字，再下边是又一行小字:"崔卫平译"。何上游随意翻书,又随意在某一页上停止下来,他看到有句话下边划着红杠,那红杠均匀笔直,一点不随意:如果你在妓院工作了十年,却还将自己当作处女,这是不合适的。他想了想,抬起头,看车窗外缓缓闪过的街道与行人——主要看女行人。书没合上,他的手指,还留在"妓院""处女"那里充当书签。雨后的城市仿佛被洗过,干净、清新、富有生机,毛茸茸羞答答像初绽的花苞。那些往来的女人是城市的饰物,不论多大年龄,都处女一样娇嫩欲滴。一时之间,何上游恍然沉入梦中。他旋即醒来。不对,这不是他对这座城市以及生活在这座城市中的女人的真实印象。他来这里十八年了,他关注女人的历史也同样长,他知道,轻巧地踏过路上积水的那些婷婷女人大都不是处女,即使她们才十八岁,即使她们从未接纳过男人,她们也早成了荡妇,至少是荡妇的梯队成员。这没办法,这与她们愿不愿意没有关系。她们呼吸的空气和沐浴的光照,她们吃的饭和喝的水,她们听到的话语声音和看到的文字图像,所具备的功能只有一项,就是把她们哺育成婊子。何上游在心里咬牙切齿。他知道自己不厚道了,但不认为责任在他。不论一场晨雨如何精细地洗涤妓院,也改变不了妓院的本质,经过遮蔽和粉饰的肮脏,仍然是肮脏而不会是别的。何上游为他能看清这个城市和这个城市里的女人的本质感到骄傲,同时也惶惑。他下意识地叨念了一声,说是不合适。他的头又低向《狱中书简》,似乎想与散发着雄性气息的哈维尔交流一下,监狱,妓院,城市,它们之间有什么区别。唔?司机通过后视镜愣愣地看他,到了?出租车减速靠向路边。没到,何上游应该这么告诉司机,过下一个红绿灯才到。但他说对,停吧。他担心继续前行,司机会问,那你刚才说句什么?他无法解释,他自己也不知道他想说什么。反正不合适。他不能这么回答司机。

　　下一个红绿灯在一站地开外,步行几分钟也就到了。很快,一片银灰色住宅小区，墓碑般挡住了他的去路。小区名叫泰山花园，迎门处，立着一座"巍峨"的"泰山"，比普通坟包大三至五倍，冬天有冰雪包裹的时候，会再大些。何上游熟悉这里，像熟悉自己住的长江花园。长江花园有条"蜿蜒"的"长江"，其规模，比火车站男公厕的大号槽形小便池宽五至七倍，长十一至十三倍，五一到十一蓄半池死水——前两个月是清水，后三个月是黄汤。何上游没门卡，随出入园区的人混进院内，绕过"泰山"，直走左拐再直走再左拐，来到二十三号楼三单元门前。有人在搬大件东西，老绿色的单元防盗门四敞大开，半截红砖卡门槛上。不用按对讲器了。何上游钻进楼门按开电梯，上七楼，下电梯，敲一号室门。他担心室内电视声或音响声大，会将敲门声吸纳干净，就没用指关节叩门，而是用手掌拍门：不归，开门！不归，我来了！寂静无声。电视和音响也无声无息。屋里没人？何上游茫然。胡不归家怎么会没人？他短信回得迟，但四个字里包括了"在家"，也就是说，即使后边没缀"正常"，这天的牌局改日子了，他在家的事实也改不了。牌局"正常"的开始时间，应该是一点，现在十一点不到。也许胡不归回完短信，临时有事又出去了，一会儿再回来？可胡不归从来都是畏光的老鼠，憋得长痱子了都懒得出屋，现在逢上玩牌的日子，又赶上满街是雨后的积水，他怎么能不老老实实守在家里呢？何上游又把手伸向门板。他拍响了门板，也恍然醒来。可来不及收手了，门板发出了更大的声音。他想转身离开，或打个电话。胡不归声音已传了出来。上游？操，这么早，等一下。何上游唔一声，仍然转身，往电梯口走。电梯由一楼往七楼升时，一号室门开了。先是胡不归探头张望。他上身光膀子，下边穿三角裤。走廊里除了何上游再没别人。胡不归没理何上游，冲身后招手。他身后，一个女人显形现身，匆匆出来，都没看何上游一眼，就自顾踩着高跟鞋零乱的节奏下了楼梯。她舍弃了便捷的电梯。一切发生在转瞬

　　　　　　　　　　　　　　　亲合

之间。何上游见走不掉，已飞快地把右手的书交给左手。他准备握
手。他以为胡不归会给他和那女人作个介绍。没这程序。胡不归做事
的程序总有悖于"正常"。他没看清那女人脸。既是没来得及看，也
是没好意思看。他只感觉，那女人个子挺高，肩背丰腴，牛仔裤里的
屁股圆大结实，下楼时，屁股那种有力的扭摆，好像不出于走路时大
腿的自然带动，而是迫于两股外力协调的推拉。他按上来的电梯到七
楼了。开门。等片刻。关门。唉，太不好意思太对不住了，一进屋，
何上游就连连道歉，我一猜到你屋里有人，都敲完门了；你也是的，
光天化日呀！屋里充斥着肉欲的气息，热烘烘的，酸叽叽的，能让人
联想到肌肤的研磨，以及湿漉漉黏糊糊的各类汁液。何上游走到窗
口，拉开窗帘，推开窗子。操，你也太早了。胡不归把双腿插向一条
花里胡哨的沙滩裤。我是，早点哈……还你书嘛。他把《狱中书简》
扔沙发上。胡不归忙捡起来，左翻右翻，像质检员落实验收工序，然
后拐进客厅北侧的书房。验收合格，《狱中书简》将回到书架上它
应在的位置。胡不归对书和女人同样精心，不允许一本没被阅读的书
随意放置，就像不允许身边的女人受到冷落。何上游把头扭向窗外，
使劲呼吸外面的空气。

　　外面，他视线前方，是对面楼的一排排阳台。他的观察先散点浏
览，但很快，他视线就被某个具体的阳台固定住了。那里活动着一个
女人。是她吗？是刚才他没看清面容的那个女人吗？身形挺像。她们
不会是同一个人，由胡不归家到对面阳台，这么快过去必须会飞。对
面阳台上的女人穿浅绿色睡裙，略长于屁股，她眼睛嘴巴都不算小，
与她粗壮的半截大腿甚是般配。她面前晃动着张开的雨伞，伞柄吊在
阳台上方的晾衣绳上，如果对伞柄忽略不计，光看那倒置的淡粉色雨
伞，可以将它比喻为一蓬植株过大又正值盛期的大丽花。女人相貌平
庸，也不年轻，正用白手巾擦拭伞布，动作细致神色专注。何上游心

里热了一下，他认为她美。很少有人对一把雨伞这么精心。对普通事物的细致与专注，有放大美感的积极力量。借口，这时胡不归已走出书房，也站到窗前，提前两小时为还本书？我可听文福说了，最近你总闹心。何上游支支吾吾，指着窗外转移话题。你那情人，是这位吗？胡不归向窗外探头。哈，真挺像。何上游说，别打马虎眼，就是。胡不归进厨房烧水。行呀行呀，你说是就是。那——何上游说，这女人可太一般了。是吗？胡不归说，张柏芝不一般，章子怡不一般，可她们跟我没有关系，就啥都不是；再说咱自己就一般人嘛，一般对一般，挺好。我看呀，你审美有问题。唔？哈，美是主观的，每个人对美的理解允许不同；相对于美我更看重真，看重独特。狡辩！何上游看一眼对面阳台。只剩了雨伞，他认为美的那个平庸女人不在那儿了。他略感遗憾。任小彤说得没错。他说什么？他说他见过你好几个女人，都一般化，他说你品位不高。是吗？品位是脸蛋身材和职业决定的？他和我喜欢的女人打过交道？哈，他那么认为我也不反对。我的女人不是放T台上供人看的，是我自己用的。你真粗俗，琴心那么文雅个人，怎么给你当老婆呢。嗨，兄弟呀，我可比你了解琴心，在床上，她最大的美德就是粗俗。怎么，泾泾床下天使床上也天使？何上游没话了。他本来说话就不太赶趟，对这种从裤裆里掏阴虱的话题，更接不上茬。他坐进沙发，拆开茶几上一副新扑克往外挑牌。泾泾在床上算天使吗？他想起了她在床上喊他爸爸。厚颜无耻！他在心里骂了一句，不知是骂泾泾还是骂胡不归，还是骂胡不归的妻子琴心。他与琴心只见过两回。琴心在北京做图书生意，很少回沈阳，一般都是隔两三个月，胡不归去北京看她。有一回，任小彤挤眉弄眼地问，不归呀，你让嫂子一个人在北京的花花世界里风流自在，不怕戴绿帽子？胡不归张嘴就来，你怕戴绿帽子？那你跟我可不一样；我一直认为，如今男人头上能弄顶绿帽子戴，比过去女人家门口

　　　　　　　　　　　　　　　　　　　亲合

树贞洁牌坊光荣多了。胡不归的说法含义不明，但谁都知道，再说下去，他还有无数歪理邪说。口齿伶俐的任小彤怕引火烧身，不继续挑衅。你说，隔一会儿，何上游迟疑地问，琴心要是在你身边，你还会不会找别的女人——哦，我知道，你俩感情好，般配，没矛盾。对吗？胡不归正给何上游倒茶，听他这么斟酌字句，便坏坏地笑。上游你一脸学术模样，我都不好意思开玩笑了。怎么说呢，找别的女人跟自己老婆好坏没关系吧？这是需要，哦，不同的人有不同的需要。这也不光是男人找女人的事，女人找男人同理，夫妻与男女有时两码事——别提道德那种酸词呀。何上游心虚，心慌，他担心胡不归看穿他提前两小时赴牌局的动机。但话说至此，等于箭上了弦，再不发射就错过了时机。我知道不归，你有不少女人，有婚外恋，哦，我不是说同时，是这么多年——我也没想打探你隐私，但我知道……你怎么了上游，关心起这个了。同时也没关系，打探隐私我也理解。你接着说。胡不归笑眯眯的目光柔和又狡黠，其间不无心满意足，仿佛何上游的问题是复读机，能让他重温曾经的快乐。他看着何上游的眼睛里没何上游，只有快乐。我想知道，何上游说，那些和你好过的女人，肯定不都是姑娘寡妇，有的人，应该有挺好的丈夫，过挺好的日子，而且，她们也知道你有老婆，和你结不成婚，可她们，为什么，还愿意担着惊吓冒着风险，和你，搞婚外恋呢……你别笑话我问得幼稚。真的不归，你要是个玩世不恭的花花公子，是个滥用权力的无德官员，是个花天酒地的粗鄙商人，我都没话可说。可我知道，你有时嘴上胡说八道，乱开玩笑，一副看破红尘的背德者嘴脸，可骨子里，我觉得，我们还是同一类人。咱们这些人能成朋友，都大体一样，都算仁义善良吧，知书达理，懂廉耻识好赖，有些责任感是非观，尊重别人也自珍自爱。可既然这样，你为什么，非往身上刻道德瑕疵——好我不提道德，我知道现在道德只是打人的石头。我就想问一句，你婚外恋，是因为爱情呢，还是因为欲望，还是因为别的什么……

　　他们说话期间，胡不归手机响过三次。两次短信提示音，一次来电振铃。第一个短信是凌霄发的，她说马新奇正开会，她替老马定了聚会地点并通知大家，胡不归回答我和上游都知道了。也同时收到凌霄短信的何上游没再回复。第二个短信是宋白波发的，她问胡不归有无霍金的《时间简史》，有的话，请晚上聚会时带去借她。胡不归回答有一定带去，还从书架上取下这本书，和门钥匙钱包放在一起。最后的电话是封文福打的，他声音沙哑，像只大皮靴使劲碾搓碎玻璃碴子。不归不归听到了吗？不归不归……操，不用喊，我能听清，是你那边又吵又叫的。你在哪儿不归？你快快来快来沈河公安分局……分局？你怎么了文福？不是我我没事，你快来吧我还得给老马国庆上游打电话呢哦你给他们打吧我这儿忙你们快点过来就行……好的上游在我这儿，国庆那儿我马上打，老马开会……可你到底怎么回事？不是我是小彤，小彤死了，被人砍死了！电话断了。胡不归赶紧穿衣服，让何上游给孔国庆打电话给马新奇发短信。刚才封文福说的话，何上游在旁边也听到了，他一边在手机里搜索号码，一边声音发颤地问：小彤死了？还被砍死的？那玩不成啦？他意思是，任小彤死了，大家得去处理后事，就玩不成扑克了。可让人听去，他好像说，任小彤死了，就三缺一了，扑克局就支不起来了；或者，如果任小彤有别的更为正常的死法，而不是暴死横死被砍死的，下午的扑克就还能玩上。他不是这意思。他们这群朋友，凑两锅牌局没有问题；另外，任小彤即使寿终正寝，他们也该去料理后事。胡不归知道何上游什么意思，没答复他。

第二章

她说：

············ 结婚？那不给娶我的男人出难题嘛，

···························· 我算姑娘还是孩子妈妈

在北京，如果人们对出租车司机说，去魏公村，或者，去魏公村路，或者，去为公桥，目的地大体是同一个地方。

魏公村或魏公村路或为公桥，指的都是海淀区中部，北京外国语大学、北京理工大学、北京舞蹈学院那一地域。那一地域名为魏公村的历史，已经不止两百年了。后来，近三十年前，那里拓展一条马路，东西走向，不特别宽，笔直悠长有纵深感，名字就叫魏公村路。再后来，近二十年前，魏公村路西口修了座桥，高大挺拔，威风凛然，南北走向，成为西三环上的一个环扣，名字却叫成为公桥了。按理说，不论怎么考虑问题，科学地称谓后来之桥，都应该是"魏公村桥"。不妨想想，在王府井地域建一座桥，不叫"王府井桥"，不叫"王府桥"，却叫"亡夫桥"，或者，命名南京长江大桥为"男精大桥"，武汉长江大桥为"捂汗大桥"，该多别扭。不喜欢"魏公村"的乡土味道，为魏公村地域的桥取名，叫个"红旗"或"战斗"，"自由"或"民主"，"强国"或"富民"，"长虹"或"彩练"，也强于"为公"。不是"为公"的意思不好，是在"魏公"的背景下"为公"，会有一种怪怪的感觉。三十年前为路命名的，和二十年前为桥命名的，可能不是同一个人——对有益无害而又约定俗成的东西，前者懂尊重，后者不买账。后者不愿因袭历史，改造、革新、再创，这是他对前者的态度，他态度里是否还有轻蔑背叛抛弃的意思，说不太好。有一点好说，肯定与文化修养知识储备等因素有关，后者跳不出前者窠臼，或者，后者对前者有所忌惮，不敢彻底改旗易帜，只敢试探地、暧昧地，甚至苟且地，通过减去一字再笔误一字的方式，以"为公"对"魏公村"或"魏公"进行模糊化处理。前者与后者，应该在同一职能部门任过领导，那一部门的领导即使是文盲，也拥有为魏公村地域公共设施命名的权力。也许，前者退休前，或调往他处前，对后者有过提拔之恩。这种猜测能说明些问题，但不重要。重要的是，这场地名混乱的制造者，即那个拥有为魏公村地域公共设施命名权力的后者，在玩这个并不高明的文字游戏时，看去只是在历史和传统的肋巴骨上挠几下痒痒，可达到的效果，却是往需要方位坐标作为识记参照的草民百姓腰眼子上捅了一刀。减一字的做法颇为可取：三字的"魏公桥"比四字的"魏公村桥"明快上口，"魏公"的意思也很文雅，与这周边的高等学府，还仿佛有些潜在的关联，若一并把"魏公村路"改成"魏公路"，都算得上是点石成金——在这个以"魏公"命名的大"村子"里，再有些冠名"魏公"的饭馆、酒店、小卖铺、大超市、百货商场……没准更好。但以"为"易"魏"，贻害甚大，它至少会让人觉得，破"四旧"的红卫兵正卷土重来。

这家网吧老板，履行工商注册、税务登记、文化管理部门备案等手续时，不知用了什么名字，是"魏公村网络超市"呢，还是"为公网络超市"？这家网吧如蛟龙摆尾，自北向西或由西而北，门市房弯成个拐把子形。在北拐把与西拐把的两个门上，分别写有两个名字：

亲合

魏公村网络超市；为公网络超市。它们看似两家实为一家。

现在，就像"魏公村路"和"为公桥"给网吧老板制造了不大不小的麻烦一样，"魏公村网络超市"和"为公网络超市"这两块牌匾，给她制造的麻烦也不小不大，在电话里，她几乎说不清楚她在哪儿了。她告诉对方，她在魏公——魏先生的村庄的网吧，又说这里也叫为公——服务公众或服务集体的网吧。她知道她把话说糊涂了，很焦急，就下意识地，用没拿电话的那只手抓挠头发。她垂肩的长发，丝绒般滑顺，此时被抓得有点散乱。她是用英语作的解释。如果对方懂汉语，又不较真儿，光理解"魏""为"的发音也就行了。对方不懂汉语，还较真儿。对方是个老太太，澳大利亚人，行政管理专家，临时来国家行政学院讲学，离网吧所在地并不太远。后来，她这样告诉他。他是帅哥，坐她身旁另一个档口，肩披黑皮夹克，颈系蓝格围巾，下着蓝牛仔裤，一直有一搭没一搭地关注着她。不是直白的关注，是友好、有分寸、替她着急的那种关注。也许我可以替你解释。他这样推荐自己。他接过她电话时手有点抖。她这才顾上看他一眼。他目光温和友善，像慈祥的哥哥帮笨拙的妹妹，没露出顺势抢夺手机的迹象。她只能信任他。他英语比她好多了，比有口音的澳大利亚行政管理专家说得还好。二十分钟后，她把材料送到网吧门口，朝魏公村路的北门口。他说。然后又说，其实你不必意译解释，专有名词呀，把"WEIGONG"的音读出来就行。她说谢谢，满脸羞涩，慌乱中进一步挠乱了头发。就是，我都蒙了。他很自然地拿下她放在头顶的手，替她捋一下头发。弄乱就不好看了。他笑望着她。她愣了，没躲。接下来他自我介绍，好像没留意她的愣神。我叫宁哲，北外英语专业的硕士生。他把学生证递给她看。小姑娘，听口音你老家也东北的？我老家鸡西，出煤的地方，在黑龙江。对她说话，他只使用过一次问句，还没有一定要她回答的意思。他没试图了解她什么。

这家网吧规模不小，有两层，像间中档酒楼，一楼是大堂，二楼一半大堂一半包房。他们恰好并肩坐在二楼大堂的一个角落，也有包房气氛。等澳大利亚行政管理专家的二十分钟里，他们聊天，上网成了捎带的事。宁哲没什么正事，一直浏览新闻，同时挂着QQ，偶尔给什么人打几个字；她有事可也忙得差不多了，她说，她要赶紧从信箱发走一篇文章，但那文章，需要添加澳大利亚行政管理专家即将送来的材料里的东西。我特别喜欢你这种气质的女孩，宁哲说，一会儿你把材料加文章里，发走后，我们一块吃午饭吧。

一小时后，她忙完了，他们像同学那样，进了一家回民饭馆。他们像认识了许久但交流不多的那种同学，又像同级不同系或同系不同级的那种同学。宁哲仍不相信她已参加工作。我要是没看到那个澳大利亚老太太给你送材料，只能认为你是高中生，他说，现在嘛，我可以认为你是个正参加毕业实习的大学生了。此前，利用某个适当的由头，他拉过她手并抚摸一下，还搂过她肩，这时又玩笑地，往前凑凑吻她一下。她嘴里正嚼一小截黄瓜，被他叼进自己嘴里，嚼几下，咽了下去。回民饭馆里没什么人，冷冷清清。

脏。

我不嫌。我喜欢你。举个粗俗点的例子行吗？

你说。

你拉出来的我也愿意吃。

真恶心。

真的，我对我女朋友都不这样，对你，不知为什么，一见如故，觉得我们是那种思想意识人生态度价值观都一样的人。你吧……

哼，小小年纪，这么情场老手。

嗨嗨嗨小姑娘，我再大几岁都够格给你当叔叔了！

做爱的问题摆上了桌面。宁哲先兴奋，后为难。他没钱去酒店开房，吃完饭，虽然只吃一顿简单的饭，也把开房的钱花进去了；去他宿舍，或找同学借间宿舍，他又不敢，他正热恋，怕有人向女朋友通风报信。他欲火中烧，却找不到一张合适的爱床。这回轮到他挠头皮了。她和他不一样。她不急不躁，置身事外，仿佛和他待在一起，任务就是欣赏他急躁。她没答应与他做爱，也没反对。做爱这种事比较特殊，除了嫖娼，一般不必公开讨论，肢体语言能代表意向。她也没反对他亲近她。她的意向，没他那么专一，可以视为怎样都行。在理智上，她更希望马上分手；可宁哲是个不错的小伙，她不讨厌他还挺喜欢，如果他不愿意分手，又找得到地方，与他做爱也不是不行。但她没义务付费开房，尽管，做爱的话，她也分享房间与床。宁哲也没要求她解决爱巢，只希望知道她住处的情况。她不搭茬，对自己的情况一概保密。她说就这样吧，有缘认识已经挺好，让我走吧。这样说时，他们相拥在一处墙角，能避开寒风径直的呼啸，而宁哲的手，已委婉地钻进她羽绒服里，在内衣胸罩外边摸她乳房。他的试探没有阻力，她没拒绝他触摸她肌肤，是他舍不得用凉手拔她。好了宁哲就这样吧……她的呢喃似有若无。宁哲不甘心就此罢休，以下体使劲顶她下体。顶着顶着，他停止下来，半抱半拖地拉她离开墙角，带她又回到那家网吧："魏公村网络超市"或"为公网络超市"。他登录QQ，拉好友名单，对一个名为田园将芜的男人头像点了两下。他自己的QQ名有些暧昧：向姐姐致意。

向姐姐致意是我，他解释道，有时候，我渴望成熟女人，你不会怪我吧？

为什么怪你？谁都喜欢成熟的人。

你真好。他低头吻她头发，让她看聊天记录。

时间表明，这是两小时前的一段对话：

向姐姐致意：你好田兄，好久不见了，还记得我吗？

　　田园将芜：当然了才子弟弟，上回你和我老婆通完那个英语电话，她一直说你发音好呢。哈，她比我对你印象更深。

　　向姐姐致意：代我谢谢嫂子。我很遗憾，我女朋友太固执。不能让田兄享用她，我也只能遥不可及地垂涎嫂子了。

　　田园将芜：哈，是挺无奈。可你别太难为你女朋友，她小，还放不开，等过一段长大了，没准就好了。我和我太太等你们。

　　向姐姐致意：田兄的兄长风范让我感动，替我吻吻嫂子。

　　田园将芜：好的她在我身边呢，她也吻你。

　　你什么意思？玩交换？让我，冒充你女朋友？

　　对不起对不起，可我是这意思。这田园将芜两口子好像生意人，四十左右，比咱穷学生经济条件好，找地方让咱俩独处一段时间没有问题。你放心，绝对安全，我和他们聊好多回了，他们都正派人，也是咱东北过来的。有一回，那男的还让女的和我通了个电话，女的说当老公面不好意思和我调情，是和我用英语聊的，可能，也是为考验我是不是真格学英语的……那天，她在电话里和我做在床上和她老公做，刺激死我了。

　　真恶心。

　　他们都正派人。我向你保证。

　　哼，你是什么人我都没数，你凭什么保证别人正不正派？

　　你看你，感觉呀，你得相信直觉……你是不觉得他们年龄太大？我主张试试，人这一生吧，如果自己有兴趣的事，又能经历到，不妨

　　　　　　　　　　　　　　　　　　　　　　　　　亲合

就⋯⋯

你常干这个？夫妻交换？

哪里，我女朋友反对，她保守，我都不敢正式跟她提。但我觉得你能响应我——我知道你是正派女孩，从你看人的眼神和说话的方式我就看得出来，我没有不尊重你的意思。你没真觉得这事很下流很无耻对吗？

我不知道。我不敢。

这事肯定有风险，但你得有判断能力。你应该看得出，我，田园将芜两口子，都和你一样，都是谨慎警觉的人，我们都不想惹什么麻烦。

这我倒感觉得到⋯⋯

不犹豫了好吗亲爱的？

要不，我们自己开房去吧？我有钱。刚才我没掏，是我不太想⋯⋯

不行，怎么能用你的钱呢。再说了，有这么一次交换机会，也千载难逢。咱们两对头一次见面，总得熟悉熟悉，我估计他们不能只开钟点房。这样跟他们交换完，他们一走，房间就是咱俩的了。多好呀！那两口子是好人，求求他们，他们肯定帮这个忙⋯⋯

那——宁哲，我就这么相信你了？

请相信我不会有问题！他们要是坏人，我拼死也会保护你，真的！

在QQ上，宁哲再次与田园将芜打招呼。没反应。他从手机上调出个号码，发短信。幸好这号码我没删掉。那天通完话，他们建议我删了它——哎，到现在为止我对你还一无所知呢，咱俩也得统一口径呀，别到时让人觉得我们刚认识。那不好，像骗人家。

你叫我——小红吧，别的，把你女朋友的基本情况放我身上就行。

并不需要知道什么，甚至名字，不知道也无妨。之所以得有个称呼，只为说话方便。他叫"老田"，她叫"嫂子"，她叫"小红"，四个人里，只有宁哲实名制了。没人问他人的个人情况，都小心翼翼，只在东拉西扯中揣度和判断。宁哲是例外。他主动让自己透明，像块玻璃又像盆清水。他再度展示学生证，还有意把自己的档案逐页翻开，从出生年月到家中父母，从学校师友到毕业打算，都顺带说了。他不像撒谎。老田和嫂子不笨，知道宁哲"自我牺牲"的意思何在，挺感动，心里很快就托底了——他们不知道，宁哲的表白，也为让小红心里托底。老田和嫂子也明白了宁哲的别的意思，这个，宁哲不暗示，他们也会如此办理：宾馆房间他们付费，但不住通宵——这是当然，任何玩夫妻交换的场所都危机四伏，真没住处他们也不愿在此多待，况且，八点钟他们得接放晚学的孩子。几个人里，老田小红都有东北口音，不重，宁哲嫂子都讲普通话，标准。没人在老乡这个话题上做什么文章。他们的约会地点，是北太平庄的冰与火酒吧，要的两瓶啤酒没喝完，老田和嫂子对两下目光，他先走了，几分钟后，他给嫂子打来电话，叫他们去附近的太平宾馆，113房。在这之前，在冰与火暗淡的车厢座里，他们以新的组合两两入座，宁哲和嫂子一边，老田和小红一边，说会儿话后，在桌子下边，他们同时开始摸索。是宁哲和老田摸摸索索。不是他俩互相摸索，他俩都是男人。是宁哲对嫂子摸摸索索，老田对小红摸摸索索。起初的试探像触电门，后来，见两个女人并未反感，两个男人才放开手脚。也不过分，动作节制尺度适当，既不至于让女人尴尬，又不至于让女人的伙伴太不舒服。老田先离开时，吻了小红，是把舌头探进对方嘴里的吻，湿吻。这是到这时为止，两对人中最不掩饰的一次亲昵。老田走后，宁哲对嫂子的亲昵也不再掩饰，像报复或者响应老田。这大概与在冰与火多待了几分钟有关。他比老田多项内容，"湿吻"嫂子时，还把手顺势伸进了嫂子毛衣，揉她乳房。嫂子的乳房饱满鼓胀，比小红的大一倍半都不

　　　　　　　　　　　　　　　　　　　　　　　亲合

止。嫂子的躲闪不太真实，兴奋真实，喘着粗气对宁哲的回吻同样真实。小红扭头看斜对角另一间车厢座。那里有对中年男女，一直隔桌相对安静地坐着，不怎么喝，也基本不说，只含情脉脉互相凝望，像梅兰芳学艺时训练眼神。离开冰与火时，宁哲掏钱结啤酒账。嫂子说老田结过了。

那怎么行，房钱你们独自出了，这点酒钱，总得让我表示一下。

别争了宁哲，嫂子说，你们是学生。

113房是个套间，外有长沙发，里有双人床，盥洗室在外间。三人推开虚掩的门，通过外间进到里间。老田冲完澡了，半躺在宽大的双人床上，裹着白床单正看电视。是个武侠电视剧。空调温度开得很高。四个人都不太自在。片刻之后，针对老田身上的白床单与电视里的白衣侠客，嫂子轻声开句玩笑。四个人都笑了。老田说，浴巾就两条，你们用。他说的你们，不包括宁哲。新进来的三个人商量一下，嫂子先去了外间盥洗室，余下小红和两个男人同看电视。三个人，都坐在足够宽大的双人床上。灯没开，窗帘挡着，电视是屋里唯一的光源。一两分钟后，小红呼吸急促起来，好像她置身于高原地区，氧气稀薄。她挺直腰板，调整呼吸，利用电视里一个安静的瞬间，有些冒失地提了个问题。

咱们，都在这屋？她的问题，好像提给电视里无所不能的白衣侠客。

在这之前，自从四个人凑到一起，她没主动说一句话，被动的回话也少之又少。提这问题前，她给人的感觉是无比顺从，无比好奇，无比的没想法少主见。

两个男人对视一眼。

我不想在一起，我想在那屋。小红的声音低如耳语，但态度坚决。

这时嫂子从外间进来，浴巾严实地包裹着她。怎么了？她看出了他人的尴尬。老田说小红意思是——嫂子听半截就明白了。我也愿意这样。她说。她不必再掩饰慌张羞怯，小红的退缩来得正是时候，为她只能潇洒一半铺了道台阶。那沙发挺宽，地毯也行……这也是民心所向。两个男人也放松了，是真放松，仿佛他们也找到了台阶。男人向来比女人虚荣，也虚伪。他们介意四人同床，又怕表现出介意被人看低：都敢玩"交换"了，还在乎是否在一张床上？现在好了，小红不怕被人看低，自认怯场，其他人等于低就了她，既遂了自己心愿，又有了宽厚待人的高度与境界：是呀是呀，分开更好，要不……嘿嘿……

宁哲冲澡时，小红跟到外间。她似乎想与他单独说话。没说。不是没机会说，是她又不想说了。小红最后冲完澡出来，里边套间门已关上，老田歪在长沙发里，专注地对着外间的电视。从里间床上到外间沙发，老田总盯着电视，好像他来太平宾馆只为看电视。刚才看侠客打闹，这时听专题讨论。小红在盥洗室待的时间长，她进去前，外间屋一直亮堂堂的，这会儿，能盖住一面墙的双层窗帘已全部铺开，仿佛有堆砖，砌死了刚才透亮的窗户。视力减弱能提高听力。有些声音，断续传进小红耳朵。不是电视里香港频道谈论毛泽东的声音。那声音不大，比电视嘉宾从毛泽东诞辰纪念日这个角度议论的问题更复杂多义，更吞吞吐吐和欲言又止。它们来自套间屋里，来自那张大双人床，来自宁哲和嫂子。

老田不再面对电视。他把小红搂进怀里，审慎和喜悦都小心翼翼，好像她是他刚刚在拍卖行购得的瓷器。

里边套间屋的声音越来越大。不是控声开关一路上调的那种由小到大法，是一种越来越无所顾忌的小大交替。有时也中断、停止、间歇，但再度爆发，能让人联想到刮骨疗伤与刑讯逼供，联想到工厂农村军营学校的万众沸腾——电视里，一些闪来闪去的黑白画面上，那些唱语录歌跳忠字舞的工人农民军人学生正在狂欢。小红忍不住了，老田慢慢伏向她时，她哭起来。声音不大，是抽抽搭搭那种哭法。

　　　　　　　　　　　　　　　　　　　亲合

怎么了小红？老田停止动作，抹小红脸上的泪水。

哦，没什么，小红咬住浴巾一角。老田离开了她。没事，她拉老田，你不知道吗？有的女人开心时会哭。

我知道。可你，不像。我知道你还没开心呢。我们刚开始，严格地说还不算开始。

对不起。小红主动去吻老田。

你不愿意？你吃那屋的醋？你对我没兴趣我让你不舒服了……

不是，真的老田，不是。我不知道我怎么了……小红哭得更厉害了。

老田重新把她搂进怀里，哄她。这回的搂与刚才的搂不一样，刚才是男人搂女人，这回像父亲搂女儿。不哭不哭，咱看电视。他把消过音的电视又调出音来。这时谈毛泽东的人退出了屏幕，几个不同年龄段的女人取代了他们。为推介一种隆胸器械，她们竞相摆弄自己半裸的乳房，好像电视观众都是婴儿，她们正在应聘奶妈。

谢谢你。我好了，来吧。小红横过身子亲吻老田。

没关系，你再平静一下。这么搂着你，哦，我就感觉很好。

我——你来吧。我想，你完事了，我好先走。

你先走？那——

别管他，你没意见就行。

小红，我理解你心情，我没意见，你现在就走我也没意见。

你生气了？

没有，真的。我真理解你。其实，嘿嘿，我也想哭。

谢谢你。你真好。那你就来吧，你舒服完我就走。

你自己，不觉得舒服？

对不起，我——实在对不起……

她带着热度上的火车。没体温表，就没量，但热度挺高，身体像烤地瓜乍一出炉，这不量也能感觉得到。她住上铺。爬上铺位前，她吃两片在站前药店买的扑热息痛，连喝三杯火车上的开水。火车上的开水温吞吞的，未必比她身体更热。她本想退掉预订的车票，留在北京看医生挂吊瓶，等退烧了再回沈阳。她没那么选择。订票不易是一方面，另一方面，她希望感冒能挺过去，实在不行，也要回沈阳再去医院。沈阳的医院也像农贸市场，但与北京的医院比，是小市场。北京作为首善之都，是神奇的吸盘，能将全中国最优质的一切都吸纳过来，包括医院医生。医院医生是低级别吸盘，能将外省那些优质的病人，或自以为优质但未必真优质的病人，一并引诱过来花钱消费，确保首都市场繁荣。她也信赖北京的医院医生，但她更相信，沈阳的医院医生再不优质，也对付得了感冒发烧，也不会把感冒发烧诊断为香港脚或白癜风。她也惦记沈阳的工作。她还相信，如果在卧铺上睡一夜好觉，即使身体不能复原，至少病情不会恶化。事实证明，后一点她相信错了。前一点相信的对错没法验证。车没到沈阳，她就垮了。走出车厢来到站台，早晨的寒气一包围她，她就飓风中的落叶一样瑟缩起来。她没飘起来或倒下去，得感谢手边庞大的拉杆箱包撑住了她。箱包深咖啡色，肥壮敦厚，脚踏实地，比她宽一半，矮一半。

　　这一宿她基本没睡。下铺那个黑胖的男子，不能说没自觉性，他一定知道自己的鼾声多有威力，他就先不睡，车厢关灯后，他继续在过道上走来走去，隔一会儿去车厢连接处抽一支烟。他比最勤勉的乘务员更勤勉些。多么勤勉也得睡觉。别人叹息般的低鼾连成片后，他躺到铺上。不会超过一分钟，可能闭上眼后，刚摆舒服自己，他如雷的鼾声就炸响了，还绵延不绝，那种音响效果放电影里，足够配音轮番轰击的数门大炮。如果某人此时醒着，又在他附近，很难听到别人的声音或车轮滚动发出的声音。她没醒着，他打鼾前她先睡了。人睡觉时有个特点，入睡前受干扰不易成眠，可一旦睡着，干扰再厉害，只要那干扰不针对自己，反倒容易抵挡过去。她一般睡眠挺好。只是这一夜情况特殊，身体不适，让她成了个入睡之后又醒来的人。她体虚觉轻，无法像往常那样悠游梦境，呼噜声一响就惊醒了她。醒而复睡比初睡难。她没去摇撼下铺的黑胖子，她数数，数圈里圈外各有多少只羊。光睡不着不能加重病情，频繁跑厕所，才对感冒病毒有声援作用。睡觉之前她水喝多了，清醒能加快水的分泌，水通过肾脏转化为尿，在她膀胱里兴风作浪。她就不停地钻出被窝从上铺下来，去车厢连接处冷飕飕的厕所里褪掉裤子露出屁股。她身上的热度越来越高，往返厕所的过程成了她目睹自己垮掉的过程。感冒精通领导之术，善于制造矛盾。领导在此下属与彼下属间制造矛盾，感冒在多喝水与多排尿间制造矛盾。她在被子底下一阵阵哆嗦，哆嗦时牙齿咔咔作响，就好像，她和下铺的黑胖子是一伙的，是口技搭档，黑胖子主演，她负责伴奏。

　　终于熬完了九个小时。火车吭当一声停下来，黑胖子的呼噜声戛然而止，她的牙齿，也不再磕碰得叮当乱响。他们先后走下火车。她对精神抖擞的黑胖子充满羡慕，是目送黑胖子汇入人流消失不见后，她开始成为风中落叶的。她拄住箱子，站稳脚跟。她靠的不是气力而是意志。

　　嘿，小红——

　　哦，老田……

　　他自己等于没有行李。他一手搀她，一手拉起她的箱包，往出站口走。他征求她意见去哪家医院。她说不去医院，不用他送，不用他搀扶不用他拿箱子。他没听她的，轻轻感叹：你这小姑娘，干吗这么倔强。直到她说她男朋友在出站口等她，他才愣一下，松开她。男朋友？不是宁哲？他的提问像自言自语，不待她解释，她也没力气解释，他就又说，我不相信有人接你，有的话，你早打电话让他进站台了；但我尊重你意见，我会先去出站口等你，有人接了，我就不打扰。说完他把箱子还她，注视着她，先退着走几步，然后转身，大步走向出站口方向。

她叫住了他。她想歉意地冲他笑笑。她调动不出笑的力气。你……送我去医院吧……她几乎瘫倒在他的身上。他是树，她这片落叶回到了枝头。

倒有人接他，是个苗条少妇，开天蓝色雪弗莱。雪弗莱送他们去了离沈阳北站北出站口最近的辽宁中医学院。他对女司机介绍她时，说她是他姑姑家大表姐的女儿，在北京读书，与他搭伴假道沈阳回铁岭过元旦，却被车上忽冷忽热的空调"忽悠"病了。她昏沉沉地冲女司机点头，很配合地叫他舅舅。女司机没表示怀疑。女司机还要上班，不能陪他们就诊。她不上班，他们也会打发走她，他们很难把舅舅外甥女的角色演得更像。他问她箱包里的东西有无急用，然后告诉女司机，那只大箱包先放雪弗莱后备箱里，过一会儿，他去她单位取。拎个大箱子看病太麻烦了。他说。她听说箱子要和她分去两地，不露声色地犹豫了一下。她不知道他是否看出了她的犹豫。她吃力地回头看一眼雪弗莱的车牌号码。

不拎箱子看病也很麻烦。一次简单的感冒发烧，从走进医院大门到获准坐在处置室的长椅上挂吊针，生生用去一个小时。

我这病，都折腾好了。病状稍稍缓解以后，她苦笑着说。

他说，北美有个作家叫黑利，二十多年前，他的小说畅销中国。在《烈药》里，他借医生之口说，感冒这种病，吃药得六七天，不吃药是一个礼拜。从看完那书，我基本就没打过针吃过药——不过你是发烧，又烧得这么厉害，另当别论。

北美？你为什么说北美？

亲 合

黑利是加拿大人，长住美国。我不知道应该说他是加拿大作家还是美国作家。

你是个精确的人。

哈，你也够细致的。

这里基本不用他了，他要去雪弗莱司机那里取回箱包。临走时，他欲言又止，终于说，刚才挂号，你真名字我知道了，可你愿意把电话也告诉我吗？或者，你愿意知道我的名字和电话吗？你不愿意我不勉强，你多谨慎我都理解。我是担心我离开的工夫，你病情反复，也许我们需要联系。

她看着他努下嘴，像要吻他。她没那意思。她那只没被吊针固定的手，摸索到随身背的小皮包里。朋友同事都这么叫我，你也叫它吧。她拿出张名片，下赌注似的向他递去。

哦，红丫？你——真是大人啦？

我挂号的那个名字，只在身份证医保卡人事档案工资存折上使用……

我懂。我不姓田，我叫，胡不归……

那姑娘叫水灵，嘻，长得也真叫水灵，我这老太太看着都稀罕。老太太说。

最初水灵天天把自己关在北屋，睡觉、化妆、吃零食、听流行歌哼流行歌、看电视和时尚画报，上厕所和吃饭才走出北屋。游动起来的水灵，近于一条无害的小蛇，以缓慢和轻盈隐蔽自己，好像怕惊扰待在客厅或大南屋的老太太。也是，除了洗衣做饭收拾屋子，不论坐在客厅的沙发上还是大南屋的书桌前，老太太手里总捧本书，或安详阅读或凝神思索。读书和思索都需要安静。她不像水灵那么爱看电视。水灵对戴着老花镜读书或摘下老花镜思索的老太太有敬畏之感。

水灵二十刚过，还算孩子，可生活之门已冲她关闭，顶多，只留一条窄窄的门缝供她挤进挤出。仿佛她得罪过生活。她找不出任何可干的事情用以占去无聊的时间，又没能力，似乎也没作过努力，把日常的消遣性交流与消遣性行为稍稍推向精神的领地。她整天自囚在室内，是彻头彻尾的闲人。她那么年轻，她的精力本该如同一座沸腾的小型锅炉，可她白天清醒的时刻，与夜晚昏睡的时刻没有区别。她不觉得难受吗？显然，她脑子没有模样水灵。老太太建议她出去走走。如果舍不得花钱，不敢逛商场超市看电影展览，就顺着大街乱走，吹吹凉风晒晒太阳，干什么也比闷屋里强呀。水灵说不用，习惯了。这是假话。老太太猜水灵是不敢出门。老太太又建议她跟她一块出去。不独自上街，总可以吧？如果恰好在外边时，她那没时没响的电话响了，她又因电话里的噪音受到质疑，老太太就可以接过电话说，水灵陪我逛市场呢，或者说，水灵和我遛公园呢，还或者说，我们在文化宫参加每周一个下午的老年合唱团活动呢。说是老年合唱团，也有不少年轻人，你别不好意思。老太太说。水灵照旧婉言谢绝。但这之后，她肯更多地走出北屋了。她常常穿过客厅，站到南阳台上，从三楼这样一个高度极目远眺。什么也眺不到，周围全是楼。她话也多了，也活跃了。做饭的事与她无关，除了她住的北屋，为客厅大南屋小南屋厨房厕所打扫卫生的事也与她无关。但一点点地，她开始介入公共事务。

公共事务与私人事务的重要区别在于，前者让人心胸开阔，后者使人视野狭窄。

老太太家的公共事务有限，逐渐开阔起来的水灵，仍然是一具被禁锢的生命。老太太略生怜悯之意。她很快又清除怜悯，表示了理解。是在心里表示给自己的。这世界上，有谁敢声称自己自由？戴着手铐和脚镣跳舞，属人生常态，只不过，每个人戴的手铐和脚镣，款式规格各不相同。怜悯别人，是看不清自己。每个怜悯别人的人，背

　　　　　　　　　　　　　　　　　　　　　　　　　　亲合

后也正被人怜悯。怜悯的特点是高高在上，是自以为是，是满足于也许出于幻觉的优越感。这样表述时，老太太神色平和，态度安详，目光睿智，她偏丑的面容，能转化为一种移动在视觉之外的漂亮。

老太太偏丑，若还处于年轻时光，一定丑得更为醒目。年龄是风霜雨雪，对容貌有侵蚀作用，消减美，也缓解丑。但她不无骄傲地说，她也曾作为一朵美艳的花，吸引过无数痴迷的蜜蜂。她这朵花不是女人之花。她愿意她的美艳与性别有关，吸引那些因情感和性欲而来的男人。不行，从性别的角度讲她只能算草。草对蜜蜂没吸引力。作为花，她是美艳的权力之花，她所吸引的蜜蜂，是些基因变异的畸形物种。她的官衔从来不高，是她供职的官衙高高在上，它架高了她。她在组织部门工作。组织部门是许多人的输赢局与生死场。她有资格在输赢局里参与发签分牌，在生死场中充当小鬼判官，她获得的惊喜在性别之外。人首先是人，然后是性别的人，再然后才是其他的人。一切的惊喜都回报于人，人以性别为载体，回报性别便势所必然。她美艳的女人之花迂回着盛开。她的美艳消弭于五十五岁退休之时。别的女人五十五岁，也要玉暗香残，甚至四十五岁三十五岁，就风采不再。她们沮丧失落。她不，她与美艳挥手作别，像定期去银行结算贷款。别的女人是丢失了本属于自己的东西，她是归还借来的东西。丢东西难过，还东西没什么舍不得的，反倒因为不再欠账而心安理得。退休后她的最大举措，是把家从和平区搬到铁西区。和平区是沈阳市的权力中心，机关多，熟人多；铁西区遍地工人市民，在那些陌生的体力劳动者眼里，她只是个寡语少言的、独往独来的、文静随和的、心地善良的普通妇女，是个中国社会里并不多见的老处女。是的，她没有过丈夫，更没儿女。可她知道，与那些夫妻相伴儿女成群的邻居们比，她不一定比他们活得乏味。她心里揣着丰富的记忆。在五十五岁前的二十多年里，在她作为权力之花美艳的时代，她至少有过五个男人。其中的两个，至今还是沈阳城里最美艳的男人之花——男人的美艳更为纯粹，不涉容貌，只关权力。金钱也让男人美艳。那是小美艳。单纯的金钱是权力的奴仆，权力再单纯也是金钱的主人。他们有家。那二十多年里，先后在老太太生活中占有重要位置的五个男人都有家，没有一个可能娶她——他们没家也不会娶她，这她清楚。他们都为有家表示过遗憾。老太太不计较，美艳让她醺醺欲醉时，她也不乏自知。她甘愿给他们当秘密女人。不止如此。作为蜜蜂，他们享用完她的美艳，总会飞走，扑向更具女人之美艳的其他花朵。她不恨他们，责怪都没有。她不认为这样她就成了男人的作料。人都是作料，是人就逃不开作料的命运，除非这人远离社会。人不能真正远离社会。如果一定说女人是男人的作料，这话掉过来同样成立。作料不应该含有贬义。在她二十多年的美艳时光里，她在不少人的仕途上设置过障碍，其中说得出口的理由之一，就是那人系"第三者"，给别人当了作料或以别人为作料了。在心里，她讨厌"第三者"的说法，她认为"第三者"的命名站不住脚。两性间，对自己来说自己是第一者对方是第二者，对对方来说，对方是第一者自己是第二者，哪有第三者？也许三人共戏有第三者？那五人共戏，八人共戏，也有第五者第八者吗？老太太没有过三人五人八人共戏的经验，在她经手的干部档案中，她看到有人喜欢那样。老太太不觉得一个人与妻子或丈夫之外的人寻欢作乐有什么不好。她之所以也炮制过许多"第三者"模式的八股文章，是因为在她赖以生存的语义系统里，这样作文政治正确。社会喜欢猥琐下流。她是社会这架机器上的齿轮螺丝。她知道自己卑鄙，可只要涉及到她不喜欢的人，她就没法高尚。卑鄙能给她带来快感。她不喜欢的人，不一定就得罪过她，或得罪过她朋友，她都不一定认识他们。她常常为一些不是理由的理由讨厌某人。比如那家伙在照片上满脸傲慢或者奴态，比如那家伙的学历文凭一望

　　　　　　　　　　　　　　　　　　　亲合

而知与学识无关。我有时候挺坏，带点恶作剧那种坏。老太太对此坦然承认。我坏他们好事，与他们嫖娼赌博婚外恋或贪污受贿不作为没关系，有关系的，只是我时常有种坏的需要，没权还罢，有权，不坏坏别人就不舒服。人天生有折磨别人的癖性，老太太说，少部分人下得来狠手，熟人陌生人一块折磨，大部分人不好意思下手太黑，只折磨陌生人。我可以恨熟人，但真下得了手去折磨的，只能是陌生人。老太太最后总结道，我不相信人性善，人性是不是恶我说不好。一坏到底的人不是很多，但坏事好事掺和着干的特别普遍，而一好到底的，根本没有。你别认为我说得绝对，肯定没有。

我很少对别人说真心话，不知道为什么对你说了，也许我老了。老太太这样分析自己。

表面看，人的禁锢来自外力，比如，禁锢水灵的，是一个具体的叫常毅的中年男子。可老太太以她的生活感悟，她愿意认为，人的禁锢更出于自愿，就水灵来说，她是自己在禁锢自己。人是一种长于自我禁锢的动物，这种本能被称为理性；而相当于常毅的那种外力作用，只是人运用理性时安抚自己的借口，也是预先为未来可能实施的反叛设置的借口。反叛禁锢也是人的本能。

最先拿着招租广告找上门的，不是水灵，是常毅。老太太一眼就看透了他。他不知道，他以为只有聪明的他能看透别人，别人轻易看不透他。他觉得，"老处女"这个头衔，足以解释老太太那些古怪的招租条件。

常毅自称"儒商"——他头一句的自我介绍，就让老太太反感。老太太没表现出来。她说，因为我也在这里住，我与房客便等于同居，所以这房子不租男人只租女人，而且，她每周至少要在这里用餐十次，吃不到十次也按十次算钱。常毅忙解释，他正是替个女的来租房子。他说他离婚了，经常在外边跑生意，而女朋友年龄太小，让她单住他不放心，有这种与老人合住的房子他求之不得。说到这儿，他还有点不好意思。老太太说，必须年满十八岁，我得看身份证。常毅说那是肯定，过二十了。他又说，他女朋友不光一周要在这里吃十顿饭，甚至一周七天二十一顿，都在这儿吃。还希望你老别嫌烦呢。老太太有些意外。她不上班？常毅吭吭哧哧地说，她自学。老太太没多问，常毅也就没多说，没编水灵自学的科目。是的，常毅的女朋友就是水灵。水灵搬来那天，背着水灵，常毅付老太太一年的房钱和伙食费时，又多塞五百。阿姨呀，水灵是外地人，年龄小不懂事，就靠你老多照应了；她要有啥要求，你别听她的都听我的。还有就是，不好意思，每周我会来陪她一宿半宿。你老放心，我绝对不会影响你老，我希望你老把我当儿子看。老太太看看手里多出来的五百元钱，又看看面前谦卑的"儿子"，有点为难。最后她更看重的是五百元钱。你来这里，每周不许超过二十四小时。她不满地说，把一节贪婪老太太要小聪明的过场戏演得活灵活现。二十四小时的说法有些含糊，又甚为巧妙：每周常毅可以来几次呢？如果他一次来八小时，每周就可以过来三次，如果他一次来四小时，每周就可以过来六次，如果他一次来两小时，来半小时……做一次爱，半个小时不是不够。她故意把几乎无穷多的机会许给了常毅。

常毅没那么过分，或者他想过分，时间精力不允许。水灵在老太太家住两年，两年里，常毅出现的最高频率，是一周四次，每次最多待五小时，累计起来，比他二十四小时的来访期限少四小时。他来看水灵，时间不固定，上午下午晚上没准点儿，每次来很少超过三个小时。有时逢上休息日了，他也带水灵出去走走，下顿馆子或看场电影。那种时候不多。那种时候，来找水灵或送水灵回来，他把自己和水灵锁在北屋的时间更短，二十分钟吧，比半个小时时间还短。老太太有时偷听他们，了解他们做爱的细节。常毅走一遭他的快乐之旅平均耗时四分半钟，最长的一次七分钟左右。老太太有一只跑步用的计时秒表，厚重憨实，正方形，黑褐色，德国货。

水灵和老太太越处越融洽。融洽的标志包括两个，一是行为，一是言语。在行为上，她已像在自己家一样自由自在，到了夏天，洗完澡，光着屁股都敢走来走去。这有前提，前提是她感觉得出，老太太对她是宽容的奶奶娇纵孙女，她怎样做她都欢喜。在言语上，她则一点点地，解释说明了她的情况。她是吉林九台农村人，念完初中来沈阳打工，经同乡介绍，在家夜总会当三陪女——陪聊陪吃陪唱歌。她长得漂亮，男人都喜欢她，而她身边的男人女人，都觉得她不做妓女太可惜了。她也觉得可惜，妓女的收入让她眼红。她不想做妓女与人生观无关，与道德观无关，是害怕性病。正值她职业选择的关键时刻，常毅出现了，常毅是唯一反对她做妓女的人，对她工作在夜总会这种地方都表示反对。常毅比别人更喜欢她，给她高额小费，还为她三陪别的男人吃醋生气。他决定包养她。包养需要条件，条件是她得确系处女。水灵就在常毅床上接受了体检。她原打算，拿处女膜狠狠地赚笔大钱。她不清楚处女膜长什么模样，更不清楚它好在哪里，但她知道，男人喜欢它，尽管很多男人对它也不熟悉。她计划，如果体检完常毅耍赖，又不包她了，她就权当用处女膜回报常毅对她的好，然后，去真格的挂牌接客。常毅讲诚信，没耍赖。一次性交还没彻底完成，水灵体内的鲜红刚开始渗出，他就来了一次课间休息，把事先写好的包养合同掏了出来。合同书上，既有优厚的待遇也有苛刻的约束。水灵最初拒绝签字。这是卖身契吗？她惊恐地看常毅。她从语文课本上知道，旧社会，坏人都拿卖身契欺骗好人，强者都用卖身契欺负弱者。常毅笑了，你这孩子呀，你学的是"文革"的语文课本吗？咱现在新社会，讲法制，签合同对劳资双方都是保护……水灵给老太太讲这些，也有前提，前提之一是基本不涉及常毅情况，前提之二是她感觉得到，老太太对她的经历能够理解，不厌恶，不反感，不蔑视。

老太太喜欢夏天，喜欢在夏天打量水灵。夏天的水灵没有掩饰，冰肌雪骨如同奶脂，走起路来娉娉婷婷，能摇曳出一缕缕淡淡的甘甜味清香味。老太太想不起自己二十岁时肌肤怎样味道如何。她看不够她闻不够她，很多时候，还想摸她。她能克制住自己。如果有时摸了她身体，也会让她感到，她并非有意，而是两人合作干什么时，恰巧碰到的。老太太的看和闻也很含蓄。

有一天下午，老年合唱团的活动正进行时，突然有人宣布，大家别唱了，去院里排队，迎接领导视察。不在于那天户外冷风飕飕还是烈日炎炎，也不在于领导的到来并没准点儿，更不在于老头老太太休闲唱歌这种事是否值得视察，而在于，老太太不想与任何档次的领导照面，不论她是否认识。她拎起小包假道厕所，偷偷回家了，比往常早到家两个小时。她是回自己家，即使知道屋里有人，也习惯自己掏钥匙开门。

门枢尚未老化，合页没有锈蚀，厚重的防盗铁门被拉开时，无声无息，仿佛它是老太太掀起的一块布帘。室内有声息，还响动不小，那些声息由喉咙里嘴巴上皮肤间喷发挤压撞击出来，蚊蝇一样上下翻飞。老太太愣了短短的一霎。她悄悄往前迈了两步。北屋门没关，迈过去两步，恰好能斜向看到屋里的床。北屋门没关，这一进走廊门就看得到。如果走进走廊门后，看到的是北屋房门紧闭，也许老太太就不会再迈步了。谁知道呢？也许北屋门关着，她都会径直站到北屋门口。北屋的木床吱嘎作响，一对男女叠摞在上面。是女男叠摞，女在上边。从侧后方就辨得出来，女是水灵。平日的水灵怯懦安静，这时的水灵奔放狂野，她上身一升一降，两腿半放半收，像一只警觉的青蛙预见到了危险，撇腿耸身急欲逃遁。她的逃遁非常努力，却没效果，她始终停在原地，停在她身下男人的身上。男人是常毅吗？他处

　　　　　　　　　　　　亲合

于水灵的遮蔽之中，老太太只能看清他一只臂膀一条大腿和半个屁股。那种黧黑的肤色和紧凑的肌肉不属于常毅。而且，一年多了，常毅做爱总温文尔雅，没有一回大刀阔斧。

老太太拐进自己的大南屋，关上门，开电视。

老太太理解他们，理解水灵和那个显然不是"儒商"，连给"儒商"拎包跑腿当马弁都不合格的小伙子。老太太也提了要求，再不许那小伙子在她去合唱团的下午来。我不希望我不在家时家里有外人，老太太对水灵说，你是房客例外，常毅付我房租也可以例外，但其他人——我这家不能成公共场所。水灵和小伙子连连点头。他们已给老太太下过跪了，又要给钱。老太太不要。说你对水灵真诚点，认真些，别伤害她，也就行了。老太太的话是对小伙子说的。老太太又对水灵说的是，你得小心，有时候常毅说他出差，未必是真出。

像对常毅一样，老太太没打听过小伙子情况，水灵也没说。小伙子十天半月露一回面，估计来一趟不太容易，或者，那十天半月不够安全，常毅没出差。老太太想不明白，处于半软禁状态的水灵，和小伙子怎么认识的呢？他们不像早就认识。她也没听水灵与常毅之外的人通过电话。想不明白她就不想，知道的东西少不影响享用的东西多。以前她听常毅墙脚，越听越无趣，现在她听小伙子墙脚，越听越上瘾。与水灵一样，她不动声色地盼小伙子。每回小伙子来，她耳朵这只吸盘都能增大磁性，都能将北屋的声响吸附上来。北屋的山呼海啸是只开关，由水灵和小伙子掌控，他们按它，是帮她复映回忆的画面。她喜欢回忆，回忆是网，能捕捉到她移动在视觉之外的那种漂亮。她是老太太，更是女人。其实北屋动静没那么大，除了第一回，山没再呼海没再啸。两个年轻人懂节制，做爱时，他们把褥子铺地毯上，嘴里分别咬紧毛巾……是老太太的想象有放大功能。老太太对小伙子的节制有些心痛。她不心痛常毅的节制。"儒商"常毅比小伙子节制一百倍。常毅来时，北屋海宁山静，会变成课堂，只有诵经般的嘀咕声平直地传出。他演讲欲比性欲也更强烈百倍：文化、礼仪、生死、成败、入世与出世、助人与自保、三从四德的传统、贞妇烈女的美德……他的授课紧跟形势，属"国学"范畴。他采用鼓励教学法授课：这你都记住啦？悟性真好，研究国学你有天赋；小宝贝呀，你是八〇后一代中难得的"儒女"。后一类表扬，一般在床上。

女人难呀，单靠自己，想疯都疯不起来，可想遇到个能让你疯的男人，唉，好像比自己发疯还不容易。老太太说。

快交第三年房租时，常毅十天没有音讯。这种情况前所未有。那十天的后几天，水灵烦躁不安，公开和小伙子通电话，既说情话又发脾气，还哭。没约小伙子过来。再过两天，两个干部模样的人来找水灵。乍见他们，老太太误以为他们找她，就有些厌烦，有些紧张，也有些兴奋。很快就什么都不用有了，他们没正眼看她。他们绕开她，直扑北屋，嘀咕几句什么带走了水灵。水灵吓坏了，欲哭不敢，安慰老太太时哆哆嗦嗦：你不用惦记我，他们是管纪律的，找我想问常毅的事。老太太很快想明白了，管纪律的就是纪委。她也觉得他们不像绑匪，就没报警。第二天下午，水灵回来了，还把小伙子带了回来。他们关严北屋门，把爱做得欢天喜地，又不乏悲壮，做完一块跪老太太面前。他们希望房子租期截止之前，她允许他们同住这里。不是天天住，小伙子不能天天过来，但一周会过来两到三次，还留下过夜。老太太犹豫，将小伙子身份证号码记下来后，又往外打了几个电话，这才同意。她打电话询问的事，与水灵和小伙子无关，与常毅有关。她通过她过去的关系，对两件事情作了印证：第一，省直某厅的确有常毅这么个干部，半个月前被双规了，有人以为老太太要当常毅的说客，悄悄告诉她，上边没想往死整他，只为敲山震虎，不会启动司法程序；第二，常毅的确长得如此这般，像个"儒商"。

亲 合

你看，要不是常毅出事，我这房子你还租不上呢，我也就不能有你这个忘年的小朋友了。老太太说，挺动感情的样子。可你怎么就要搬走了呢？唉！哈，走了也是好事，自己能买起房子了，是好事呀。来，红丫，该吃药了。

红丫在床上躺三天，老太太当三天护理员。红丫要找同事，老太太没让，说她照顾她心甘情愿。这期间，胡不归两度来看红丫。两次北屋门都敞着，两人有一搭没一搭地聊几句闲话，都是待上一小时左右，胡不归便适时离开。来去都自然。胡不归给红丫剥过橘子，削过苹果，倒过开水喂过药。

老太太说，红丫呀，你住我这儿都快三年了，小胡是头一个上门的男人。

红丫说，阿姨你别瞎猜，你没觉得我和他在一起像父女吗。

老太太说，那不怨人家长得大，是你长得小，像个洋娃娃。男女间外表是不是般配不那么重要。老太太又说，我从他看你的眼神里能看出来，他喜欢你，我还觉得，他可能是真懂女人的男人。一个懂女人的男人，比光知道对女人好却不懂女人的男人有价值一百倍，也难寻难遇一百倍。

红丫病好上班一周后，主动给胡不归打去电话。

我病好了，都上班一周了，你也想不起来问候一声。

哦，对不起。我知道会好，不问候也会好。

红丫对这样的回答没心理准备。这，你——挺好吗？

我好，我总挺好。

红丫又不知道说什么了。她天生话少，不善于说也不喜欢说。我想请你吃饭，我得感谢你送我去医院，又看我。去桔塘酒楼好吗？

谢谢你红丫。我，你的谢意，我心领了，饭吧，就算了吧，我对吃饭也，也……

你现在不方便？改日也行。

不是，我现在方便，我哪天都方便。可是，是这样红丫，我不太喜欢公共空间。我知道这是我的臭毛病，但没办法，请你理解。

可我想看看你。

这——你对我不必那么客套，我也没那么多穷讲究。要不这样，开春后你不搬家吗，搬家前，你得收拾东西呀，到时候，哪天你男朋友没空帮你，你喊我去，咱就看到了。

你讨厌我？

没有，你别那么敏感。我告诉过你，我喜欢你，在冰与火酒吧我一确定你性格特点，就知道你是我喜欢的那种女人。尤其是你给我当外甥女那天，你那种坚强，那种独立，我特别看重，这感觉不会因为你对我的态度发生变化。可能你觉得我说的是过头话。你不了解我，我经常恭维女人，却不轻易说过头话。我愿意跟我交往的人，不论男女，都能正确了解我对事物的判断。这样交往起来轻松自在。

如果更熟悉了，你会知道我不像你感觉的那么好。

也许。可好坏是相对的，也是主观的，我认为好的，可能你觉得坏。我不傻嘛，还挺精明，依我的判断，就你来讲，我知道你坏也只能坏在我圈定的好里，不会迈出我能接受的限度，所以我才敢作选择。嘿嘿，我觉得，你最坏的表现就是拒绝我。

如果我拒绝……和你好，我们就不能吃个饭，见见面，做个普通朋友？

那倒不是。但普通朋友，如果没什么明确的利益诉求，不必硬往一块凑，不必刻意地吃饭聊天。普通朋友是有事说事，见不见随缘。

那就是说，我已经失去你了？

哎红丫，你可不是倒打一耙那种人——当然了，你是女人，我给

62　　　　　　　　　　　　　　　　　　　　　　　　　亲合

女人这种特权。不过咱可说明白，是我失去了你。你已经说过两次，不论我怎么关心你，我们都不能再往前走，只能做个普通朋友。恕我直言，我对做普通朋友没有兴趣，这是一；二呢，我有原则，两个人的事一定要尊重对方，不可勉强；还有三，我特别相信事不过三，就不想给你第三次拒绝的机会，在我这里，你没拒绝我三次，我就还可以在想象中有所期待，如果挨完你三板斧，哈，我连想象的余地都没有了。但红丫请你相信我，我没有一点怪你的意思，缘分没到就没法走，这是天意。这世界上，有许多挺好的组合，都阴差阳错地失之交臂了，是遗憾，可也正常。我真的很高兴你能给我来电话。不过感谢啥的，千万别再提，区区小事呀。我那么做，几乎与你无关，完全是我自己的事。我只做自己喜欢的事。但我决不想把自己的喜欢变成别人的压力，让别人为难。要不这样，过几天咱们再见面，你也再想想，我真不希望今天就听你第三次重复那句话，那有点，太快了……

胡……不归，如果你不忙时，有个普通朋友不是约你出来，而是去你府上拜访，聊五分钟，你也不允许吗？

哪里，来的都是客，寒舍对任何朋友都敞开柴门，热情迎迓。

那好，你告诉我怎么走，我现在过去。

红丫在泰山花园北门下出租车时，胡不归已等在那里，拎一只装满熟食水果西点啤酒饮料的大塑料袋。

都说不饿，干坐着。也不怎么说话，似乎要说的话都在不言中了。过渡期便比较短。肢体语言简洁明了。他们搂抱在一起，亲吻，抚摸，洗澡，做爱，像老夫老妻，对对方招式心领神会。差不多能心领神会。然后在床上用餐。暖气烧得好，比市里领导的要求好不少。这得感谢分户供暖的制度。在许多没制度的事情上，领导要求了也没人执行。胡不归始终赤身裸体，红丫身上裹条浴巾。浴巾的金黄底衬上，有几只圆红的苹果连着绿叶。红丫胸前背后都缀着红苹果绿叶子，胸前半遮住乳房，背后将盖住屁股。坐床上吃东西不太舒服，左拧右拧，她乳房和屁股及肚子大腿，就都欲盖弥彰。到这时他们才有了正常对话，所谓正常，也只是每句话都被说成了完整的句子。

胡不归问，你们《尚女》杂志社，都是女编辑女记者吗？红丫是《尚女》半月刊的专刊部主任。

红丫问，你那时候考大学，少数民族也加分吗？胡不归是蒙古族，他考大学那年，红丫还没上小学。

胡不归说，我刚才的意思，不是同意禁锢支持束缚，我是想说关系的构成。自由来之于限制，就像健康来之于疾病。没有疾病你就看不到健康的意义，解除限制你的自由也会失去价值。自由必须通过对规矩的尊重才能实现。当然了，我说的尊重中，包括质疑和批评，包括反抗和重起炉灶。我主张在理解世间自由最宝贵的同时，也要清楚它最危险。

红丫说，老太太特别可爱，既有死学问又有活思想。那天我俩说起你，我说你儿子叫胡愚鲁，她立刻说，这爷儿俩，名字还都诗情画意的；我说胡不归和陶渊明的文章有关我知道，可胡愚鲁那么难听，有什么诗情。没想到老太太张嘴就来，说苏东坡的打油诗呀：人皆养子望聪明，我被聪明误一生；但愿生儿愚且鲁，无灾无难到公卿……

吃完喝完聊完，红丫想走。胡不归舍不得。这么晚了，你男朋友还能找你？

宁哲？他在北京呀。

我不是说宁哲，我知道宁哲不是你男朋友。我是说，你们一块买了房子，不久之后要住到一起的那个朋友。

你认为我有男朋友？

我，本来我感觉你是自己，可你新买了房子是真的吧？所以，我想你可能要结婚了。

　　　　　　　　　　　　　　　　　　　　亲合

结婚？那不给娶我的男人出难题嘛，我算姑娘还是孩子妈妈？我是自己，没对象。

孩子？妈妈？

红丫脸上没有表情。除了做爱，她脸上常常表情平淡，不把感受暴露给别人。她习惯于低垂双眼，将视线随意托付给一个含糊的载体，像冥思苦想，也像心不在焉，让人说不好她眼里偶尔闪过的缕缕亮光代表了什么：镇定还是惶惑？有所悟还是无所谓？不屑一顾还是不知所终？如果她注视确定的目标，眼睛才会睁圆睁大，可这种时候，她注视的目标是否真是她所关注的对象，仍然让人难以判断。她专注的眼神里，总是藏着多种意思：像生闷气，像茫然不知所措，像胆怯地拒绝又像热切地向往，像沉浸在一种唯她自己才能体验到的愉快幻想中……这种感觉无以解析，若轻率地描述，会失去它那种发展与变化的奇妙可能。她的眼睛睁圆睁大后，还能让那些被它聚焦的孤立对象显得渺小，似乎它们不配被她宽广的视野收束集中，除非那对象确实具有精神化的庞大体积，或者，那对象已被她转化为心里的虚有而非眼前的实在。在她那里，虚有的砂粒大于实在的巨石。她睁大眼睛，仿佛只为肢解固定的目标：剥去其伪装还原其本色；将其变形为别的东西；将其消灭。她一般不睁大眼睛具体看人。她担心被看者感觉出来，在她眼里，自己这个实在不那么确定。这会让人尴尬。她不愿意让人尴尬。并且，她眼睛一睁大，眼球上还会敷一层蓝色，那淡淡的蓝色，能有机地交融起视线的透明与目光的蒙眬，能让她这个小巧女子更像孩童，更像孩童中，那种除了率真什么都没有的单纯少女。她也不愿意让人认为她单纯。

这时候，她眼睛睁得又圆又大，牢牢盯在胡不归身上。胡不归低头，又抬头，喝啤酒点烟轻声讪笑，像为自己的裸体难堪。他知道红丫没介意他赤身裸体。他不咸不淡地说你就是孩子，那意思，是将红丫没头没脑的话消解为玩笑。他也知道，红丫的话不是玩笑。红丫不开玩笑，好像也不太会开玩笑。红丫不接受胡不归消解，她身子一拱跪起来，朝向灯光，掀起浴巾，裸净身子，示意胡不归看她。胡不归明白她是让他看她，但看什么，并不清楚。不过很快就清楚了，她是让他看她小肚子下端，那片微微隆起的三角区域。但不为看那流畅地凸起的一抹浑圆，也不为看那山溪宛转般，向两侧腹股沟呈放射状凹陷下去的优美弧线，她让他看的，是那宛转山溪朝四周漫溢时，在肚脐两侧远端，在小腹的两个边缘，似乎不经意地，侵蚀出的一些断裂的皱褶。那些被镌刻在细腻皮肤上的皱褶零星分布，不十分明显，却不容忽略，它们细小、短促、虬曲、斑驳，有点像倍数不大的显微镜下某物的切片。

他不知道该说什么。

这叫妊娠纹，你应该在许多孩子妈妈的肚子上见识过它们。红丫说。

她和他好十三个月，平均八天约会一次。前十个月约会密度大，尤其前七个月，两三天见一面，没机会做爱，搂一搂抱一抱也很满足，退而求其次地以亲吻抚摸代替性交；最后三个月，只见三五次，电话仍频繁，但说的已不是甜言蜜语，争吵成了对话的主体：指责与解释，挑剔和道歉，恶语相向再言归于好；然后，正式分手。他们共约会五十余次，其中做爱约四十次。两人皆四十上下，介于年轻与不年轻之间，都有配偶孩子，都是部门领导，家庭和工作都牵扯精力，除了经常性地应付各种会议——分别应付不同的会议，还间或出差——分别去不同的地方出不同的差，还偶尔为亲戚朋友排忧解难——分别为自己的亲戚朋友排不同的忧解不同的难。这种情况下，既要保证安全又要保持如此高的约会频率，需要克服多少困难，需要如何小心谨慎，需要怎样发扬光大螺丝钉精神，可想而知。十三个月里，主要是前十个月，所有名目都是他们约会的理由：圣诞元旦春节、五一七一十一、元宵节粽子节月饼节、西洋情人节中国情人节、父亲节母亲节妇女节青年节愚人节……日历上标注的各种节日，只八一六一加清明他们没纪念过，至于两人的生日，两人认识的日子以及首次做爱的日子，更要大庆特庆。他们经常互赠礼物。每次她或他接到馈赠，都会视当时的环境场景，或激烈或含蓄地冲动一番。相当一段时间里，不论什么礼物，都能把他们变成最典型的电视节目主持人：哇，好漂亮呀！啊，真可爱耶！有一回，他只带给她一株玫瑰，孤零零的。他说花店已经下班，也没玫瑰了，是他失望的情绪感染了卖花姑娘，人家从残花堆里找出这株还挺拔的，送给了他。她亲吻着玫瑰说，它虽然是一株残花，但在她心中，它是爱情的参天大树。她亲吻它时避开了针刺。礼物是致幻剂催情剂，也是双刃剑，也是萧何，那个将成败系于一身的萧何。当礼物不能再激活想象，比如，一株玫瑰无法长成一棵参天大树时，礼物就只剩了"物"的属性。物更容易删繁就简，多杂乱的品种品名都能换算出明晰的批发价与零售价。有物价局的社会真好，能有章可循。后来他们吵架，就经常参照物价局的定价标准衡量爱情：一只MP3，九百元左右；一支钢笔，两百元左右；一台数码相机，一千三百元左右；两大桶豆油，六十元左右；三袋泰国香米，一百元左右；五张电话卡，五百元；九盒茶叶，一千元左右……吵架时，她送过他什么他们基本不提。不提不是心中无数。她的礼物价值偏低，分量过轻，单算起来说不出口。她是女人，女人自身的价值高，分量重。

他们最后闹翻，是又逢她生日。她建议他送她一双打完折八百八十八元的棕色皮靴，或便宜点，一套不还价的六百九十元的情趣内衣。他没答应。他们的关系已经微妙。情话还时常挂在嘴边，但做爱的时间已基本没了，约会好像成了负担。

你还爱我吗？

爱。

我也爱你亲爱的，我相信你说的是心里话。

谢谢你亲爱的，我说的当然是心里话。

那你会送我那双靴子吗？发发发，穿着它我们的爱情会更加蒸蒸日上。

唔……

你要嫌贵，送我那套情趣内衣也行。那么性感，还，有"69"那种体位的寓意……

唔……

她生日那天，他们见面时，他带给她一套多头青瓷高级餐具。她接受了他的礼物，可这顿饭，也成了他们最后的晚餐。他们就餐没用那套餐具。饭后他们也没去他办公室或她办公室。他们虽然都是小官，但办公室也都有床。允许在办公室安床的官阶标准已越来越低。与大官的区别在于：人家是双人床，他们是单人床；人家床豪华，他们床简陋。以前，许多非工作时间甚至工作时间，办公室都是他们交媾的钟点房。在窄小简陋的床上交媾，与在宽大豪华的床上交媾比，不必然存在质量差异。

这就是我跟老齐的结果，你还想知道什么？

不想了不想了。我提他，也就是顺嘴。不过你们挺可惜的，他那人多好。

好个屁！我告诉你红丫，这种为爱情花几个钱都舍不得的男人，就不配叫男人。你还是孩子，看不透男人，容易被蒙蔽，所以吃了大亏……

别说我小姑。我倒觉得，你要拿价钱比的话，我可知道，一箱多头青瓷餐具一千多呢，比靴子和内衣内裤贵。

看看看看，说你孩子没说错吧。他餐具明显别人送的，不是特意给我买的。你注意没，我前边叨咕的那些东西，他送我的那些东西，基本是别人送他的和单位发的。

你就理解呗。老齐那么芝麻绿豆大个官，收不到贿赂又没法贪污，还要养家糊口，除了拿别人送的东西当礼物，哪还有钱花给你……

你怎么也这么庸俗。爱情是无价的，为爱情花多少钱都不该计较。

我不是庸俗，小姑，我就是觉得你不该怪老齐。你刚才说，这一年多他给你花的钱顶多五千，可你想过没有，人家要是不和你好，去找妓女，五千能找……

嘿你这孩子越来越不会说话了，我是妓女吗？你再这么说我真想揍你!

好了好了不说这个了，你也别去想他别生气了。断了也好，省得担惊受怕，万一小姑夫知道了……

嘻嘻，红丫，我早和你小姑夫离了。

什么？你离婚了？

都又结了，快半年了。

你？你可真神! 你不和老齐分手了吗？

不是老齐，你以为天底下就一个老齐。他叫路逊。记住红丫，一旦见到路逊，千万别提老齐，跟任何人都不能提老齐。

这还用嘱咐，我知道。那个路逊，什么样人？

啊，路逊，一个高贵、儒雅、温柔、大气、忠诚的大男孩，他爱我爱得……

大男孩？你们姐弟恋？

那倒不是，他离过婚，还离过两回呢。但这说明不了任何问题，在一个人性整体粗鄙化的大环境下，越是善良敏感懂爱的人，就越容易受伤。他的两任妻子，跟你小姑夫和老齐一样，庸俗、肤浅、没有文化、素质低下……

　　过完正月十五，栾总把自己的东西从办公室拉走，当晚，杂志社全体员工请他吃饭。饭费大家公摊，以表达一种私人化感情。接他班的老陈要用公款，大伙儿没干，栾总也想掏份子钱，大伙儿更不干。好像杂志社是私营企业。不是，国有的。栾总的人缘与人性可见一斑。喝酒时，栾总哭了，没鼻涕一把眼泪一把，比抽噎和啜泣也含蓄些。栾总有酒量，喝多了并无哭的习惯。栾总年方四十，英俊、严谨、整洁、聪慧，兼有编辑才华和经营头脑，他在办公室养的两盆米兰已活了四年。别人养米兰，没有活过四个月的。他不是退休了或犯错误了，他是去市委机关。在杂志社，他副处级；去市委机关，能给正处。光为解决正处他不会走，他喜欢办杂志，不喜欢在机关打杂。但留杂志社，他做得再好，这辈子的最高级别只能是副处，杂志是副处级单位，去市委机关就不同了，在那里，即使他的杂不比别人打得好，过渡一段，不用遵循任职满三年的期限杠杠，副局级别也能给他。打算破格用他的大领导地位稳固。最初，几个年轻人留他，说你在杂志社，就是天皇老子，一个未来时的副局有什么了不起。栾总苦笑。冯顺代他解释。做到副局，冯顺说，只要不倒霉，这辈子就吃喝拉撒全报销了——我说的可是整整一辈子呀。众人不再吭声。大伙儿知道，栾总完全有能力靠自己本事吃得饱喝得香拉得痛快撒得舒畅，但能一辈子通过报销解决饱香痛快舒畅的问题还意味了什么，人人也就都明白了。也有不明白的，冯顺进一步解释：那么多富可敌咱多少个杂志社的有钱人，只要有条件，宁可花大血本也要打入体制买官求职，你们不会说人家缺心眼吧？——这么深入浅出，不明白的也明白了。

再下一天，栾总单独请红丫吃饭。他说，本来这天他应该去新单位报到，可为了有充裕的时间和红丫说话，他决定下一天再正式上班。他们在桔塘酒楼的306房，从下午四点坐到晚上九点。

我知道我平常给你们什么印象，栾总说，但今天，就咱俩，我想换种风格。如果我说的话，我表达的意思，我暴露的某些隐秘念头，让你觉得鲁莽和低俗，你别怪我好吗？甚至我还希望你理解。栾总的开场白说得吃力，似乎开口前，他像前一天那样大喝过一通。没喝。他和红丫面前都没摆酒，只有饮料。能喝酒的栾总说，为了不让红丫误以为他深思熟虑的坦诚表达是喝酒之后的胡言乱语，这一天他滴酒不沾。

红丫的目光从栾总脸上轻轻掠过，停在饮料杯上，但她此时注意的，是镂花玻璃杯上素淡的山水，还是黄澄澄浓橘汁表层泛涌的泡沫，还是在皱褶处弯折出七十五度夹角的乳白色吸管，不得而知。栾总的开场白说过好一会儿后，她才唔一声，但她是在答应理解栾总，还是表示听到栾总的话了，还是无意识地随便发个声音，也费人猜想。

栾总习惯红丫的方式，他继续说。我喜欢你，大概你来杂志社半年左右，我就认定，我喜欢上你了。除了我老婆，我没主动喜欢过女人。这么多年，倒有女人喜欢过我，如果她们以某种方式让我看到了她们的喜欢，我会想想，哦，她挺好的，唔，她不够好，仅此而已，对其中我觉得好的我也想喜欢，可由于种种原因，最后我总能放弃喜欢。唯有对你，我没放弃过，还越来越喜欢。我不是为讨你好才这么说。我也知道，那些喜欢我的人里，年轻漂亮的，温柔体贴的，多才多艺的，也都有——哦，我得承认，在对工作的认真态度敬业精神这方面，你最突出——我这么说，也不是把你看成劳模。你工作上表现出来的责任感，能让我感受到你这个人性格中的踏实、稳定、独立、强大。从私心说，和你这样的人好，我会觉得放松安全。这不是最主要的，最主要的是，我太喜欢你身上那股特殊的劲儿了。我说不好那是股什么劲儿，但它确实存在，在你言谈举止中，在你一颦一笑中，它随处可见。它太独特了！有点像羞涩，有点像糊涂，有点像城府，有点像傲慢，有点像恐惧，有点像轻蔑，有点像单纯天真没心没肺，有点像玩世不恭看破红尘破罐子破摔……哎呀我说不好，哪样都有点又哪样都不完全，它特别吸引人。它倒不一定就好，有时让我欣赏得不行，有时候，也气得我要死。对，就你现在这么个劲儿。

红丫抬头看栾总一眼，停半拍，点点头，是种很庄重的认同的样子。点头之后，好像担心认同的程度还不太够，又一本正经地唔了一声。这一连串表现，越认真越如同搞怪，显得滑稽，让人有些哭笑不得。可她的确认真，不为搞出怪相制造滑稽惹人哭笑。

你呀——栾总的脸上布满无奈，长叹口气。但一声长叹还真有用，他神色中的紧张竟真的没了。红丫无意中制造的效果，让他的情绪得到了缓冲。你还记得不，第一次，就是在这里，冯顺给咱们作的介绍？

红丫脸上露出笑容，节奏正常地唔了一声。但她的笑，似乎又与栾总无关，只与她内心的活动有关。

冯顺与宋白波中学同学，与栾总大学同学。栾总把总都做四年了，都调到市委机关当副局级候选人去了，冯顺还是大头编辑。这不影响他们始终哥们儿。红丫由大连来沈阳求职，找到了曾关系亲密的旧日邻居，小时候被她喊作小姑的宋白波，而宋白波的一圈求助电话，其中之一就打给冯顺。冯顺热心，听说大连小老乡有了难处，又见红丫提供的材料挺有分量，就特意与红丫见了一面。有一天，他通

　　　　　　　　　　　　　　　　　　　亲合

知宋白波带上小侄女，去桔塘酒楼306房。

这是乱射。宋白波和红丫一进306，冯顺就用夸张的大连口音介绍栾总。

乱射？这——冯顺找她与红丫的工作有关，宋白波能想到，但他要把她引见给什么人她猜不出。她也没问。冯顺喜欢装神弄鬼。

我叫栾会文——栾总递上名片，与宋白波交换，也给红丫一张。冯顺，正经点。

宋白波反应快，扫一眼栾总名片改了称呼。栾总好，这是我侄女，红丫。然后也对嬉皮笑脸的冯顺说，冯顺，正经点。

两人都没认真数落冯顺。冯顺活跃，是调剂气氛的高手，他的玩笑能让人放松。他也善于通过玩笑让他不喜欢的人尴尬。看看看看，都说我不正经。称呼姓栾的社长不能叫乱射？

姓栾的总编辑，宋白波字正音准地说，栾总。

你眼镜光有装饰作用？这名片写得清清楚楚，社长兼总编辑，先射后种。当年周总理兼外交部长，你能喊他周部长不喊周总理吗？你愿意叫他乱种我不反对。

别贫了冯顺，你还没告诉我跟宋主任见面什么事呢。

你们知道社会主义精神文明办公室的简称是什么吗？

好了冯顺，都一百年的老段子了。

别乱说，这儿有孩子。

会文办。一直没开口的红丫，栾总眼里的孩子，忽然这么嘀咕一句。她眼睛一直盯着栾总名片。

宋白波愣一下，才意识到栾总叫栾会文，而一旁的冯顺，已经喊叫起来。哎会文，红丫够机灵吧？你可别把人家当小孩看，人家可在《渤海晚报》当过头牌的特刊记者，是我帮你招的精兵强将。

冯顺顺手戴在红丫头上的高帽，很快证明是合适的。在《尚女》

杂志社，红丫先当近两年精兵，然后，半年前，担起了专刊部主任的要职，又有了天地展示强将风采。

我不是卖你好，虽然你干得的确出色，可你资历太浅，提拔你，我不得不费一番脑筋，甚至玩点权术。

谢谢你。

那倒不必，我得让好手给我干活。不离开《尚女》，我不会告诉你我用你的背景，我也不会把给你工作又重用你作为砝码，要求你跟我建立特殊关系。如果我们还是同事，我会永远把对你的喜欢藏在心里。可现在，我们不是同事了，不是上下级了，我希望，说出来，并且希望你接受我。当然，我不敢对你承诺什么，不能草率地说离婚娶你那种话，但我们成了情人，我会一辈子对你好，把你看成又一个妻子，我，不会干涉你恋爱结婚……

对不起栾总，我……对不起栾总……

哦，你是说，你不喜欢我，不能接受我?

不是栾总——呀不是，我不是不喜欢你，我可以在心里喜欢你，可我……

喜欢我，却不能接受我?

唔，对不起栾总，对不起——

别这么说红丫，让你为难，是我对不起你。可我，能知道为什么吗? 你既然心里可以喜欢，为什么不能做我情人? 我不懂……这时的栾总已完全放开，说出话来条理清楚。他说他相信红丫不会没有性要求，又说红丫不是观念保守道德感陈旧的那么种人，他还说挺多，把红丫设计出来的拒绝理由全解构了。显然，为解构她的理由他作过设计，还挺精心。

我是觉得，最后，红丫说，我的身体，我第一次的身体，应该，给我丈夫……

　　　　　　　　　　　　　　　　　　　　亲合

处女情结是荒谬的理由，以至于，栾总忽略了它的理由属性，在他的解构设计里没给它位置。在处女膜与丈夫间建立联系，相当于在红丫的身高与她的业务能力间建立联系。处女情结成了横在栾总与红丫间的玻璃幕墙，不仔细看看不出来，却存在着。栾总先惊愕，然后清算这个理由。红丫都同意，还帮栾总清算，她说她知道这理由可笑，甚至都可耻。但没办法，她已成了它的俘虏，想要脱逃却挣不开镣铐。她一遍遍说对不起。如果我今天结了婚，她说，也许明天就做你情人。她请栾总理解。栾总只能理解。不理解又怎么办呢？分手时，栾总提出接吻申请。红丫低下头，答应了。他们走出桔塘酒楼，寻一处墙角，搂在一起。是栾总搂红丫。拥抱时，红丫的双手搭栾总胸腹部位，好像随时要推开他。也是栾总吻红丫。彼此的嘴唇贴上以后，栾总以舌头充当钻头，层层深入地，去突破红丫的嘴唇关和牙齿关，试图钻探红丫舌头。红丫的舌头不是钻头，是矿石。

与搬家公司定的搬家时间，是早上七点。搬家公司忙，一趟车的活不爱跑，小活只能定在早上。为赶早，前一天红丫仍住出租房，与老太太相伴最后一宿。她近来两头住，甚至三头住，有时住五里河新区新房，有时住老太太家，有时住胡不归家。她极少住胡不归家。胡不归住过五里河新区，没住过出租房。为图新鲜，他们曾计划在老太太家做一场爱。他们在屋里翻云覆雨，一门之隔的外边，却另有一人随着他们而紧张冲动，而疯狂兴奋，而欣悦快乐，那真叫刺激！他们没落实那个计划。否定他们的不是耻感，是善意。孤独的老太太听墙根时，会更感伤。老太太不知因何作出判断，胡不归比"儒商"厚道。她认为，红丫与胡不归的交往有了恋爱味道，是她从中撮合的结果，是她对胡不归的好感，影响了红丫。根据红丫透露的信息，她认定胡不归是离异的鳏夫，儿子随前妻在北京生活，而红丫，没在乎胡不归有过婚姻有过孩子，只在乎他大她一轮还多——十四岁。有一次，胡不归找红丫时赔着笑脸，红丫的表情不大好看，老太太便认为两人有了摩擦。事后，她以红丫对胡不归的一句抱怨为由头，劝红丫别在年龄上挑三拣四。红丫抱怨说：哼，那么大个人！老太太劝她道：叫我说呀，这小胡唯一的不理想是有孩子，孩子不在身边也不理想；至于年龄，没必要挑，毛主席比江青大将近两轮，朱德比康克清大两轮多，刘少奇比王光美大将近三轮……其实，那天红丫对胡不归的意见与年龄无关，序齿问题不足挂齿。胡不归与红丫在一起时，红丫通电话他总回避。红丫说工作，与同学爸妈互通信息，他也奉行三不主义：不听不看不问。红丫笑他虚伪，笑他流氓的精神绅士的举止，又说，我的电话全能公开，没你那么多见不得阳光的秘密。她话说大了。平常红丫不说大话，"小话"都少。随之而来的秘密给了她难堪。人怎么可能没秘密呢？真没秘密，也该保留一块适宜秘密生成的土壤。这天红丫电话铃响，胡不归没去客厅或书房。供暖快结束了，屋里已提前成为冰窖。胡不归在被窝里蜷着，吻红丫肚皮上若隐若现的妊娠斑纹。事有凑巧，那电话来自红丫生活里的另一个男人。那人在长春，是个副区长，与红丫网恋后，每月来沈阳一到两次。他的乳白色丰田吉普挂武警牌照，可以随便闯红灯，把沈长高速视为没有限速的F1赛道。他没撞过人。电话里，他说他刚向市长汇报完工作，很轻松；然后说他想红丫了，问红丫第二天有无时间。第二天周日。红丫很尴尬，看一眼胡不归。这时胡不归已离开被窝，是感觉到红丫看了他一眼。在这之前，红丫的"你好"一说出口，就暴露了这个电话的不比寻常。胡不归嘴唇立刻离开红丫肚子，他整个人也光着身子离开了卧室。都没穿睡衣。红丫知道，他将在客厅或书房做一节裸体健身操抵御寒冷。红丫通完漫长的电话，也裸身出来，也没穿睡衣。她想穿睡衣时间充裕。我和他断了。她说。不仅仅与寒冷有关，

　　　　　　　　　　　　　　　　亲　合

红丫的身体瑟瑟发抖。这时高举哑铃的胡不归已薄汗敷身。他放下哑铃抱住红丫，把她抱回床上。她的话，大概什么意思他能明白，但不明白具体所指。他用身体为她暖身，什么也没问。你不想问点什么？红丫推他，愤怒中夹着委屈。也不是，胡不归为红丫压紧被角，我怕问了让你为难。再说我相信你能处理好任何事情，我只希望你高兴，别为别人难为自己……我不考虑你的感受，你能高兴？红丫坐起来，让寒冷重新包围自己。我在你之外还有男人，你连醋意都没有，你对我与他的情况，没有一丝打听的欲望，我高兴得起来吗？在你眼里我算什么？胡不归以自己当被，盖红丫。我有醋意，也想打听你隐私，但那样不好，我得控制自己……胡不归像个照品德手册生活的模范少年。这事之后的两三天里，红丫一直冷冰冰的，说咱们别来往了，胡不归不干，屁颠颠跑到老太太家，哄她求她。好像是他冒犯了她。这样的过节儿，不可以让老太太知道，只把年龄差留给她操心更好一些。老太太是个冷漠的人，甚至冷酷，但她真心喜欢红丫，希望红丫能有恋人，别像她一样孤孤单单。她多次暗示，她随时欢迎胡不归来访。老太太的暗示，胡不归红丫能感觉到。胡不归仍很少去出租房。他们的行为习惯，没义务按别人的好恶设计规范。这天也是，他们没计划住在一起，只是第二天，胡不归得起个大早，来出租房帮红丫收拾东西。红丫东西少，装箱打包后，顶多小半车，犯不上胡不归过来帮忙。但胡不归说，他来不在活多活少，而是搬一回家，就红丫一个孩子似的女人自己忙活，闹不好，恶人就会心生歹意。红丫不希望胡不归在她生活中过多露面，说找同事。胡不归仍坚持来。他解释说，搬家这种事百年不遇，要是小事，你让我露面我还不愿意呢。红丫只得同意。可此时还没到晚上，胡不归正琢磨晚饭出去吃还是自己做时，红丫的电话打了过来。红丫让他去出租房吃饭，并且，饭后与她住在一起。

怎么，回家一看看出活多了吧？怕我明早现去来不及收拾？没问题，我能起早，六点不赶趟我五点到。

不是，你来吧……红丫的声音迟迟疑疑。

胡不归想再说什么，电话里传出老太太声音。小胡呀，过来吧，明天红丫就真搬走了，今晚最后一顿饭，我请你们。我把红丫看成朋友，你是红丫朋友，我也把你当朋友看——你们怎么看我这老太太我不在乎。

这是一顿感伤的晚餐。老太太明显舍不得红丫。她克制，不表示出来，表示出来的是频频碰杯，连连喝酒。快三年了，红丫没看过老太太喝酒。一瓶红酒，老太太喝半瓶，胡不归喝余下的半瓶，另外多喝一瓶啤酒。红丫分别喝了一点点红酒和啤酒，可以忽略不计。这顿晚餐还进程缓慢。老太太话多，啰嗦，完全不像以往的她。酒与感情一样，是奇怪的东西。老太太从官场讲到男人女人，又从少女时代讲到老迈光阴。回北屋后，胡不归和红丫都昏昏沉沉，不想做爱，可搂抱一会儿，又来了情绪。如果这里是另一个地方，是泰山花园或五里河新区，他们有了情绪也不会做爱，下一天要起早。这里不是另一个地方。对红丫来说，这里是绝地反击的堡垒，她征服沈阳就从这里开始。她也像老太太一样感伤起来。做爱是稀释感伤的良方。他们就做了。这次做爱，与他们当初那个图新鲜求刺激的计划无关，做时，他们尽量小声、平静、紧咬牙关、默默耕耘。他们的自我控制不太长久。也互相提醒着注意一点，但理性输给了身体的感觉。他们越来越放肆，让床榻、墙壁、整幢房屋，都跟着不管不顾地摇撼起来。床榻连着墙壁，墙壁支撑着房屋，房屋一摇撼，薄薄的门板也随之震动。也许与门板传递的震波有关，估计已与门板紧贴了一段时间的老太太，再也无法承受门板的诱惑，她的身体，就随着门板波动起来。她的波动未能攀附着一条漂亮的曲线缓缓升起再慢慢降落。她的波动是

　　　　　　　　　　　　　　　　　　　亲合

失事的飞机。胡不归和红丫在忙碌中，同时意识到门板的震动不大对劲，然后，就听到了门板外痛苦的呻吟声和身体与门板与地板含糊不清的撞击之声。他们急忙下地开门。在微弱廊灯的照射下，老太太身穿薄丝绵的睡衣睡裤，斜躺在地上，紧闭双眼捂着胸口，去除假牙的瘪嘴艰难地咀嚼着，像急于吞下什么好吃的东西。

第三章

他说：

…………… 我那些朋友要是看出来你是个骚货，

……………………… 会替我难过或笑话我

　　季欣坐炕沿儿上。不算正式坐，只是倚、靠。倚或靠让她的坐显得敷衍，像绿化工人植树时，挖的树坑只深及脚踝，种进去的小树，鱼漂点水般虚浮于地面，随时能够连根拔起。季欣也处于虚浮状态。与树不同的是，她一遍遍将身子拔起，是主动行为，每次，她都进攻一样拔起来，飘出去，再喘息着，下意识地按一下肚子，重撤回炕沿儿。小树拔离地面会倒伏死掉，季欣不然，她有办法拔离地面后再返回树坑汲取养分。炕沿儿是她两次进攻时缓冲休整的补给站。人比树强。树经受不住敷衍的掩埋，对人来说，敷衍的倚靠足够用了，能把体重托付给一个牢固的支撑物，就能保证，不论她多激动或悲伤，都不会失去脚下的根基，不会摔倒，不会在同一强度上长久地绷紧脆弱的神经。敷衍的倚靠，保证了季欣心里有底，而心里有底，能让她把所有符号性动作都做出来，做完整，做到位，做充分，便于满屋子新闻记者摄像拍照录音和笔记。她脸色苍白，头发凌乱，浅咖啡色水洗布长裙又宽又大有板结之感，很像藏人或蒙人的袍子。可能由于睡眠不好，她眼睛显得更圆更大，与一对发不出声音的铃铛已没有区别。

亲合

在此之前，何上游应该见过她多次，但只记得一次。见过多次是季欣说的。她叫他何老师，说三年级上学期，她听过他课，讲金融时间序列分析。阶梯教室大，人又多，我可能没注意你。何上游略带歉意地这么解释，同时抽季欣点的喜烟。喜烟不能不抽。不对，季欣大大方方地开老师玩笑，是现在学经济的美女太多，我这模样的不吸引你。季欣就是美女，美女才敢拿容貌打趣。他们这样对话那天，也是正式认识那天，那天季欣和任小彤结婚。当时任小彤来他们这桌介绍季欣，宋白波等几个女人，一惊一乍地评价季欣：新娘子也太漂亮了，这对大眼睛……任小彤假装谦虚，这是眼睛吗？他左臂一勾，搬过季欣脑袋，像把地球仪夹进腋下，再用右手具体指点，仿佛指点墨西哥湾或加沙地带。这呀，这是铃铛，可惜它们发不出声音。任小彤没解释为什么眼睛不能发出声音就可惜，想必他也解释不清。他粗鲁地搬弄季欣脑袋，乱说几句什么，只为让朋友看看，对这么漂亮的新婚小媳妇，他这个有过婚史的男人，仍没失去奴役的权力。他前妻是不甘奴役离开他的。任小彤这个七岁女孩的父亲，一看到漂亮女人就献殷勤，却时常脾气不好。是对成了他老婆或情人的漂亮女人脾气不好。老婆要打骡马要骑，他信奉这样的为夫信条。据他说，他"拿下"季欣的第十九天，就打了她。不知有没有吹牛成分。看来没有，因为这时，在一群生人面前被搬弄脑袋，季欣一定很不满意，却没把不满表示出来，还满足地、享受地、舒服地，让脑袋像地球仪一样任任小彤搬弄。脑袋不是孤立的圆球，连着脖子及整具躯体，尤其那脑袋被点缀成绣球时，更不适宜当地球仪，脑袋上的花花草草，也不适宜代替地球仪上的红红绿绿。何上游当时就判断出，季欣善于表演，现在他更这么看了。当时他没问，现在倒想知道一下，在学校时，她是话剧团或舞蹈队或辩论大赛上的活跃分子吗？他没机会插话。现在季欣表演激动和悲伤，托着她屁股的火炕是她表演的舞台，火炕上她身后坐着躺着的三个活人，是她表演时不时需要使用的道具。渐渐地，演出进入高潮阶段。见义勇为基金会那个肥胖女人，从记者丛中走近舞台和道具，走向季欣，而季欣，也站直身子离开火炕，向前飘去。两个女人热烈握手。握手是种古老的礼仪，其基本规矩，是两人相向，四目相对，通过手的连接，表达以诚相待没有芥蒂的友好之意。但此时握手的两个女人，虽然一肥胖一瘦削，一衰老一年轻，却效法着同一种异化了的握手规矩。她们模仿电视上的政客，拿腔端架，眼神游移，不把身体正面交给对方，只将勾连着的胳膊横于小腹部位，并排站立着朝向记者。她们握手，不为交流欢乐或悲伤，是握手这个造型对欢乐和悲伤有所需要，她们脸上，才写出了只与记者有关而与对方无关的欢乐和悲伤。何上游认为，如果这个文明的世界里没有记者，握手这一野蛮时代遗传的礼仪，必然绝迹于文明的前夜。幸好有记者。记者不但左右握手，还左右握手之后对红包的交接。何上游可能溜了下号，没注意到胖女人什么时候又是从哪儿拿出一个大红包的，他只看到，季欣的细手细胳膊一伸一收，就把手上的红纸包拍进或砸进肚子前边的大口袋里。的确是拍或者砸进去的，那手法，很像美国NBA球员扣篮时的横拍竖砸。何上游也是这时才看到，季欣身上那条肥大长裙的肚子部位，缝了只篮球筐一样的大号口袋，比普通衣裙上的兜大两到三倍。那口袋里没东西时，贴在裙布上看不出来，一旦塞进东西，口袋的边沿就会张开，呈喇叭状，使季欣成为澳洲袋鼠。红包入袋后，两个外表反差甚大的女人继续精诚合作，共同抻开一幅像红包一样鲜艳的红纸。红纸正面，即对着记者和何上游这面，画成了银行活期存单的格式，上边标有三万元字样。何上游听到身旁有记者低声叹息，脸上还露出遗憾的表情。他想挤过去与叹息遗憾的记者握手，握一个以诚相待没有芥蒂的友好之手。为三万元叹息遗憾的记者，一定是"自己人"，一定在为任小彤家属争取五万元奖励这件事上出过力操过心。任小彤只值三万没值五万。

　　季欣太疲惫了，见义勇为基金会的胖女人一放过她，她手里的大红存单一被人拿走，她顺着炕沿儿几乎瘫倒。如果那张大红存单真能兑钱，她不会把它交给别人，而不给别人，她就不能瘫倒。她也的确没真瘫倒。她仍倚靠着火炕，面朝众人，只是这时，她的倚靠已等同于坐。她把身体的重量交给屁股，屁股把她托付给火炕。若在自己家，这么松懈地把自己托付给床，她未必敢如此放心。她家的大床摆地中央，原木风格，只一头抵墙，从买来那天起就吱吱嘎嘎。何上游不想替季欣展开幻想，可光当看客太无聊了，偷闲想象另一个场景，他情不自禁：季欣在自己家，疲惫地倚靠原木大床，虽然没用什么力量——她也没力量，可床还是毫无道理地挪了窝错了位，床一挪窝错位，她没站稳，跟跄几步，摔在了地上，而她肚子，恰好撞上了什么硬物，她子宫里的血水便冲了出来，沿着大腿……这种幻想，对季欣来说太苦肉了。何上游不好意思再想这个，去想别的：此时挤到季欣身边妥不妥呢？挤到她身边怎样开口？他看季欣，季欣没看他，也没看别人，季欣专注地抚摸肚子。针对季欣这个动作，有人会认为她是摸钱，摸刚到手的三万元钱。何上游不这么认为。他也看到她摸了钱，但他认为，她摸肚子才是本意，摸肚子上的钱，只是捎带行为。她摸肚子是摸肚子里的孩子。至于她为保护还是驱逐而摸那孩子，他说不好。最初，不知季欣是否幻想过摔倒流产的惨烈后果，她的确要求在自己家搞这个奖励仪式。见义勇为基金会的人不干，他们说这钱不是光给你的，是给任小彤所有亲人的，你可以作为亲人代表接受这钱，但前提是，他的亲人都要在场，这样，如果你们为分钱闹了矛盾，就不怪我们了。季欣对见义勇为基金会的人提出抗议，说这是侮辱。见义勇为基金会的人不示弱，说这叫丑话说在前边。我们有太多这方面教训，他们说，许多见义勇为者家属，分割见义勇为基金时都境界不高。这时，季欣摸肚子与钱的手已经拿开，正支撑着炕沿儿，重新起立。她要讲话了。何上游失去了说话机会。谢谢大家，谢谢见义勇为基金会的领导和同志们！季欣哽咽着演出尾声部分。小彤的离去，让我痛不欲生，他是我的全部的爱，我真想随他而行去天堂伴他。可我知道，他不会同意我这么做，我们还有重病在床——她卡一下壳，回身握一下她公公的手。她想说"炕"，但"重病在炕"不伦不类，仍说了"床"；任小彤的爸爸中风之后，在火炕上躺三年了——的老父亲，还有悲痛欲绝的老母亲——她又抓住婆婆的手，握一握，晃一晃——还有纯洁可爱的宝贝女儿——她又去搂任小彤与他前妻的女儿任可。任可长期住奶奶家，与季欣生疏，本能地躲一下季欣的手——并且，我这里还有——季欣没计较任可这件道具的不听使唤，她伸出的手划一道弧线，收回来，与另一只手一起，双双抚上自己的腹部，然后，又揪紧水洗布长裙肥大的前襟；但看得出来，她腹部肥大的只是裙子，不是肚子——小彤的骨血呀！我们的孩子，他/她是烈士的后代，是英雄的传人，是爱情的结晶，是祖国的未来，为了他/她，为了让小彤的遗志后继有人，为了让见义勇为的精神在他/她身上发扬光大，我也要好好活着……这时何上游手机响了。上游，给了吗？是马新奇的声音。给了，可只给三万，何上游小声说，你不说跟见义勇为的头头疏通好了吗，怎么没划进五万的杠杠？操，马新奇很生气，这小子涮我！随后又压低声音问，季欣什么态度？何上游已经远离了人堆，说话不用再拢嘴巴。还没问呢，我也插不上话呀……

上班的日子，何上游午饭在学校吃。教工食堂是厢房，东窗外边，隔街相望，能看到一片歪歪斜斜的三层小楼，有栋小楼的房山墙上，端端正正地挂块海蓝色牌子，挺显眼。牌子的规格与小楼的破败

　　　　　　　　　　　　　　　　　　　　　　亲合

不太协调。那么新的牌子，与刚建成的高楼大厦更匹配些。高楼大厦不许乱挂牌子，只能挂街名楼号的标示牌，以及"八荣八耻"的宣传牌。前者黄地儿衬白字，后者白地儿衬红黑字——"八荣"红，"八耻"黑。很中国特色。海蓝牌子也中国特色，也突出"八"，但没思想性，也不含蓄，那种"发"的理念，只能卑微地寄托在自己无权独创而由他人编织的电话号码上："八八"，"八八八"，"八八八八"。这些卑微的"八"也非一无是处，否则，破败小楼它们也爬不上去。破败小楼比不上高楼大厦，却比公厕外墙或电线杆子高几个档次。海蓝牌子上排列的八个电话，能把和谐社会里行业协作的理念喻示出来：开锁公司、电脑修理部、小额贷款发放点、家政服务站、侦探事务所……跟在侦探事务所后边的电话八字最少，只有两个，但何上游的目光聚焦于它。他看它一会儿，开始默诵，低头背一遍，再抬头对照。几番下来，还担心忘掉，最终将它输进手机。邦德侦探事务所，这是那家侦探事务所的完整名字，何上游喜欢它。读本科时，他帅气的长相，曾被一些女同学认为与某任007系列电影里的詹姆斯·邦德有点相像。电视里那个大红大紫的新科明星何下游，正是以饰演詹姆斯·邦德型人物受追捧的。回到家里，刚好两点，何上游把只含两个"八"的电话拨了出去。电话里传来一个审慎的男声：你好，这里是邦德侦探事务所，我是007。何上游愣住了。你，你好——从学校回家这一路上，他脑子里一直开圆桌会议，讨论该如何与詹姆斯·邦德的同行对话。他什么都想到了，就是没想到，对方会以"007"自报家门。我是——何上游一时慌不择言，我是詹姆斯。对方不高兴了。我没和你开玩笑，我们有七个探员，分别以001至007的代号代表。何上游说，我也没开玩笑，我老婆都让人拐走了，我都成头戴绿帽子的大王八了，我怎么有闲心开玩笑呢？何上游的声音高了一下，旋即缓和。他挂电话不为吵架。他意识到，刚才他脑子里讨论过的预案之一，只要灵活运用，完全适合此时的对话。请原谅，我姓何，暂时不想告诉你我叫什么，既然你的名字保密，要以007为代号，那我就也用个代号，叫詹姆斯，不可以吗？哦，对不起，007声音也缓和了，我理解你心情，詹姆斯·何先生。你找我们，为你妻子出轨的事？没错，我希望绝对保密。这个当然，这是我们的职业操守，请放心。我想，掌握她一周内早上七点半到晚上六点的所有活动情况，尤其是有什么男人与她接触，能办到吗？没问题，我们需要她照片、居住地址、工作单位、手机号码QQ号码电子信箱号码，最好还有她平时的活动规律表。这个我提供，你们收费多少？这个，你给我们材料时，我们当面商量吧。我们是特殊行业，收费会与多种具体情况都挂点钩，但肯定合理。好吧，我们怎么见面？你在哪一带？我住皇姑，北行这边，长江花园。哦知道，明天上午吧，我现在有事，明天上午八点半在长江街崇山路交叉口西南角的辽宁大学科技园门口见，我穿米色夹克，牛仔裤，戴墨镜和棒球帽，一米七五，四十岁左右。你呢？

　　与邦德侦探事务所的007通完电话，何上游继续紧张，坐不稳站不住，在客厅卧室何木的房间包括厕所厨房走来走去。走路能帮他平静下来。他照镜子，照走廊门旁的大穿衣镜。他皱眉，凝眸，偏头，侧身，做飞刀与射击动作，脸上挂着兼有玩世不恭与冷峻威严的硬汉表情。他以电影里那个无所不能无往不胜的詹姆斯·邦德为模特。距下一天上午八点半还有十八个小时，太漫长了。十八个小时怎么打发呢？何上游平端右手，竖起拇指伸出食指收拢其他三指，冲镜子里的詹姆斯·何先生开了一枪。砰！然后，他坐下，把脑子里那些何上游第二第三们又喊过来，开圆桌会议，商量跟踪渭渭的事。跟踪渭渭？对，没错，这正是他接下来要做的事。求助007的打算，也来自跟踪渭渭的念头。他没勇气跟踪泾泾，他的胆量只够跟踪渭渭。他不认为监视渭渭是狗拿耗子。关于同卵双胞胎的某些基因秘密，现代科学仍解释不清，但许多神秘的现象耐人寻味。董建设没委托他跟踪妻子。昨晚一知道董建设又出差了，他就动念跟踪渭渭。一部分何上游第二第三们批评了他，除了骂他无聊无耻，更帮他想到，一旦露馅会多难堪。但辗转反侧数小时后，会议还是形成了决议：跟。现在，他只有权利斟酌完善行动方案，无权把会议决议束之高阁。他也知道，日常生活里，大到联合国小到居委会，制定决议像收取管理费那么频繁，可各种决议，不论多么庄严神圣，无不沦为一纸空文。人们制定决议，不为执行只为践踏。何上游执拗，他不允许自己的决议与联合国或居委会的决议有相同的命运。他们的决议写在纸上，我的决议刻在心里。砰，他冲镜子里的詹姆斯·何先生又开一枪。

时钟敲过下午四点，何上游最后攥一下拳，像履行一个宣誓程序。他往渭渭办公室打电话。渭渭在。何上游先替同事打听件事，又顺嘴问她怎么还不下班。前一节的借口和后一节的顺嘴，都没露破绽。渭渭说五点打完卡才能下班。与渭渭通完话，何上游已满脸是汗。他洗把脸，又攥攥拳，把再一个电话打给泾泾。不是往泾泾办公室打，是打她手机。晚上我有饭局。他平静地告诉泾泾。好的知道了。泾泾的声音也很平静。何上游期待像以往那样，泾泾能关切地再补一句：少喝点呀！没等到，泾泾迅速切断了电话。你工作至于那么忙吗？对着嘟嘟叫的电话，何上游忧伤地问了一句。回答他的还是嘟嘟。他没立刻放下电话，仿佛要与他的忧伤或他忧伤的问题独处一会儿。好几天了，泾泾对他带搭不理，其表现形式是，像老鼠怕猫一样躲他避他，躲避不了，就受气包似的唯唯诺诺。表面看，是怕他，怕她主动多话过度热情，会惹他借题说三道四——这的确是他近来的习惯；但问题绝不那么简单——为什么以前他噎她戗她，她照样黏他腻他关心他呢？你变心了，这是唯一的解释！对着嘟嘟叫的电话，何上游放开嗓门大喊一声。喊叫把他的忧伤提升为痛苦。

出租车停到市府广场北端火炬大厦东侧的乘降站时，距五点还有十多分钟。何上游看到了不远处那个略呈圆形的草绿色报刊亭。它还存在，这让他满意。在跟踪方案里，它将被派上重要用场。这里的环境他不陌生，近年来，至少三次，他应邀来火炬大厦开讲座授课，有些外边的白领都混进来听。他绕着报刊亭转了一圈。以前他觉得它造型难看，那种圆滚滚胖乎乎的样子，像一只向上蠕动的大菜虫子。现在他觉得它憨态迷人，形状别致质地坚固，完全是一座缩微版的军事岗楼，占据要冲，统摄八方。何上游隐蔽在岗楼南侧，像个准备打冷枪的游击队员，四处悬挂的报纸杂志是掩护他的迷彩伪装，两扇外凸式弧形玻璃窗大了一些，但比喻为供他观察敌情的瞭望孔也差强人意。他试观察。效果挺好。火炬大厦的四扇大门，被斜向上升的九级台阶烘托起来，一会儿，即使许多人同时涌出大厦，那逐级下降的台阶，也能渐次呈现每一张面孔，以确保个别不被一般模糊。二十八层高的火炬大厦是巨大的墓碑，记录着埋藏其间的近百家大小公司，曾经或者正在经历着的生死挣扎。大部分公司像肥皂泡一样，在冰冷的坟地里忽鼓忽瘪，最后破裂时悄然无声。只有少数肥皂泡能进化成闪烁的玻璃彩球，坚硬圆润，滚动起来嘎嘎有声，由占据一盏墓穴开始，满怀希望地扩张自己，恨不得让火炬大厦这座墓碑只为自己而高高矗立。渭渭供职的那家公司，就曾有过独占整幢大厦的野心。想到渭渭，何上游移动脚步结束了试观察。这时，二十米开外那九级大理石台阶上还冷冷清清，他没必要把注意力早早用完。大厦里的白领，要七八分钟后才能下班，而七八分钟后，他们也不能立刻涌出门口，总得再拾掇七八分钟。两个七八分钟约十五分钟，何上游的注意力，还可以松懈十五分钟。

　　若在平常，十五分钟一晃就过去。平常的十五分钟是个整体，类似一袋米，可以由此地扛到彼地；可现在，等人，十五分钟是九百

　　　　　　　　　　　　　　　　　　　　　　　　　亲合

秒，一秒一个单元，每个单元是一粒米，需要逐一捡拾起来。时间漫长。何上游站在他选好的观察位置，看报刊亭主人很享受地抽烟。他恍然有所悟，原来抽烟也有好处。他想到了胡不归。在朋友圈中，他最讨厌抽烟，胡不归最喜欢抽烟。他猜到胡不归为什么烟瘾重了。胡不归总和女朋友约会，约会需要等待，等待需要陪伴的营生，抽烟，是打发时间的最好营生。这时，报刊亭主人也看他一眼。那一眼不包含任何内容，只是一个无聊之人的无聊一瞥。何上游敏感，他认为是报刊亭主人对他光浏览报刊却不掏钱表示不满。他不愿意惹人不满。他拿个姿势，像抽烟人掏烟那样掏出手机，以此通报报刊亭主人，他无意免费看他报刊。他倚着报刊亭查看手机，从字母"A"开始。ABCD一路走过，他拨号的热情一路降低。这个时间，朋友中大部分人都在准备下班，他的闲聊没谁会呼应。EFGH……字母"H"跳了出来。他热情重燃。拨电话时他很坦然。嗨，干吗呢不归？忙不？他选择胡不归作聊天对象。胡不归说看书呢不忙。何上游犹豫一下，小声说，不归，咱们这拨人里，咱俩在时间上自由度最大，没有更多上班的约束，那你觉得，如果一个人自己支配的时间太多，究竟是好事还是坏事？胡不归笑了，你小子不忙，也没雅兴闲聊天呀，今儿个怎么了？何上游光嘿嘿，他知道胡不归的问题不必回答，他问一句，只为铺垫下边的回复。胡不归素来好为人师，喜欢也擅长东拉西扯。我不知道你提这问题什么意思，如果一般泛泛而论，不同的人感受不会一样。就像钱，有人钱多了吃喝嫖赌，有人钱多了扶危济贫，有人钱少了省吃俭用，有人钱少了偷摸抢要……胡不归说时，何上游开始还唔唔点头，可听几句后，忽然觉得自己很傻，在胡不归肤浅的说教面前，他竟像个探亲期间也按部队作息制度要求自己的规矩士兵。他烦躁，打断了胡不归的夸夸其谈。没有，他说，新意……可刚一打断，他又后悔，不听胡不归絮絮叨叨，他该怎么把十五分钟的岗楼哨兵职责行使到底呢？他重找话题，问胡不归看什么书。哈，这本有意思，有新意。胡不归没计较何上游的唐突失礼。它讲宇宙中的生命层次，胡不归说，它说，没准就在我们身边，存在着许多比我们高级千万倍的生命形态。哈，觉得胡扯是吧？这么说吧，地球上，有人，有狮虎豹，有狗猫鱼，有昆虫微生物……人呢，总以为自己是宇宙主宰，凌驾万物——也许考虑到地外高级生命存在的可能性越来越大吧，现在的人，一般只把自己看成地球老大。可这本书说，任何生命，感知的器官都有限度，鼠目寸光，人目也不过千把百米。比如蚂蚁看不到人类啥样，可这不影响人类存在——你听没听过那个段子？大象把屎拉在路上，一只蚂蚁路过，抬头望望云雾缭绕的粪的山峦，不禁唱道：呀啦索，这就是青藏高原……嘻嘻，不借助显微镜，人也同样看不到细菌、病毒，可它们照样生龙活虎。宇宙中，人类能看到感知到的物质只占百分之二，另外百分之九十八的暗物质……对不起不归我有事！何上游啪地关掉电话，又一次表现得唐突失礼。这时候，二十米开外，火炬大厦大门洞开，像翻斗车倾倒体积偏大的建筑垃圾那样，将二三十个青年男女卸了出来。他们是三部电梯同时送出的第一拨下班白领。

从何上游掐断胡不归电话到他离开报刊亭，又过去十五分钟，十五分钟里，火炬大厦共涌出五拨下班的人流。也许是四拨，也许是六拨，很难作出确凿的统计。自第一拨二三十人出来以后，就不断有人走出大门，有时人多，有时人少，忽而一群忽而零星。这与三部电梯不能同步运行有关。涌出来的人流分不成拨了，分拨也不再有什么意义。渭渭随何上游估算中的第五拨人流涌了出来，在一群光鲜时尚的青年男女中，她照样醒目。穿戴上她敢标新立异。何上游的心跳加快了速度。他等到她了。他的跟踪计划开端良好。有了第一步，第二步第三步就好走了：跟住就行。他有充足的应变预案应渭渭的走向走法

　　　　　　　　　　　　　　　　　　　　　　　　亲合

之变。可他步子却没迈动。不是他脚掌被固定住了。没固定，还能抬，是他抬起来的脚迈不出去。他无助地看报刊亭主人。报刊亭主人也在看他，甚至还以目光和手势关切地问他，是哪张题目耸动的报纸或哪本图片花哨的杂志让他欲走不能。他无言以对。他把视线从报刊亭主人身上移开，重投向渭渭。渭渭的背影渐趋模糊。鼠目寸光，人目也不过千把百米……他嘴里，小声复诵胡不归的话，像回答报刊亭主人无声的问题：对不起我不买。他与渭渭间的闲杂人等越来越多。跟上去不会有什么风险，但不跟上去，转瞬之后，渭渭便会无影无踪。他仍然没动，不光脚没动，眼睛也从渭渭背影上收拢回来。他伫立片刻，掏出手机，按电话号码。对方的自报家门还没开始，他就抢先发言，好像不赶紧发表意见，他要表达的意思就会改变。007侦探吗？我是，何，詹姆斯·何，下午跟你咨询过业务……知道知道，听出来了。本来我们约好，明天上午八点半在辽大科技园……是的是的，有变化吗？对不起，有变化，我想，取消见面，我不打算监视我妻子了……操，你耍我呀！何上游没理会007的责骂，对着报刊亭里花花绿绿的报纸杂志闭上了眼睛，同时把手机送回兜里。手入兜后还没抽出，一声响亮的短信提示音就传了出来，它先于他手钻出他兜。007换了骂人的方式？他重掏出手机，快速构思复信内容：要继续诚恳地沉痛地说对不起……他按阅读键。跳出来的短信未以代号署名，它是否来自007成了悬案：亲爱的朋友，您想暗中了解他人隐私吗？您想秘密掌握他人信息吗？本公司不需原卡即可专业复制各类手机卡，该卡将具备拨打电话、窃听该卡号码的通话及短信等功能。本公司技术精湛，价格合理，以诚信为本，讲职业道德。有意者请与……后边只留个联系电话。

　　……这就是女性的伟大，宋白波说，你们把季欣想低了，是你们境界太低……大家的议论，是后来在厕所里，封文福学给何上游的。当时，大家在主题919文化餐厅的大包房里议论季欣，何上游坐凌霄的北京吉普去接季欣。季欣住皇园。黄是皇园建筑群的基本色调。随着凌霄把车驶入新乐遗址西边的一条小道，吉普外边，猛扑来一片干燥的黄色。何上游的膀胱忽地一胀。他想撒尿。黄颜色对膀胱有刺激吗？没这说法。但人若上火，会撒出与皇园一色的尿。何上游尽量把尿憋住。他不好意思让凌霄停车，最主要的是，他不好意思在凌霄眼皮子底下尿洗皇园，尿洗皇园的墙根也不行。他对前列腺的忧虑超过了憋尿的难受。他想建议凌霄把车开往新乐遗址身后，他恰好知道，那里有家男科医院，叫重振雄风。他就开口了。他忍一忍，没提重振雄风男科医院的前列腺科，提的只是他与季欣通话的内容。说点什么，能缓解他强烈的尿意。何老师，你们都是小彤最好的朋友，是我的哥哥姐姐，你们设宴安慰我，是好意，我当然愿意听你们教诲。他说，对凌霄说，季欣开头是这么说的，非常通情达理。但接下来，季欣的预防针就扎了过来。季欣说，如果谈话内容涉及到我的家务事，我只能说，你们意见我会尽量考虑，但家务事这种东西太复杂了，是非对错很难说清……何上游评价道，季欣这样说没什么毛病，只是，那话里的无赖情绪过于明显：你们想放屁，我不听不好，那就权当闲着没事听屁玩吧。凌霄笑，说那天老马把想法一说出来，胡不归就说了，马兄呀，我觉得非逼季欣听咱放屁屁用没有。何上游说，任小彤活着也会这么说……何上游话说一半又卡住了，此前他是支持马新奇的。任小彤爸妈家条件不好，任小彤拿命换来的钱，的确不该季欣独吞，而且，季欣肚子里的孩子是任小彤的血脉，任可也不是任小彤的养女呀。马新奇指派他电邀季欣过来谈话，他不光答应得痛快，还建议马新奇给大伙儿分工，谁唱白脸谁唱红脸。可他现在的说法，有打自己脸之嫌，也对不住马新奇。与此同时，主题919文化餐厅的大包

亲合

房里，马新奇正对宋白波慷慨陈词：季欣就是条狡猾的狐狸，她伟大什么？宋白波抗议道，老马你说话太难听了！然后，她声音哽咽地提到任小彤未来的遗腹子，提到了爱情的结晶与烈士的遗志。马新奇口拙，明知宋白波的表演不够诚恳，却无力反击。他更怀念任小彤了。任小彤是他最忠实的兄弟，什么时候都与他站在一边。最重要的是，任小彤聪明伶俐，有一万种办法打击敌人保护自己，即使从事的是非正义勾当也能如此。他最后一战当然打得不好，从事的是正义勾当，却败给了非正义，还败得彻底。这时胡不归插了进来，在马新奇宋白波间树起道屏障。这季欣，有俄罗斯精神。没人说话，都看胡不归，不知他的话什么意思。胡不归和任小彤一样，也有一万种办法打击敌人保护自己，可马新奇知道，胡不归的敌友总界限不清，他的打击与保护也总似是而非。马新奇不敢指望他帮自己。我最近看个消息，胡不归说，俄罗斯官方号召国民：为祖国做爱。他表情一本正经，像圆桌上，空给季欣那个主位上酒杯里特殊摆放的花朵状餐巾。封文福说，这消息我也看过，人家的意思，是为祖国多生孩子——以前苏联那会儿，一个女人，生育超过一定数量就算英雄母亲，政府还表彰。哎国庆，你在俄罗斯待那么久，你说，是俄罗斯人天生有生育缺陷呢，还是地盘大，不玩命多生怕填不满版图？孔国庆说，我也说不好，他们人丁一直不旺。可说为祖国做爱……做爱与作战不一样呀，那是私事，说为祖国与车臣反政府武装作战可以，号召为祖国男欢女爱……胡不归说，我是想，有没有办法可以保证，被祖国号召出来的一代代后人，能真遂祖国的愿，而不成长为将来亡党亡国的又一茬戈尔巴乔夫或叶利钦……这时，何上游凌霄引着季欣走了进来。

季欣没故意情绪低落，她耳朵上脖子上重又环佩闪闪。她与众人握手时面带羞怯，甚至歉意——五周里，她和他们至少分别握手五回，已像左手握右手了。众人忙于手手相连，何上游看封文福一眼，转身出包房冲向厕所。站在小便池旁，他尿道微痛，久憋的尿水羞羞答答，像上轿前的新嫁娘不立刻露面。好一会儿新嫁娘才掀开盖头。他尿声大作时，封文福跟了过来，有事？封文福问，也解裤子撒尿。他基本没尿。何上游没空回答封文福，他思绪集中在尿道和尿上。尿道的微痛让他恐慌，尿的酣畅让他舒服。这更吊起了封文福胃口，他以为他和他玩神秘呢。何上游摇头。他知道封文福错会了他看他的意思。刚才他看他，是习惯使然，没想叫他说悄悄话。他的尿滴滴答答进入了尾声。没事，他对封文福说，憋坏了。封文福哦一声，看出来何上游的确没事，或有事，但刚才想说现在不想了。何上游不想说的话他问不出来。他抓耳挠腮。他是为说话来厕所的，何上游不说，他再不说，像白来一趟挺吃亏。为了不白来，他自己说，就说了女性的伟大和狡猾的狐狸，说了爱情的结晶和为祖国做爱，说了又一茬戈尔巴乔夫和叶利钦……你觉得，他最后问，那孩子季欣能留下吗？何上游看他一眼，很干脆地做个手势。他眼神和手势的意思都不含糊，不辅以语言，完全能让人明了他态度。可在眼神和手势之后，他嘴里又发出了声音，和平常发言表态一样，拖延了一个小小的半拍，让他意思又含糊了。在中国，他边系裤子边说，提倡为祖国计划生育。然后他转身走出厕所，留下封文福独自在小便池前鼓鼓捣捣。

七岁那年，封文福走丢过一回。丢的不是他一个人，还有长他三四岁的另两个孩子。他们一起玩，迷失在红旗广场周边的小胡同里。那时沈阳没夜生活，尤其冬季，晚上八点，就相当于现在的半夜三更。封文福失踪五小时后，被送回家，当时还没到晚上八点。他爸爸妈妈快急疯了。在那之前，有好心人看出他们是迷路的孩子，把他们送到派出所里，警察向那两个明显大于封文福的孩子提问，无法得到满意的答案。爸妈叫什么倒答得上来，但爸妈的单位，家庭的住址，

亲 合

他们一概稀里糊涂。这时封文福开口了，这个抹着眼泪的小不点儿，音韵流畅像背诵一首自由体诗歌：……沈阳市皇姑区北陵大街一段一里24号！

那是封文福家当时的门牌号码。在那之前，从封文福能自如行走并有了记忆，在爸妈教诲下，他就记牢了家中的基本情况，包括住址。他尚处幼年，爸妈就预见到了他们儿子与外部世界的联系方式：行走。生活的经验让他们知道，迷路是行走的题中应有之义。封文福确实长于行走，尤其三十岁后，一切按部就班，连六十岁的远景都看清楚了，他以行走为活着的佐证。他四肢修长，体瘦若竹，行走起来健步如飞，好像飞鸟掠过低空时，在地面留下的一道影子。他的行走没实在意义，不为观风望景，不为体察民情，连健身的概念都是后附加的。如今城里人时兴远足，以山水为朋，引鸟兽作友。从他喜欢行走这一点看，他有理由成为"驴友"。他不是。他对旅游没有兴趣，他的走是为走而走。至少，把家搬入汇宝花园前，他的走是为走而走。他自以为找到了行走的理由，一个意义性理由，是住进汇宝以后的事。汇宝花园在皇姑区，附近的标志性设施，是基本处于歇业状态的皇姑屯火车站，东北最重要的历史名人之一张作霖，就被日本人炸死在那里。皇姑屯火车站低矮简陋，最大的意义是充任界碑，替行政分隔皇姑铁西两个毗邻的区。铁西区近年名声大噪，作为沈阳这个老工业基地的基地核心，有部长达九小时的地下电影《铁西区》，为它做过世界性广告。广告工厂的大面积倒闭，以及工人的大规模下岗。近几年，铁西这盘棋已重新摆过，《铁西区》成了铁西区的一块化石。某天，封文福从汇宝出门前往单位，没走破败的华山路。他试探着钻过一孔幽暗恐怖的地下人行通道，踏上条让他陌生的宽街新路。封文福行走的乐趣之一，是勘探未知。他驻足四望，旋即明白，未知把他送上了铁西地盘。年久失修的华山路属皇姑区。最初，他没多想他此行的发端，只是一路向东，走过和平区的皇寺广场，走过沈河区的惠工广场，于一小时后，走到位于大东区小北关街的工作单位。是进办公室后，他恍然发现，这一路，他踏过了沈阳的市内五区——他等于一小时走通了整个沈阳！沈阳不是蕞尔小城，光区就有十个之多，但一般行政区划上说的市区，确是封文福一小时里途经的五区。他没来由地振奋感奋，整整一天不问他事。他模仿张作霖披衣伏案，守着张沈阳地图运筹帷幄。平常，他家的事都轮不上他运筹。以如此方式消费沈阳，是几种因素巧合的结果：由皇姑的汇宝花园去大东的小北关街，能走在市区的中轴线上，铁西和平沈河三区犬牙般的交错地域，正好坐落在那个起止点的中间部位。一小时走过它们没什么特别。封文福认为特别，他对此事作了升华。

升华是发掘引申意义。引申意义没立刻出现，是封文福在这条路线上走得多了，他的概括才渐渐定型：浓缩往昔苦乐，回放旧时悲喜。一小时内走通五区，成了他抚今忆昔的追溯仪式。人靠往事活着。没有未来的人更需要往事。在沈阳，封文福生活了四十多年，他的所有行走都与这座城市有关。并非刻意而为的五区之行这一象征性仪式让他明白，在行走中，他能看到自己的影子。世间万物都有影子，影子的特点是客观公正，有资格成为最可信赖的个性化史志。影子顺从，甘当客体从不僭越，只对主体亦步亦趋；但它又天然具有抗篡改防抹杀的免疫能力，能在真实的银幕上透视主体，将主体映照得纤毫毕现。这就是我找到的行走的意义，找到了它，我觉得活得更充实了。封文福满足地对何上游说，两条细腿如抻直的螳臂。何上游认为封文福的满足是装出来的，是打肿脸充胖子。他忘记了封文福是为安抚他说这番话的。文福，他转而安抚封文福，你不用给悲观戴上乐观的面具，四十三岁不是世界末日。封文福说，三岁也可以是世界末日，但我们要按三百岁活；你没理解我的意思，末世感不等于颓唐绝望。这时，他向后扭转细长的脖颈，像个为乡亲殉难的义士，临刑前再看一眼瞧热闹的乡亲。我坚守影子的立场，是要像昆德拉那样，通过"记忆"抵御"遗忘"。何上游振作一下，觉得这名字在哪儿见过。他想到了《狱中书简》，想到了捷克。他底气不大地说，我读过《我有一个梦》。他嘟哝的声音比底气还小。封文福还是听到了。我是说米兰·昆德拉，不是说马丁·路德·金，马丁·路德·金也不吃文学饭。封文福的宽容里有优越感。封文福读过许多小说，知道许多作家，在大学读林木病虫害时就爱好文学。何上游不好再装明白，只埋头扫兴。封文福竟不是消沉，这让他扫兴。扫兴狭隘他还是扫了。他喘得厉害，脚下越来越磕磕绊绊。城市的道路确实如拉链，拉开的时间长于拉上的时间，现在，他们脚下的拉链就是开的，还是开膛破肚那么种开法，不知剖它的人感兴趣于它哪部分脏器。封文福不磕磕绊绊，他有弹性的步伐均匀稳健。胡不归肯定有昆德拉小说，他说，你应该借来看看。封文福读书不买书，过去看图书馆的，现在看网上的。现在，单位里宽裕的时间和方便的网络，已把他成就为某个文学论坛的活跃分子——他的大部分同事，利用公家的时间和网络，是成人聊天室的活跃分子。何上游对网络持否定态度，不满意老夫子封文福当网瘾中年。上网是另一种行走方式，封文福诗意地看待网络和脚下的坑坑洼洼，珍惜和尊重过往的影子，即是珍惜和尊重脚下的道路，以及道路上留下的踽踽屐痕……某类诗意语言，有呼吸机作用。何上游被诗意抢救了过来，一种微妙的精神力量让他重获生机。他再落脚，就尽量踩住封文福脚印，让自己的屐痕不再踽踽。文福，他喊，如果你真不是打肿脸充胖子，就冲走路能把你走得这么深不可测，以后我就听你的，也坚持走。他趔趔趄趄地快走几步，努力依傍在封文福身侧，如同一面旗帜半缠住旗杆，因为没风飘不起来。

　　这是个周日，天气晴朗，封文福约何上游出来走走。最近这段时间，他约何上游不为控诉菲菲，为带他走路。他把走路当成人寿保险向他推荐。我这身体虚得，实在走不了，何上游说，我自己也走了两回，但走不几步就气短心跳，见到出租想叫，见到公交想上，见到骑自行车的都想求人家驮我……封文福建议他再试试。他没说你根本没病。他那么说过，何上游不爱听，在何上游那里，说他没病就像骂他，还是骂他没礼貌少教养。何上游看重礼貌与教养。封文福是个忠诚的朋友，把帮何上游振作精神当成使命。每个个体都有差异，封文福在电话里说，医生的药，不对症的比对症的普遍，所以，我们调整情绪恢复健康要靠自己，靠自己身体力行的持续锻炼。经不住封文福磨，何上游只能又跑出来，来他家东边半站地远的岐山路邮局门口等封文福。出门前，他问泾泾，她是否求封文福给他打过电话。泾泾的回答他没听见。他故意不等她回答就跑出门外。他怕她否认。他不知道她是否求过封文福多开导他，在想象中，就有理由相信她求了。泾泾有了别人还惦记他，比有了别人不惦记他强。最好是也没别人也惦记他。那不可能了。

　　封文福步行来岐山路邮局要二十分钟，到何上游身边时已额沁薄汗。他球鞋运动衣都不算旧，但与何上游的球鞋运动衣比，属垃圾档次。他们就行走的距离和方向交流几句，把四台子定为终点。四台子一带高校荟萃，是大学区，大学区的某一个院子，是何上游的工作单位。他们沿黄河大街向北疾走，封文福边走边说脚步不停嘴也不停，还大气不喘，一如何上游走上讲台。何上游在讲台上也没那风采。他不断掀起运动衣扇风，还不停擦汗，脚下的步子越来越乱，像封文福每次讲为什么菲菲又打了他，吭吭哧哧拖泥带水。走到松山路，也就是疾行四十八分钟后，何上游终于走不动了。他一屁股坐到特种设备检验所门前的宽台阶上，都没力气对前边的封文福招呼一声。封文福快他几步。星期天，特种设备检验所的大门紧紧锁着。封文福是走出

　　　　　　　　　　　　　　　　　　　　　　　　　　　　　亲合

几步又折回来的。他在何上游身边原地踏步，拧腰扭胯，仍然保持行走的节奏。他没胯。没屁股的人身上没起伏，好像身体不需要腰肢连接或分断。再坚持一会儿，封文福说，争取走够一个小时。何上游看着封文福想说什么，嘴巴咧咧没说出来。一丝忧伤挂在他腮边，如同冷天张开嘴后，有淡淡的白雾缭绕不去。上游，你可刚表过态，也要找自己行走的影子……封文福的絮叨变成了揭短儿，这没人爱听。何上游的忧伤变成了厌烦。他继续沉默，回头瞅特种设备检验所死寂的大门。上下班时，如果不坐学校班车，他在这里倒公交车。这里平常也冷冷清清。可能没多少特种设备需要检验，也可能，这里只是个巧设的机构，供某些闲人开资领饷。封文福伸出一只手，想拉何上游。动作有点生硬。亲切容易导致生硬。亲切和生硬，一并对何上游构成了刺激。你别碰我！他一甩胳膊，冲动地喊。封文福愣了。都走这么长时间了，我这心里，还堵得慌！妈的，沈阳的马路上没我的影子……何上游继续喊，脸上的器官揪成一团，像少了什么。封文福不再拧腰扭胯。他慢慢蹲下，看何上游，并试探着重新拍他肩膀。这回何上游冷静了。总体上他是个冷静的人。他歉疚地看封文福。他脸上的器官又归位了，什么都没少，在他齐全的器官之外，还多了些东西，多了一些痛苦与无奈。上游，我知道你心里有事。何上游不好意思地摇了摇头，比较婉转地，顺势甩掉肩头的手掌。行走吧，封文福说，不为排遣心内之事，而为拥抱身外之事。与身外之事的林林总总比，你很快能发现，其实心内之事吧，没那么重……哦，何上游似懂非懂地应了一声，同时在脑子里，召集何上游第二第三们开圆桌会议。清凉的微风徐徐掠过，他的喘息不再急促。文福，这回咱俩同病相怜了。他说，他知道封文福在期待什么。他不想满足他的期待。我那个已经板上钉钉的副主任位置，也被人占了。他站起身，与“特种设备”几个字并肩而立。他们从外系调个外行，补了那缺。

白棋围住一条黑龙，小黑龙。没彻底围住，小黑龙尚存一线生机，还在闪躲腾挪苦苦挣扎。这一点，何上游和董建设都看得明白。轮白棋走。白棋想稳稳当当吃下黑龙，得再补步缓棋，黑棋则可以放弃黑龙作为代价，摆脱纠缠去另辟疆域，在新领地内掌握主动。这一转换如果实现，就是盘细棋，不能立刻看出胜负。选择权在白棋，黑棋有个死马当成活马医的态度就行。白棋是何上游的，董建设执黑。何上游太想赢这盘棋了，他希望既吃住黑龙，又不让董建设去新疆域占大便宜。他不能忍受细棋漫长的折磨。他第五遍把捏粒白子的右手高高举起，又第五遍把棋子放回盒中。董建设往厨房探头，渭渭，他低声叫，你不有材料让上游看吗，先拿出来，别一会儿忘了。他们这天的日程是先下棋后吃饭，不像往日，先吃饭后下棋。晚饭后，董建设和渭渭得早些回家，下一天周一。董建设与何上游距离不足半米，与渭渭的距离超过三米，他压低的声音对何上游来说好像喊叫，渭渭却没听清楚他说什么。唔？马上好，你两还得多长时间？她以为董建设问她何时开饭。

　　坐到饭桌前，何上游接过渭渭的"材料"，一看题目，笑了。他笑得挺大，嘴里有东西都能笑喷。什么题目呀乱七八糟的？他笑，也与刚才那盘棋赢得漂亮有关。畅快又惊险。刚才他暂时饶过黑龙，追着董建设去新疆域挖堑壕筑碉堡。这是着险棋。董建设只能放弃对新疆域的觊觎，专心逃小龙。小龙逐渐逃成大龙，还是死路一条。先烈回眸应笑慰，擎旗自有后来人，何上游念道，这好像是，"文革"时的文章题目，你也会用？渭渭说，这题目是我们老总帮我拟的，多有分量呀，不好吗？董建设说，喊，他们老总当过红卫兵，还杀过人呢。何上游想问，你老总也喜欢足球？没问。那天渭渭搂着的球迷，不比自己大，不可能是老红卫兵。渭渭说，你别瞎说，我打听过，红卫兵是些特仗义的人，不是杀人犯，顶多把人打残，主要是砸东西抢东西烧东西，但不为自己，为江青。江青是毛主席老婆，他们以为帮江青就是帮毛主席了。你这是，学习任小彤的主题演讲？何上游的酒杯已端到嘴边，又放下了。是呀，为学习任小彤，我们大厦的联合党总支组织各公司演讲比赛。前些天报纸电视上全宣传这个人，你不知道吧，他……我怎么不知道，我是说，说任小彤英雄行，烈士行，可说他先烈……何上游又笑了。这任小彤，泾泾没忍住，插了一句，我还认识呢。说完话，她瞭何上游，像闯红灯时，觑着按绿灯行驶的过路汽车。汽车没撞她。他是上游朋友，泾泾胆子大了一些，他后事全是上游他们几个朋友帮张罗的。真的？是吗？渭渭和董建设都很惊讶。何上游逐字逐句看演讲稿，其间起身去书桌拿笔，在稿子上偶尔作点改动。不是大改。其他三人也停止吃喝，叽叽喳喳展开讨论：这任小彤真那么神吗，居然第五回勇斗歹徒，他怎么总能遇上歹徒？他二婚的小媳妇不是作秀？真不想堕胎……泾泾说话时比另两人声小，好像更照顾何上游的阅读。哼，留不留下又能咋的，那孩子也不是任小彤的。唔？咋回事？他爱人怀的孩子，是她以前男朋友的。泾泾又瞭何上游一眼。你们可不许出去瞎传，内部情况，只有上游他们几个朋友掌握。任小彤吧，人特仗义，可能挺像你说的红卫兵，就是性子急，那天知道他二婚的小媳妇还和前男友来往，就挺生气，两人就吵。没承想，那小媳妇心肠太狠太有心计……你别胡说。何上游放下手里的笔和演讲稿，喝了口酒。你这文章，太肉麻了，全是红卫兵那年头的大话空话，你老总帮你加工过吧？何上游前边的话说给泾泾，后边的话冲渭渭说。泾泾闭嘴。渭渭开口。所以请你这大博士帮修改呀，我们老总初中生耶。董建设说，看看，上游那么给人留面子个人，都说它不好。我早说过，你这么歌颂英雄等于骂人，还说老总重视你呢，我看呀，那老东西是出你洋相。

许多事情，甚至大部分事情，甚至所有事情，真相永远无法大白。不论正史还是野史，记录的从来不是事实，只是对事实有取舍的想象。不是所有事件当事人描述事实时都弄虚作假，都伪造歪曲，而是任何事件，接受陈述就会偏离真相。陈述者所持的立场视角态度观点完全客观，主观化也必不可免。这与人的独立性有关，与是否成心骗人关系不大。撒谎是人性的组成部分，说人诚实本身即撒谎。人有自己的价值取向好恶标准，人的立场视角态度观点就不可能客观。历史的属性不是真实，是似实，也叫仿真。有一天他们玩扑克前，胡不归这么对何上游说。

任小彤见义勇为斗劫匪的故事，因为死了任小彤这个当事人，更不可能被真实还原，要复述它，必须加进想象的东西，以使季欣的讲述、任小彤妈妈的讲述、被救妇女的讲述、劫匪的讲述以及公安部门的讲述，能被整合成一个大体符合逻辑顺序的事件过程。那个周末的晚上，任小彤季欣去任小彤妈妈家，吃饭喝酒时，季欣抱怨火炕太硬。她已出现孕期反应。任小彤妈妈家住农机厂宿舍，那片平房区是等待改造的贫民窟。每家只有两屋一厨，若厨房未经自行扩建，并不能摆下一张饭桌。人们吃饭、写作业、打麻将，一般都在这屋或者那屋的炕上，炕上摆得下短腿方桌。季欣的抱怨只是顺嘴。她是农村孩子，家里也住火炕，从小到大，被火炕磕手碰脚的事不少。没人接她茬，她话说完就过去了。孕妇有权娇惯自己。可任小彤的妈妈，认为季欣是觉得病在炕上的公公妨碍了她。季欣自从嫁到任家，没为公公做过什么，喂水喂药翻身接尿，都没做过。任小彤的妈妈就开口了。也可以不算接季欣话茬。有一回你妈给你爷翻身，一下抱出溜了。她的话，说给孙女任可。你妈怕踅着你爷，任小彤的妈妈继续说，自己往炕上一扑，让你爷砸在她的身上，她自己撞了一身青紫。可她光埋

　　　　　　　　　　　　　　　　　　　　　亲 合

怨自己劲儿小，没怪你爷。老太太说完，没发生争吵，但人人脸色都不对了。任小彤对妈妈的旁敲侧击也不满意。吃完饭，来到另一间屋，季欣希望再坐一会儿就回皇园。任小彤不同意，想陪妈妈和女儿住一整宿。两人的争吵这时开始。季欣说给任小彤当填房太委屈了，又说你媳妇那么好你为什么还离婚。任小彤则说季欣还怀念以前的同居男友，因为那小子家有钱，光一百平米以上的房子就有三处，她嫁他不是出于爱情，是被抛弃后填补空虚。他们冲突的高峰，是任小彤说季欣怀了前男友的孩子。任小彤说，你他妈好好算算日子，上次你排卵我正出差；季欣说，对，是他孩子，我一结婚他就后悔了，他不光来找我，还劝我和你离婚嫁给他呢……两人的对话这么进行，是逼任小彤动手。任小彤在单位干得挺冲却一直副科，就因为三年里两次打过领导。是那种雷声大雨点小的打。打的不是同一个领导。这会儿任小彤对季欣动手，也像对领导那样，以雷声大雨点小的打法打——都不算打，只是推搡，同时喊叫，我把你和野种一块弄死算了，还借着酒劲，拎起菜刀比比划划。季欣知道，任小彤的虚张声势，主要是做给他妈看的，他不会真打。结婚已经好几个月了，两人也生过好几回气，任小彤已基本不用武力解决问题——前提是季欣尽早闭嘴。季欣不想立刻闭嘴，又怕任小彤真发起疯来，就往外跑，边跑边气他：我就是要保护好我这野种。任小彤气得脏话满嘴，拎着菜刀大步追赶。应该说，任小彤的追赶是下意识行为，他忘了手里还有菜刀。以他的体格对付季欣，冲突到什么份儿上也用不着武器。还有就是，一追出门，他就软了，他在黑暗中低声哀求，与个资深受气包没什么区别：季欣，季欣你猫哪儿了，好了别闹了黑灯瞎火的别伤着孩子……是这时候，他忽然听到，不远处胡同拐角有女人叫声，是叫半声便堵回去的尖叫的片段。他酒醒了。他妈家住的平房区不很安全，道窄灯暗，一条条小胡同曲曲折折。如今的城市遍布凶险，平房区的治安尤其糟糕，大事小情都少有人管。平房区的子弟有有钱的，但有权的，顶多拥有任小彤那种副科级权力。任小彤冲向有声音的房角，大喊怎么回事干什么的。差几步远时，他看清了，是两个小伙子撕扯个女人，他还能看清，被撕扯的女人不是季欣。撕撕扯扯的三个人不像恋人朋友。女人可以当小伙子妈。平房区里人口密集，性犯罪不多，男女间的正常性生活都很难顺利。他们抢包。不知任小彤是否想过抽身退回，但问题是，他喊声已先期传了过去，两个小伙子之一，已转身与他相向对峙。任小彤没时间犹豫，他手中的菜刀已抢了起来。面前的小伙子反应不及，捂着肩膀倒地上打滚儿。下一步如何行事，任小彤没一下想好。他肯定不想继续砍人。他以长辈教育晚辈的口吻，训斥和妇女撕扯在一块的另一个小伙：放开她你放开……他没训完，后边就袭来一股冲力。他仆倒在地，手中的菜刀飞了出去。原本帮助他的武器背叛了他，连续十一次剁进他肉里。他可能至死都没想明白，是什么力量偷袭了他。被他砍倒的那个家伙，一直趴在地上哎哎哟哟。事后人们才弄明白，平均年龄十九岁半的劫匪，不止两人而是四个，从背后冷不防踹倒任小彤的，是在他身后望风的一个少年，十七岁。

文章应该尽量做大。以马新奇为首的朋友声援团四面出击，一面动员媒体宣传力量，一面求情托人，争取拿到市里省里甚至北京大领导的态度或题词，还有一面，依据逻辑推理，迅速编织任小彤由出生到牺牲各阶段的光辉事迹，以便统一口径，为将来的深化宣传做好准备。他们没想沾任小彤光。如今也不是靠沾英雄光升官发财的时代。他们唯一的目的，是借助权力与舆论的影响，为任小彤家多捞些补偿。人死不能复生。不论任小彤死得多可惜，死了也就死了，尚可努力的，唯有让他的死达到利益最大化。宣传的声势比较成功，有些大领导也打算表态题词，可突然横生的一个枝节，让事情的进展停滞下

　　　　　　　　　　　　　　　　　　　　亲合

来。他们晚了一步，没及时买住劫匪的律师。这个狡猾的家伙提到了菜刀，他至少部分地，把劫匪砍死任小彤的行径描述成正当防卫。幸好任小彤挨十一刀。几个孩子就是喝了点酒，没带凶器，抢劫只是即兴的主意。是任小彤拎着菜刀夜行胡同的行为不好解释，又是他先动手砍倒个孩子。律师这么一说，领导看出了其间蹊跷，就打消了把任小彤之事做大的念头。时机也不好。年度中旬，从中央到地方都没有树典型评英模的计划，一般年底年初，有关部门才需要英模典型"感动中国"。任小彤的朋友们不甘心败给律师，他们的解释是，任小彤夫妇在屋里说话，听到外边有人呼救，就一齐冲了出去，往外冲时，任小彤顺手操起了菜刀。各当事人口径的提前统一工作没太做好，其他细节的偶然外泄，让相关领导审慎起来。任小彤的妈妈和女儿都说没听到呼救声，只听到任小彤在屋里责骂季欣又去外边喊叫季欣。马新奇很快为这一老一小统一了口径，她们也迅速收回最初的证言。没人刨根究底，可对她们的新证言，领导只是一笑了之。马新奇等一干说客努力的成效在于，相关方面故意忽略了菜刀问题，依然承认任小彤是烈士英雄。这结局也算皆大欢喜。

在任家，这个结局并不欢喜。几个人对外是统一战线，一关上门，在分钱问题上，婆婆与儿媳就有了分歧。任小彤皇园那处房子，绝大部分将落到季欣名下，那么，多得甚至全得抚恤款项，就不算任小彤妈妈的非分要求。事件初期，没人知道任小彤这条命值多少钱，只知道大体能换回四笔：单位补助可能少点；见义勇为基金会的奖励和社会各界爱心人士的捐款不好确定；稍微多点的，可能是劫匪家属为减轻孩子罪责给的赔偿。季欣不同意婆婆的分配原则。她农村老家来好几个亲戚，为她站脚助威，不仅强调皇园的房子全部归她，还认为抚恤款的大部分也属她所有。她没想太贪。她这样表态是生意策略。把价码定高些，最后还价余地就大。任小彤的朋友站在任小彤妈妈一边，觉得季欣过分。但他们是外人，他们对人家家庭私事的介入方式，只能是找季欣商量、恳求、规劝，希望她考虑到任小彤家的具体困难，考虑到他久病的爸爸，收入微薄的妈妈，已经上小学的女儿。季欣不急不恼，只用一句话防守反击：你们别忘了，我肚子里也有小彤的孩子。众人张口结舌。不会有人相信，肚子里的孩子季欣会留下，可她这么说，谁又能指出，她最后肯定会做掉孩子，即使挺到七八个月，她也会引产。这么想这么做并不算错，轮上谁都会这样选择。现在的问题是，谁都清楚她腹中的孩子只是砝码，甚至谁都知道，让季欣一段时间内不找男友，假设半年吧，不公开找男朋友，都不可能，却又谁都不能撕开脸皮把话捅破。

撕开脸皮把话捅破也屁用没有。有一天他们玩完扑克，胡不归这么对何上游说。

我也像任小彤那样成了烈士，你能半年内不公开找男人吗？有天晚上，何上游把这问题抛给了泾泾。发问前，他与泾泾做了场爱，是场不敷衍的爱。做爱而不敷衍，这让泾泾有些惊讶。他与她许久不做爱了，做也只做敷衍的爱。倒没再吵架，泾泾也没再赌气回娘家住，有时候，赶上何上游情绪好时，她还以眼神或动作递寻欢申请。何上游一般不画圈通过。我腰疼；我可能得了前列腺癌；医生说我肾虚，但阴虚阳虚待查……可这天，泾泾洗澡时请他帮忙搓背，他没不耐烦，还主动地，把泾泾自己够得着的几个地方也搓了搓。是揉搓。揉搓那些地方与去灰除垢无关。他们就做爱了，爱完，他余兴未尽，继续流连泾泾屁股，流连她左屁股蛋上扁圆的痦子。泾泾愉快地哼哼起来。刚才她也愉快地哼过，但担心何上游中途变卦，将这场爱导向敷衍，就有点紧张，哼哼的时候有所保留。这时她已彻底放松，哼哼得就不太顾忌。你再撩我，我可说"我还要"啦。"我还要"是个暧昧典故，由渭渭传播。有一回董建设议论男人如何女人怎样，渭渭不屑地说，屁吧，你们男人就想听女人说我要，可最怕女人说我还要。当时泾泾捅一下渭渭，说你什么话都说得出口。现在她也说出口了。她把它一说出口就后悔了，这种话，容易惹何上游借题发挥。收回已经来不及了。果然，何上游一反发言缓慢的旧日习惯，咬着她话音的尾巴追了上来，好像他正等着接她的某一句话，好像演二人转时，女的唱"阳光灿烂哪"，男的得立刻接"照哇山川哎呀呀"：你不提醒，我也知道我满足不了你。何上游的手停止了动作，泾泾身体的波浪也变成了死水。轮到泾泾了。泾泾把想象中的嚼子卡进嘴里，没往下唱。是服输的意思。但她又怕何上游把她的举手投降曲解为消极反抗，便同时挤出傻傻的一笑，错把挑衅当玩笑地往何上游怀里偎。何上游怀里没有眼睛，看不到她表情。何上游不想让挑衅被消解为玩笑，他要保持进攻态势。他自行校音定调，改任领唱。他以捧起泾泾脑袋的方式推开泾泾，用眼睛盯住泾泾眼睛。四目相对威慑力强。如果，他说，我也像任小彤那样成了烈士，你能半年内不公开找男人吗？泾泾回答不了这个问题，想哭。他笑。当然了，他们要求季欣为任小彤守寡没有道理，我要求你也没有道理，我意思只是，我要死了，在半年内，你能偶尔想想我吗？泾泾不能不接唱了，她轻轻摇晃何上游胳膊。你怎么了上游，你说什么呀。何上游说，我当不上烈士，我没那觉悟也没那胆量，可我这身体，说不上哪天就得完蛋，我要死了，这儿也有个房子，还有点存款，你能多少拿出来点，给我妈不？泾泾不敢吭声，也不敢再摇何上游胳膊，往后蹭蹭屁股抽抽搭搭。我要死了，你对我爸妈，最好稍微给点面子，让他们感情上能过得去……上游你，你太过分了——听我把话说完！至少半年内吧，你最好凡事都悠着点，别太张扬，和男朋友约会，尽量少去饭店公园球场电影院那种公共场所，否则，我那些朋友要是看出来你是个骚货，会替我难过或笑话我。

寒假第一天是个周五，何上游去外地出差，去鞍山。他心情很好地与泾泾道别。我希望两三天后，他说，在鞍山的某个网吧，能通过视频和你说话。泾泾点头，说没问题。可何上游真出门时，她还是追上去确认：那宽带，真安呀？何上游收住脚，皱下眉。你以为我那网名是瞎起着玩的？泾泾自责地笑，好像怀疑何上游出尔反尔就是怀疑四季更迭不是铁律。她忙说你一路顺风照顾好自己少喝白酒多发短信……这时候，何上游已走下楼梯缓步台了，他的回应，是从楼梯拐角飞过来的。嗨，我就去鞍山讲一周课，又不是去黄山当一年挑夫。看不到他人，听声音，说这几句话时他没皱眉。他以小小的不耐烦，表示出对泾泾那种毫无意义的叮咛的满意。的确满意。他的情绪，是把越来越灵敏的遥控器，能自如地调适泾泾。他情绪绷得比刀刃直时，能让泾泾石头般僵硬，他情绪若放松为弧状的刀背，又会让泾泾流水般柔软。以前他缺乏这种技巧，做不到让泾泾在僵硬与柔软间来回穿行。她光硬光软他都乏味。刀的意象启发了他。刀是整体，由刀刃和刀背两部分组成。也还有不满。满意从来不能彻底。人比刀模糊，刀比人剔透。僵硬是否等于做贼心虚？柔软是否表征清白无辜？他情绪遥控不出事实的证据。没证据也好，没证据能为他翻飞情绪之刀提供理由：由刀背到刀刃，再由刀刃回归刀背。反复转换累人，但阴阳不定，没反没正，左右飘忽，小大失据，正是某些人天性中的秘密要求。何上游是某些人之一。何上游这回出行鞍山，正值刀背情绪周期。与出不出差没有关系。何上游不特别喜欢出差，只是作为公家人，有了差使不能不应，为了应得心情舒畅，他理性地要求自己喜欢。他懂移情。他用距离美学安抚自己，把一种浪漫主义的情感体验投射给出差这件普通事情。夫妻之间偶尔小别，能唤醒麻木的思

亲合

念，能强化重逢的快乐。最初，他这么给泾泾讲过道理。好久没讲了，直到几小时前，整理行李时，他才突然又问泾泾，对出差与爱情之关系她怎么看。泾泾的回答期期艾艾。这个，我没想过，出差这种事还跟爱情……我觉得我们间，爱情不会受出差影响——我愿意你按自己意愿，想出就出不想出就不出。她没上钩，没沿着他导引的方向，去赞美出差暨赞美离别。何上游没扫兴，倒挺高兴。聪明人喜欢聪明的博弈对手。泾泾学会了辨识钓饵，证明她聪明了。何上游改变话题，又问泾泾，为什么说话总吞吞吐吐，好像应付乖戾的领导。我批评你多了，你不高兴是吧？他这回提的，是刀刃问题。泾泾的柔软向僵硬滑行。她像实验室里的笼中白鼠，正活蹦乱跳玩得高兴，忽然嗅到了麻醉剂气味。她聪明有限，对直截了当的刀刃问题仍束手无策。何上游没在麻醉剂后边安排解剖，只安排对毛发或细胞的样本提取。没事，你怎么想就怎么说，我不怪你。他诚恳，像电视里扮演医学专家的假药推销商。泾泾即使明知是假药，也得当真吞下肚去。你批评我是为我好，我怎么能不高兴？她只能中止僵硬，重新柔软。只是，你真批评我我会虚心，可我觉得，你的批评总阴阳怪气，是讽刺猜忌……泾泾的声音越来越低，还微微发颤，她悲壮地等待着何上游提取完毛发细胞的样本以后，即实施解剖。刀是何上游延长的手，他翻覆刀背与刀刃不用过渡。泾泾多虑了，针对她的惊恐，何上游没继续下刀，而是微笑着结束了这场猫鼠游戏。何上游戴好口罩手套，直起身，扬臂做了个含混的手势，像是说泾泾的意见不值一驳，又像认同泾泾的意见，还带点歉疚。

何上游出差，多在省内，一般是每个寒暑假期，拿出一两周时间，与同事一道把授课的讲堂办到基层。这是新形势下的开门办学。开门办学有高收入。如果开门办学像关门办学一样，授课对象也是孩子，不会收入高。家长为孩子挥霍血汗钱，再大头，再看重学习的本质而不计形式，也不满足于读补习班，还是希望孩子去正规大学接受熏陶。基层那些被开门办学网罗到课堂上的不是孩子，是成人，还是些不同于普通百姓的特殊成人：各党政机关及国营企事业单位的大小头目。党政机关及国营企事业单位的大小头目供养何上游这类行走江湖的知识传播者，不用花家长或自己的血汗钱。近些年，为选拔干部，组织部门的新要求不断出台，比如会开车，懂电脑，通外语，政治正确，精通业务，有三年以上党龄，不贪污不受贿不嫖娼不包二奶。别的要求常有变化，唯独一条始终刚性：有高学历证书。大学是批发高学历证书的垄断单位，何上游这种大学老师，是能分一杯羹的获利群体。需要高学历文凭的党政机关及国营企事业单位的大小头目，初始学历可能是本科，可能是专科，也可能是高中初中，但经过何上游他们每年两次每次一至两周的填鸭式教学，两到三年，就能成为硕士博士，充分满足组织部门对所需干部的素质想象。培养这种硕士博士，老师省心。也有老师因省心而闹心。何上游就闹过，好像小偷第一次行窃，又像妓女第一次卖淫。办这种速成班，他对领导说，不误人子弟吗？领导一时无话可说。是泾泾替领导说服了他。那时候，泾泾对他说话还不吞吞吐吐。上游，你别那么难为领导，人家不也为创收嘛。你产品再假冒伪劣，购买的顾客都没意见，你一个站柜台的营业员何必认真。

电信局的人周日中午才来。周五何上游一出家门，泾泾就约他们，他们答应第二天来。没来，也不打招呼。从周日早晨起，泾泾一会儿打一个电话，指责加乞求。宽带用户骤增，电信局的人重新傲慢，不像以前挨家挨户献爱心送温暖那么低三下四。开通宽带是个小活，这边电信局的人一到，那边泾泾就找陈玲，问她是否有空，请她来安装视频申请QQ。安装视频申请QQ也是小活，不比打电话复杂多少。但泾泾对它们一窍不通，陈玲通。陈玲是泾泾大学同学，好朋

亲 合

友，靠自悟成了电脑行家。电脑这行，格外容易自学成材，没人分析过什么缘故。接到泾泾电话，陈玲说她正"浪迹街头"，快冻死了。我吵架了，她说。她指的是与丈夫闹了矛盾。何上游出差？那我晚上就住你家。以前她也常来过夜，何上游在家，就得去睡何木的小床。陈玲很快过来了，问何上游为什么赦免了网络。泾泾说他要在网上下棋。她没重复何上游引的封文福语录：上网是另一种行走方式。那种莫名其妙的话学起来拗口。何上游一直反感网络，这泾泾知道，但不知道他缘何反感。他俩的工作都不依赖网络，家里没宽带不影响什么。是有一天，陈玲在她家急于上网，埋怨拨号慢，泾泾才知道，何上游为何憎恨网络。我拨号可没觉得慢。何上游先还和陈玲斗嘴。居然有人从网费上省钱？下网后，陈玲批判何上游抠门。何上游解释与钱无关，但没说服力，陈玲不依不饶的讥讽连绵而至，让他难堪。他脸一下紫了，表明观点时便态度激烈。网络是道德阴沟，大部分人上网只为网恋！陈玲脸红了，泾泾脸白了。何上游没留意她们，脸色自顾自紫得阴森。一个个打着工作学习的旗号，其实是进黄色网站，进那个什么QQ，在网上打情骂俏虚拟做爱！各回房间后，陈玲问泾泾是不是对何上游说过她什么，泾泾说哪能呢。泾泾分析，何上游这个网络外行对网络的成见，可能来之于其他外行的倾向性描述。

与陈玲比，泾泾是网盲，与何上游比，她倒是个老网民了，至少她有QQ号码。她昵称天涯若比邻，好友主要是同学同事。也有陌生人加她好友，向她求欢，给她留电话，给她发送裸体照片。她一概删除。前天何上游忽然表示要让宽带进家，她还以为他考验她。没必要吧？怎么，学校要求？哈，何上游说，我不想安，他们要求我也不听。也许封文福说得有理，上网是另一种行走的方式——哦，你就听我的吧，以后我出差咱俩视频……他很认真，已拟好了两个网名：冷眼向洋；若水。我在上游，冷静地雄视着水流大海……你呢，一个女人，水一样温柔……何上游不知道，泾泾早"天涯若比邻"了，名字里边也有"若"字。也许他能猜到。不是猜到泾泾的另一个网名也含"若"字，是猜到泾泾已有网名。他没问她有无网名。泾泾欣然接受"若水"，没提"天涯若比邻"。没有必要节外生枝。有两个QQ并不特殊。陈玲就有两个，还都带"雨"字：雨霖铃；晨雨初聆。没准不带"雨"的QQ号码她也有呢。陈玲多年前就会网上聊天，那会儿她们还在读书，QQ也没被发明出来。陈玲雨霖铃那个网名，是她丈夫取的。"雨霖铃"是词牌子，当年她丈夫追她，模仿宋朝柳永的《雨霖铃》填《雨霖铃——致陈玲》向她示爱，帮她坚定了选择的决心。陈玲丈夫学数学，却自小熟读唐诗宋词。从那以后，陈玲就以"雨霖铃"之名徜徉网上，在这个透明的网名下素面朝天。没人永远透明，也不应该。面具倒是人人该有。晨雨初聆就是面具。没人知道这副面具后面的陈玲是另一个陈玲，除了泾泾。晨雨初聆的我是对婚姻失望时的我，陈玲这样告诉泾泾。不需要什么特殊理由，陈玲经常对婚姻失望，对她会填词的数学丈夫失望。有时，陈玲会把她与网上男友的肉麻话学给泾泾，听得泾泾面红耳赤。你这样太容易受骗啦！泾泾提醒陈玲。他骗我什么？陈玲反问。

　　陈玲很快装好了视频，申请QQ号码遇到了障碍。不是她技术不精，是网络拥堵限制了她。网上的道路像城市交通，每逢高峰期，总大车小车挤作一团，公车私车川流不息，只在堵塞的缝隙之中，成功的登录才能实现。周日下午三点属于网络交通高峰期。陈玲一遍遍提交申请。泾泾陪不起她，得陪儿子。她偶尔在陈玲身后站立片刻，多数时间回何木房间辅导作业。二年级小学生的作业复杂繁琐，与二年级大学生的作业堪有一比。何木终于放下铅笔合上了课本。泾泾帮他整理书包，穿好衣服，去阳台拿他晾在那里的小皮靴时，才借机走近陈玲，按着她肩膀看了眼电脑。泾泾家电脑，放客厅深处的写字台

　　　　　　　　　　　　　　　　　　　　　　亲 合

上，两边分别是阳台和布艺长沙发，长沙发对面的那面墙，并排戳两只玻璃门书柜。显然，客厅兼任书房之职。何木不常在家，但两室一厅中，不能没他的独立空间。厅里没电视，电视摆在主卧的墙角。此时，泾泾看到，电脑屏幕上开三个QQ窗口，一个冷眼向洋的，一个若水的，从没被遮掩的部分看，都一片空白；另一个有文字跳动，是陈玲的，她正戴着晨雨初聆的面具与人聊天。和丈夫吵过架的陈玲更有理由对婚姻失望。泾泾退后几步。看别人聊天不礼貌，就像偷看别人日记，看一个对婚姻失望的人聊天尤其不妥，简直就是偷看情书。有些人情书写得火辣。泾泾说，你试试我那个好使不呀。她把阳台上的小皮靴拎到手里。陈玲说，等会儿，碰到个朋友。打过几个字又说，不用试，肯定好使。看她打字和说话的样子，她忙。泾泾不再打扰她，回何木房间去对付儿子。几分钟后，她拉何木到客厅。何木对陈玲打招呼：再见陈阿姨，我回姥姥家了。陈玲不得不停下手，站起身，过来草草地亲一下何木。对在走廊门口穿衣镜前换衣服的泾泾视而不见。再见，阿姨有工作，不和你多说了。转身坐回电脑前边，噼里啪啦继续打字。房间太热，一穿上外衣就待不住。何木开门，先跑上走廊，站在门槛处的泾泾欲走还留。她看陈玲。陈玲从外面进来时穿过膝的长羽绒服，脱掉羽绒服，里边穿的几乎是夏装，怪不得"浪迹街头"时她"快冻死了"。她上身着淡绿色羊绒衫，下身是紧体黑弹力裤，脚上穿的居然是丝袜。这时她丝袜贴着地板，一双鞋脸儿上缀着白球的棉拖鞋蔫蔫屈屈地趴在她脚旁，像两只刚受到主人批评的狗崽在反省错误。地热允许人冷落拖鞋。泾泾抬头看电脑屏幕。距离太远，屏幕上的字看不清楚，但能看到字在滚动。那你玩吧，我到我妈那儿就往回赶，顶多一个半点儿。泾泾说。陈玲答了个唔。你打发完网友，就试试我和何上游的QQ。泾泾又说。陈玲又答个唔。是不视频也没试呀？你再试试视频好不好用。泾泾继续说。陈玲继续唔。再嘱咐什么就过分了，泾泾往外走。通向走廊的门有里外两道，她迟疑一下，没关里边的木质内门，像疏忽了，就任它斜着肩膀宽宽地敞着。她为她的"疏忽"感到脸红。陈玲是好朋友，不会偷盗她家东西，翻看什么都不可能，像她一样，她也懂得规避别人的日记情书。可现在，把陈玲独自留在家里，泾泾心中隐隐不安，似乎自己离家这一个多小时，家中那并非有什么秘密的私生活就会曝光。而内门半敞，会让她放心，仿佛她眼睛远在外边，也关照得到家中的一切。她从未这样惦记过家。

　　泾泾的惦记不无道理。她不在家，家中果然出了问题。她痛恨自己此前的预感。不是陈玲窥到了她家的什么秘密，是何上游发现了陈玲的秘密。后来何上游这样解释：按计划，他要在鞍山待满一周，可系里临时有事，让他星期一回趟学校，这样，周日上完上午的课，下午他就回了沈阳。路上花去三小时时间。傍晚抵沈，他想到了泾泾不会在家。他出差的日子，也是泾泾回爸妈家吃晚饭的日子，如果宽带已经开通，她也得晚上回家后才通知他。何上游没指望吃泾泾做的正规的晚饭，他不饿，饿也什么都能对付。在外边讲课天天美食。学生都是有权的人，排着队请老师公款消费，吃饭唱歌洗浴嫖娼。他不嫖，但肚子不亏。即使肚子亏，他一般也不去岳父母家借光揩油。岳父母倒欢迎他去，他与岳父母也没有矛盾。他就是不愿多去那里。他便没像以往那样，通知泾泾他何时回来。他从车站步行回家，进小区时都冒汗了。他进楼门洞爬四楼，掏出钥匙往锁孔里插，同时瞄一眼腕上的表。如果他掌握泾泾的出入计划，能推算得出，这时何木正接受姥姥姥爷夸张的亲近，而泾泾，已坐上回家的公交车了。何上游开始旋转钥匙。没用拧三圈，只拧半圈，厚重的铁门就应声开了。外门没反锁。这证明家里有人。还能证明家里有人的是，里层木门敞三分之二，站在门口，不用特意探头张望，室内的情形就能了然——至少能了然客厅的情形，至少能了然电脑桌前的情形。何上游就了然了。宽阔的视野让他看到，电脑桌前，皮转椅上，一个黑发遮脸姿态怪异的仓皇女人，正气喘吁吁忙忙叨叨，仿佛在表演——应该是表演脱衣艳舞。她对面电脑屏幕的视频框里，也有人气喘吁吁忙忙叨叨。但距离为观察制造了困难，何上游猜得出视频框里也有人表演，表演什么却看不清，只是借助声频里断续的声音能够知道，视频里的表演者不是女人，是男人：操你，女人！爱你，宝贝！小骚逼，干死你……还是个喜欢脏话的不文明男人，估计没读过硕士博士，硕士博士的速成班都没读过。何上游放弃男人重看女人。与异性更吸引他没有关系。看电脑里的人费劲，看电脑外的人省力。电脑外的女人上身光着，只是脖子肩背处，拢起一堆淡绿色饰物，仿佛缠条宽围巾或罩件窄披肩；她用左手揉搓右侧乳房。她下身也基本光着，只是膝盖部位，臃肿地翻卷着黑紧体裤；她右手插在双腿之间，臂肘抽搐着快速伸缩。何上游看明白了，这女人所表演的艳舞，不关脱衣。脱衣舞最后得一丝不挂，她挂两丝，她不展出乳房以上和膝盖以下。可能那两部分更私密吧，不舍得给人看，或者，那两部分不能养眼，展览它们没人爱看。

第四章

她说：

·················· 上帝为什么让我们活着？

················ 就是为了让我们想，为什么活着

遗　嘱

我并非高龄，但这次心脏突发疾病，给我敲响了警钟，让我想到了生命的终结。明天就出院了，我不知道哪天会病发再度入院，或者再度病发时，我连入院治疗的机会都没有。为此，现在于沈阳市第四人民医院干诊病房311室，这个让我重新获得生命的地方，我要写下我的遗嘱，以使我未来的后事能简单了结，不起纷争。这于人于己都有好处。

我这辈子活得不好，可也不坏，自以为还行，应该不像别人想象的那么孤独寂寞苦不堪言。我没什么可多说的，我这遗嘱，要说的只是我的财产。其实我没什么财产，就是铁西区重工北街141号重工小区三号楼301室这处房子，加上房内一应陈旧的家用物品，以及若干金银首饰和存款。按现在的市场行情估计，我的房物钱加一起，折合人民币约九十万元左右，也许我去世时，它们的总值会有变化，具体分配，当然以那时的新值为准。我的全部财产，经遗嘱执行人变卖

处理后（扣除为我办理后事及执行遗嘱所需费用），如余额超过十万（不含十万）元，其中三分之一由该执行人代捐给我儿时就读的沈阳市育才小学（如届时该校已不存在，此钱请和平区教育局转捐区内其他小学），另三分之一代捐我当下乡知青时插队五年的西丰县振兴乡振兴小学（如届时该校已不存在，此钱由振兴乡政府转捐乡内其他小学），再有三分之一赠予遗嘱执行人。如我的全部财产经遗嘱执行人变卖处理后（扣除为我办理后事及执行遗嘱所需费用），余额不足十万（含十万）元，则取消捐学意向，全部赠予遗嘱执行人。

我选定的遗嘱执行人为沈阳市《尚女》杂志社红丫女士（本名……）

阿姨，你没事了，还写这个不吉利的东西干吗，再说我……

别跟我争红丫。人早晚要死，就像会早晚得开完，早预备下这么个东西，就像提早预备个会议结束时的闭幕词。

阿姨，我给你干啥都行，可我不要报酬，你的亲戚……

这不是报酬，就是我花不了的钱想留给什么人，而恰好我情愿给你。你要不喜欢，替我扔了我没意见。别的你放心，这遗嘱我会公证，我把它抄两份，你一份我一份，真用它时，不会有人找你麻烦。我爸妈都没了，丈夫儿女都没有，有个哥有个姐，也多少年没来往了，他们没权利要求什么，也不是那路人。

阿姨……

明天你不用来接我，我自己回得去，这身体已经没问题了。以后你忙，也不用来看我或打电话，太儿女情长我烦。可你要是换电话换单位了，得告诉我一声。我呢，要想你了，就隔仨俩月给你打个电话。哦，那天让胡不归见笑了，不好意思。你告诉他，别笑话我，唉，别笑话我……

素材之一：李艳的故事。

这回模拟考试，李艳跌出了前十名。是全年级六个班三百多人中的前十名。早上到校一见榜单，她就身上一冷，然后发热。不是正经热，是发烧那种热，摸哪儿哪儿热但身上打抖。她回教室趴在桌上。不是病得抬不起头，是在心里自我谴责。她谴责自己的方式是恨孙明泽。孙明泽说他爱她。她说不行，十个月后再说。十个月后，就高考了，她意思是，高考结束才能恋爱。她的"不行"，不是不许孙明泽爱她，如果那样，她不会补一句"十个月后再说"。这对孙明泽也足够了。他激动得面红耳赤，很像这时她发烧的样子。那说定了，孙明泽说，这十个月里，有别人喜欢你你别答应。这回李艳没表态，只笑。孙明泽冲动地把她抱住，要亲她。她使劲扭脸，努力挣脱异性的大手。没挣脱。也是挣脱得不够坚决。孙明泽把嘴吻在她的嘴上。他张开大嘴伸出舌头；她紧闭樱唇保护牙齿。事后，孙明泽没再纠缠，偶然见面，距离远时笑一下，距离近时悄悄说，我一定能闯进前十。孙明泽读高三三班，每回年级大排榜，都在十五名左右晃悠；李艳读高三一班，从有年级大排榜起，就没出过前十。这回她排名十七。她认为她跌出前十是因为孙明泽，是爱他爱的。以前她谁也不爱，别人求爱她不动心，心里只有课本和习题。可孙明泽不是别人，孙明泽的爱情一表达出来，她就知道她也爱他。爱他，却要等到十个月后，她的心里就分权了。她心里最劳神的那根权，生长嫉妒。不论什么时候，只要一想到孙明泽，她就觉得他身边有别的女生，她们在与他说笑嬉闹，甚至启唇露齿地与他接吻。孙明泽那么优秀，哪个女生能不喜欢他呢？她见到孙明泽的机会那么少，可想他的时候却那么多。爱情成了向下的阶梯，于距离高考半年之时，让她的年级排名跌出了前十，还在这个微雨的上午，让她发烧。

上半天课，病情没好转，老师让她回家休息。她没像以往那样，有病也坚持留在课堂。现在她脑袋里只装一件事，这事在哪儿都能琢磨。她就到公交车上继续琢磨，该不该主动找孙明泽说：我们现在就恋爱吧。这时候，公交车经过妈妈工厂，她猛然想到，她手上没有家门钥匙。她首先应该找的不是孙明泽，而是妈妈。她忙下车。工厂大门看得严，保安让她出示证件。她往传达室窗口看。刘姨，她喊窗里的妇女。刘姨是妈妈朋友，专职收发。哟，艳儿呀，找你妈？刘姨探头。我发烧了，李艳说，想找我妈要钱去医院。刘姨说，那快去吧，刚才打饭你妈还说呢，艳儿这习学得比上刑还苦。保安不再阻拦李艳。李艳往厂区一角的仓库走。妈妈是仓库保管员。李艳走到仓库门口，失望地看到，仓库门上挂着锁头。妈妈还没从食堂回来？她环顾四周，没有人影，孤零零的仓库远离食堂和厂部车间。雨越下越大，仓库西北角二三十米外，傍着围墙有一溜坍塌一半的破砖棚子，她快走几步钻了进去。那里以前是厂领导的车库，后来厂领导都有新车库了，那里就堆一些没用的杂物。那里能避雨，还能观察到仓库北边的正门和西边的侧门。西边侧门轻易不开，她光注意北边正门就可以了。这里的一切她都熟悉。去年家里动迁，她和妈妈曾偷偷地，在迷宫般的仓库里住两个月，晚上睡在码成大垛的工作服上，舒服极了。破棚子不舒服，灰扬暴土没个坐处。她身子发虚，只能蹲下。忽然，有一丝响声传了过来，非常轻微，似有若无。她赶忙起身。蹲着无法看到外边。她先看北边正门，那里仍然空空荡荡，门上仍挂着大黑锁头。她重往下蹲，蹲下前顺便看西侧门一眼，只是一个下意识行为。这一眼让她看到了妈妈。准确地说，妈妈是被她感觉到的。她眼睛瞄向那个几乎没打开过的隐蔽侧门时，发现那门竟开一半，而那个刚开完门，可能警惕地看一眼周围又缩回门里的女人的身影，在感觉中只能属于妈妈。李艳并没多想什么，只感到惊喜。如果不是体虚乏力，她会喊妈妈；如果不必回身拿墙角的雨伞，她还会立刻冲出砖棚。她喉咙滞涩动作缓慢。随着妈妈身影一闪，她又看到，半开的侧门里钻出个男人，大步流星朝她走来。她忙隐身，透过墙缝看那男人。那男人的目标不是破砖棚子，他沿仓库墙根疾步向北，再拐向东，在仓库北门口停了下来。他熟练地用钥匙打开门锁，再把插着钥匙的锁头放到地上，继续往东大步走去，眨眼就没了。这一切发生得那么突然，都不太真实。那男人没打伞，李艳却没能看清他脸，只注意到他身高体壮，又矫健灵活。这男人与妈妈有同样的特点。这之后，李艳再回头看西边侧门，那扇小门牢牢地关着，好像从未被打开过；而扭头重看北边正门，却见两扇宽大的黑铁皮门，已襟怀坦白地敞开在雨中，一个弯腰从地上捡起锁头的大块头女人，正是妈妈。

素材之二：肖敏的故事。

爸爸大肖敏二十岁，妈妈大爸爸三岁。妈妈是亲妈妈，爸爸不是，爸爸成为爸爸那年三十岁，肖敏十岁。爸爸姓芮，妈妈叫他小芮。肖敏没见过亲爸，妈妈从来不提亲爸，都没给她看过他照片。肖敏懂事，也不多问。肖敏的懂事还表现在，对来过家里的几任舅舅，她都礼貌，妈妈喜欢的舅舅她都喜欢。她不喜欢，也要装假，表面上做出喜欢的样子。从她记事起，与妈妈来往过的舅舅大概有四个，除了芮舅舅，对其他三个她没好感。幸好最后给她当爸爸的，是芮舅舅不是别人，如果是别人，她的假不知要装到什么时候。妈妈选择小芮没考虑她好恶，与她的喜欢达成一致只是巧合。随着小芮由舅舅变爸爸，肖敏越来越为自己识人准确感到骄傲。同学里，有好几个人的爸爸妈妈，原来也是舅舅阿姨，那些爸爸妈妈们，当舅舅阿姨时都好，

亲合

一成爸爸妈妈就不好了，有的是成心不好，有的是忽略了好。小芮跟他们不一样，他给肖敏当舅舅时对肖敏多好，当爸爸后，就还多好。小芮小芮，妈妈脾气不好你别生她气吧。小芮和妈妈结婚前，两人闹别扭，肖敏会学着妈妈的样子，叫着小芮的名字哄小芮，她一哄，小芮就原谅了妈妈的脾气。小芮小芮，你趴好趴好，妈妈没空我给你按摩。小芮和妈妈结婚后，有时下班后腰酸背疼，肖敏就学着妈妈的样子，叫着小芮的名字骑他背上，她一敲一揉，小芮的累乏就全没了。小芮和肖敏，好像一对原装父女。许多事情，以前只妈妈一个人忙活，逐渐地，就被小芮分担了过去：起早为她做饭，接送她上下学，辅导她做作业，为她开家长会，节假日陪她出入补习班，定期带她吃肯德基麦当劳必胜客……这些事以前妈妈做时，总不到位。妈妈的工作要经常出差。现在好了，小芮做得井井有条，除了上班他哪儿都不去。一家三口欢欢喜喜，除了偶尔地，妈妈还会脾气不好。肖敏初二时，有一天，妈妈主动提个建议，说肖敏初中毕业后，上高中前，争取为她把名改了，是把姓改了。不姓肖姓芮，妈妈说，叫芮小敏，肖和小读音差不多，改完什么都不影响。肖敏同意，小芮高兴。小芮以前没结过婚，和妈妈也没生孩子，妈妈告诉过肖敏，小芮没有生育能力。那天晚上，肖敏听到，小芮和妈妈在房间喊叫。肖敏偷偷为他们高兴。她辨得出这样的喊叫不是吵架，而是亲密。他们亲密她会害羞，但还是愿意他们亲密，亲密比吵架好。房间小，隔音效果差，肖敏习惯在小芮和妈妈的亲密声中甜甜睡去。他们吵架她睡不踏实。

临近给肖敏改姓的时候，肖敏越来越睡不踏实。小芮和妈妈的亲密越来越少，吵架反倒越来越多，还有一件越来越多的事，是妈妈的出差。以前小芮不怎么喝酒，现在喝酒也越来越多，妈妈一出差他就喝酒，有时还会偷偷哭泣。不过他不论怎么喝，包括与妈妈怎么吵，对肖敏的好还一如既往，久而久之，肖敏觉得，小芮成了她的亲爸爸，妈妈倒成了她的后妈妈。有一回，妈妈又出差，肖敏写完作业，凑到小芮身边擦他眼泪，这让小芮很不好意思。肖敏说爸你和妈怎么了，和我说说行吗？我是大孩子了可以帮你跟妈谈谈。小芮再三说没什么没什么，然后才说，你妈那么优秀，应该配个更好的男人，我耽误她了。小芮不说他们矛盾的具体内容，只是自责，他话里流露的意思包括，虽然妈妈有什么事对不起他，他却不怪她。小芮不怪妈妈什么，肖敏想不明白，但她知道，肯定不是做不做家务之类的小事。她的安慰不得要领，只能替小芮一杯杯斟酒。后来，不知是喝多了酒的小芮先把肖敏揽入怀里，还是替妈妈心存歉疚的肖敏主动偎进了小芮臂膀，反正这天晚上，他们睡在了一起。从此之后，只要妈妈出差他们就同睡，直到肖敏高考那年，妈妈和小芮办了离婚手续。是妈妈为别的男人抛弃了小芮。

　　素材之三：张雪的故事。

　　三十三岁的张雪是十七个孩子的妈妈，十个女儿七个儿子。她一共有过十七个孩子。眼下她身边没那么多，出去十二个了。张雪的孩子，老大小她十三岁，老二小她十四岁，老三老四都小她十五岁，再往下，是小她十六七的，十八九的，二十多的，最小的孩子小她三十岁。张雪的孩子都没爸爸，或者有爸爸，但他们爸爸不要他们，他们只能自认为没爸。张雪的孩子除了张雪，也都应该还有妈妈，但那些妈妈和那些爸爸一样，有的死了，有的不把他们认作孩子。他们便只有张雪这唯一的妈。张雪没结过婚，没怀过孕，没有过男朋友，至少三十三岁前，性生活她都没经历过。她的十七个孩子，与她都没血缘关系。

　　十七岁的张雪刚补完牙，坐在县医院门口的台阶上闭目养神，暖烘烘的秋阳让她昏昏欲睡。牙齿已经没有了窟窿，疼痛也在一点点减

122　　　　　　　　　　　　　　　　　　　　　　　　　　　　　　　　　亲　合

轻，但刚才的疼痛太耗体力，她身体素质好，也得缓过点劲才能回家。是这时候，晶莹的妈妈凑了过来。晶莹的妈妈也是孩子，只比张雪大一点点，但她抱着孩子，满脸病容，个儿又挺高，在张雪眼里，就算大人了。大人问小孩什么小孩应如实回答，这是礼貌。张雪就和晶莹的妈妈聊了起来，回答她的一个个问题。这之后，晶莹妈说她要去开药，请张雪替她抱会儿孩子。张雪就小心翼翼地抱着晶莹，直到黄昏时晶莹哭闹，她才看到，晶莹妈留下的兜子里，既有新尿布高级奶瓶，又有两千元钱和写给好心收养人的纸条。张雪成了好心的收养人。张雪不念书，也没工作，没经济来源。可她家富裕，她是爸爸妈妈爷爷奶奶姥姥姥爷哥哥姐姐的掌上明珠。他们集体反对她收养晶莹，她坚持收养，他们拿她没有办法，只能不情愿地为她提供帮助。为她提供帮助的，还有镇领导县领导市领导和媒体记者以及乐善好施的富人。家庭之外的善人，是几年以后，她收养的"晶莹"越来越多时，逐渐开始帮助她的。自从收养晶莹以后，她又收养了水灾中失去父母的一对姐弟，被人扔在垃圾堆旁的一个残疾儿，说不清家在何方的一个流浪女，以及在各种天灾人祸中失去父母又被亲戚朋友拒之门外的一个个孩子……张雪的孩子，只有少部分是晶莹那种情况，一出生便受到遗弃，多数六七八九岁才无家可归，被低档好心人送到了她这高档好心人身边。张雪这个妈妈最操心时，要同时照顾十个孩子。

八岁的唐家山来张雪家时，是一年级小学生。他爸妈带着弟弟妹妹去南方打工，已经四年没音讯了，他爷爷一死，他成了孤儿，接着成了张雪的儿子。他是张雪七个儿子中，唯一的高中生。张雪的女儿中，曾有两个考上过高中，其中一个还考上了大学。张雪自己学习不好，初中都没念完，但看重知识文化，希望孩子们能有学问，如果说她对十七个孩子也有偏心，那就是，对学习好的她更关照。她要求他们，至少拿到初中文凭。这也困难。她那些孩子，大部分初中没毕业就辍学了，去或远或近的城里打工。他们中有的还给她写信，回来看她，有的一去再无踪影，只把伤心给她留下。伤心不影响她继续对身边的孩子好，尽管她能预见得到，不久的将来，身边这些孩子里还会有人让她伤心。她已学会辨别伤心的苗头。十七岁的唐家山没有苗头让她伤心。他懂事，比女孩子还懂事。平常他不是多话的孩子，只默默帮张雪关心弟弟妹妹，可一旦发现张雪伤心，他就会打开话匣子说俏皮话，像个大人安抚孩子，并多次表示，他好好学习的最大动力，就是多长本事，以后好好孝敬妈妈。他从来不提自己的爸妈。有一次，有人说在佛山大街上看到了他妈，张雪琢磨着托人找找，可唐家山说，我没别的妈，我只有你这一个妈妈。十七岁的唐家山住县城高中，有天晚上，正逢期末复习的紧张时刻，他突然回家，身上还带着一股酒气。他对张雪说他不想念了，要去城里打工挣钱。张雪批评他，他顶嘴，还骂探头探脑看他和妈妈的弟弟妹妹是"小逼崽子"。张雪觉得，这么谈下去对"小逼崽子"影响不好，就拉他往外走，说要把他送回学校。没车了我们走，她说，用不了两个小时就走到了。唐家山的情绪没恢复好，走到镇外小河边时，坐地上耍赖，说要跳河自杀。那条小河，最深的地方不及他胸脯。他边哭边骂，骂自己的爸爸妈妈，骂农村，骂贫困，骂酒，骂复习题，骂家境好的同学，骂批评他英语发音像二人转的新英语老师，骂一个叫许什么霞的女生……张雪安抚他，好像有时他安抚她。后来，唐家山骂声低了，哭声止了，摇摇晃晃想站起来。张雪扶他，他一趔趄，又坐回地上，还把张雪也带倒了。张雪一米六十，一百斤；唐家山一米八十，一百三十斤。张雪倒在唐家山身上。张雪往起站，唐家山双臂一扳双腿一别，竟翻身把她压到身下，还撩起她裙子扒她裤衩。张雪挣扎，推他打他咬他啐他。两人较量在夜色之中。月光浓硫酸般泼洒下来，把他们脸腐蚀得扭曲变形：唐家山的虬结，张雪的破碎。家山你干什么你喝醉

　　　　　　　　　　　　　　　　　　　亲　合

了让人看见你疯啦我喊啦你放开我你这是乱伦你这混蛋……张雪的喊叫声不特别大。她声音大，也不可能有人听到，周围没人。周围有人，也只能听到庄稼的嚣嚷，河水的喧哗，很难听到她的喊叫。能听到她喊叫的只有伏在她身上的唐家山。唐家山让耳朵里也灌满硫酸，什么都不听，连庄稼声水声都拒绝听。他手脚嘴并用地降服妈妈，最终与妈妈结合在一起。

　　素材之四：……
　　红丫睡得死，胡不归觉轻，电话一响，胡不归先醒了。
　　嗨嗨，胡不归捅红丫，是不梦里还鸳鸯戏水呢？
　　才几点呀真烦人。红丫说，她说电话。再睡一会儿，梦里肯定有鸳鸯戏水。她磨磨蹭蹭地拿起手机。铃声叫得太顽强了。
　　半夜入睡前，他俩一直在讨论问题，"鸳鸯戏水"是关键词。
　　前一个晚上，从六点吃完饭到九点游泳池关门，他们在水里泡三个小时，捕捉到的做爱时间约三分钟。也不是时刻泡在水里。他们不是海参，不需要"发"。他们一忽坐在池边，一忽纵身跳入水里，只为找机会体验一下，水中做爱什么滋味。以前他们也体验过，在浴盆里，没觉得有什么特别之处。浴盆水少，没压力，不得施展。他们不满足。在王家窝堡也体验过。王家窝堡是海滨浴场，在锦州郊外。那回红丫去锦州采访，胡不归晚一天过去找她，两人到王家窝堡玩了半天。海里根本做不成爱。近岸浅海区是煮饺子锅，人与人之间没什么距离，他们没勇气当众交媾。远处防鲨网一带倒极少"游"人，可浪大涌急，他们的泳技，不足以让他们方便地媾合，借助防鲨网上摇摆的浮子和抖动的绳索，他们仍然阴差阳错。有时，好不容易避开浪涌，找准了角度，胡不归的生理反应却不争气。海水冰凉，抵制他身体上的勃起现象像抵制社会上的不良现象，红丫揠苗也难助它长。也有时候终于行了，持续时间又太短暂，比昙花一现短暂多了，只相当于一根酒店那种长火柴的燃烧时间。热胀冷缩。科学原理让他们悻悻。悻悻的原因还包括，在一次努力中，胡不归的泳裤被卷走了。回岸边后，他冻得浑身发紫却不敢上岸，只能蹲在水里，等红丫去存衣处取衣服拿钱重买泳裤。海中的做爱试验以失败告终。现在在红丫家乡，在大连的波安温泉，借助深水区尽头不锈钢钢管的扶手与阶梯，他们斜起身子，协调动作，半顺从半抵御地与浮力周旋，终于完成了水下的结合。耶！他们击掌，小声欢呼，庆祝三分钟的鸳鸯戏水。当时，游泳馆里基本没人，深水区这边只有他俩，另几个女人在浅水区扑腾，特别努力但换不好气。没人注意他俩。救生员小伙子应该注意他俩，可他只具备机器人功能，光按编程在池边踱步。他一直睃巡水面的眼睛，充满职业性的茫然与空洞，任何与溺水无关的事情，都不能进入他的视野。按理说，单从形体动作与面部表情看，做爱者与溺水者有相近之处。但再相近，飘飘欲仙与垂死挣扎也有区别。救生员小伙子只拿一份工资，拿垂死挣扎那份，不操心飘飘欲仙。

红丫已经说上了电话，胡不归也已起身下床。他动作自然，带上水杯和烟，去了主要用于撒尿拉屎和洗漱的卫生间。他没有撒尿拉屎洗漱的需要。红丫的电话说十五分钟，其间几度情绪激烈。她说了什么，胡不归没听到，卫生间的门关死后比较隔音，他只能听到一些拔高的音调。红丫话都不多，高调说话的时候更少，尤其在电话里。红丫叫胡不归，叫两三声他才听出她是叫他。前一两声，他以为她还在高调通话。胡不归回到床边，靠上床头，用没拿烟那只手轻拍红丫。红丫脸上挂着泪珠。

怎么了？那么冲动？不会是你的校长爷爷又活了吧？胡不归以玩笑缓和气氛。

他们这次来大连，不是去红丫家，是去大连下辖普兰店市的新金

　　　　　　　　　　　　　　　　亲 合

乡。波安温泉是普兰店的旅游度假区，新金乡距波安温泉十五里路。十岁前，红丫住爷爷奶奶家，在只有两个老师的乡村小学读书时，又成了爷爷一个老朋友的学生。爷爷老朋友是乡村小学的代课老师兼负责人，他喜欢别人称他校长，红丫称他校长爷爷。从上学起，他家就是红丫的另一个家，红丫还有另几个孩子，跟他学习校外功课，相当于入读小型私塾。他不收费。他乐于对爱读书的孩子实施免费教育。他特别喜欢红丫，"红丫"作为红丫早年的乳名与后来的笔名，就是他参照《测字秘牒》替红丫取的。他教红丫他们从"人之初性本善"的《三字经》开背，经由唐诗宋词，一直背到《古文观止》里的大块文章："臣无祖母无以至今日祖母无臣无以终余年"。红丫回大连后，连续多年，每年夏天都回新金乡，爷爷奶奶去世后她照样回去，专程看望校长爷爷。她告诉胡不归，只念过小学的校长爷爷只是农民，却学问很好，身上有些旧式文人的自尊习性，既迂腐又可爱。这从他要求别人喊他校长上就看得出来。前几年，他患震颤性麻痹症，双手总抖动不止。为了不让人注意他手，在人前他手上不再拿任何东西，连抽了五十多年的烟都戒掉了。他基本上不再出屋，有人来看他，他渴死饿死也不吃不喝，就那么面带微笑地正襟危坐在一把扶手椅里，用屁股死死压住双手。他不喜欢别人关注他病情。前天，校长爷爷的孙女给红丫打来电话，说爷爷死了，今天出殡，恳求红丫"回来"一趟。犹豫之后，红丫答应了。但放下电话她又后悔，说我怎么能答应她呢。她平素行事干脆果断，很少后悔。胡不归看出她情绪不对。胡不归没问什么，只听她怀念校长爷爷。我不知道你为什么不愿意回去，听完她讲述，胡不归说，但我知道，你不回去会内疚的；如果你需要，我陪你回去。真的？胡不归主动请缨担任随从，让喜怒不怎么形于色的红丫受宠若惊。他们住进了波安温泉。按计划，天一亮红丫即赶赴新金乡，然后回来找胡不归，下一步，再住一宿温泉还是径回沈阳，视时间与心情再行决定。

你也陪我去新金乡吧。红丫突然冒出来一句。她对胡不归从无要求。

我也去？这好吗？我等你没关系，我游泳看书……

你是我男朋友，是我未婚夫，是我男人，你是陪我回来为校长爷爷奔丧的。

红丫，怎么了？我去没问题，我不怕见他们，可你好像跟谁赌气。

红丫从胡不归胸前移开上身，扭亮床灯，跪起来，让平缓的小腹朝向灯光。这些东西，她的手指，在小腹两侧星星点点的妊娠纹上轻轻划过，没有抹平它们的意思，只像以触摸感受它们，清理它们，辨别它们，是我为金海泉留下的，或者说，是金海泉给我留下的。

金海泉？

他是校长爷爷的孙子，是我"私塾"同学，从我记事到十五岁，他是我哥哥，从十五岁到二十五岁，他是我男朋友、对象、恋人、未婚夫，是在我肚子里活了八个月的那个胎儿的父亲。刚才是他来的电话。我才知道，这回他妹妹非让我过来，是他的主意。他刚从日本回来，想和我结婚。一会儿他会带车来接我。

结婚？你，那你觉得……

你放心，与有没有你没有关系。我这辈子，如果必须结婚，只要天底下可供选择的男人超过一个，就不是他。

我明白了，我陪你去。哎红丫，你要不愿见他，咱不去不行吗？咱天亮就回沈阳——参加葬礼不是寄托哀思的唯一形式。

这——你意思是，他们拿校长爷爷当钓饵引我上钩，我拒绝上钩，就算不上对不起校长爷爷？走——可，这时候没车呀？

傻孩子，有车也不能这时候上站——快穿快收拾！咱换个地方，

　　　　　　　　　　　　　亲合

他去车站堵不着咱。对校长爷爷，你不用内疚，你昨天给我讲他的口吻，能证明在你心里他还活着，这足够了——给金海泉发短信告诉他别来接了，然后关机——如果你不出席葬礼让有些人不快，并不怪你，这也是你帮别人减少麻烦。可你想好了吗？这可就得罪金海泉了。

想好了，他先得罪我的。

那就好。来，这个包给我。你懂我意思吗？我希望你真觉得不去新金乡是最好的选择。

不归，我这人从来都主意正，谁都说我人小鬼大。可有了你，我都不愿动脑筋了，我觉得听你的怎么都不错。

冯顺的世界是孩子的世界，神秘、夸张、无中生有、故弄玄虚，充满自我营造的奇异与快乐。现在，孩子也被社会这架大机器纳入了流程，不再创建流程之外的虚有世界。只要接受教育，从小学起，甚至从幼儿园起，孩子就严谨、准确、按部就班、直奔主题。孩子的命运与熊猫相近。冯顺一直没长大，没流程化，也许他内心世界的某一部分地盘，流程之犁未及耕耘。据说，孩子哭喊、淘气、损坏东西或破坏秩序，多数时候，就为吸引人眼球。冯顺也这样，总怕别人不注意他。他是成人，他比孩子多出来的爱好，是欣赏别人惊讶的表情。他喜欢逗熟人惊讶，更喜欢逗陌生人惊讶，如果当演员，他肯定最会抢戏，他会是个永远演不上主角但能给观众留下比主角更深印象的配角演员。有一回，在电梯里，他一脸杀气，低声指示他的同伴：争取一刀解决，别忘了弄乱现场，抹掉指纹。吓得轿厢里的人全走光了。又有一回，在公交车上，他拍拍同伴腰间的钥匙，挤着嗓子恶狠狠地说：妈的，那保险柜可能挺特殊，万能钥匙要不好用，就炸它，别怕出动静！弄得小半车厢人全止了声息，齐刷刷移向远离他们的车厢另一侧。他也现过眼。有一次做足疗，他挺深沉地接完一个电话，告诉同伴他得赶往北京。什么事？他恶作剧时选择的搭档，基本熟悉他的套路。他们想知道，他说，就东北这边的边界问题，跟俄罗斯讨价还价时，应该把握在哪个度上。搭档强忍住笑继续问：怎么，最近上边跟俄罗斯有什么谈判？哦，冯顺道，后天晚上，普京到北京……没想到旁边一个大汉嘟哝了一句：哥们儿，刚才电视上说，普京今天离开北京。又有一次，他新换个手机号，就编条短信，同时发给十个朋友："大哥传话，计划有变，上午各自休息不要外出。下午三点半前带齐家伙，去崇山东路中行皇姑分行门前守候，以运钞车出现为号，行动步骤照旧。事后统一乘路边白色金杯面包离去。"十个收件人，八个没理他，有两个回了信，一个回"谁呀别瞎闹"，另一个回"冯顺吧"，他挺委屈，对身边人说，妈的，没上当，然后给这两人回道："嘻嘻，冯顺新号码。"他以为这事就过去了。没过去。此后半小时，他手机接连收到两个电话，都打错了，又都与他磨叽半天。他没往心里去。四点半多，他收拾好东西，准备去签到机前按下班手印，这时，突然出现的几个警察逼住了他。他们骂骂咧咧地指责冯顺，那意思，是怪他害得他们去崇山东路的中国银行白跑一趟……

胡不归说，好玩好玩，这老兄太有意思了。

他心好，善良，仗义，还聪明。红丫说。

红丫早已习惯了冯顺。这次QQ一响，看到冯顺的头像晃动，信息内容是约她下班后到小天鹅食府吃饭，就既没问为什么，也没问还有谁，都没在QQ上作出回复，只回头看墙角玻璃隔断后边傻笑的冯顺。见冯顺看她了，她点点头，然后接着忙自己的事。

我红侄女真是奇人，也许因为你自己奇吧，所以对别的事情都不好奇。QQ上，冯顺的头像又跳动起来。

红丫不好还不回复。那你告诉我吧，都有谁，什么名目？

保密。冯顺回道，然后又问，明年咱《尚女》里的清纯淑女变成淫乱荡妇后，老陈对你有何要求？

别瞎写，让她看见能吃了你。她给我六个故事素材，是网上那种真假难辨的八卦新闻，她认为它们不够丰富完整，但有开发价值，我的任务是"合情合理"地加工它们。明年一期起，一期一个，作为"新闻调查"的重点稿发。她强调"虚构性"与"真实性"并举。明白吗？就是人物地点要有鼻子有眼，要配主人公照片，但河北的地点要变成河南，张三的名字要变成李四。我问她既然虚构了，怎么还会真实，比如，怎么配照片。她说不用我管，她自有把小说变新闻的锦囊妙计。你不许说出去，这个必须保密！

没问题，保密！你的假新闻进展如何？

保密！

这时冯顺电话响了。

到下班为止，红丫一直有点自责：与冯顺QQ交流时话说多了。她不担心冯顺去陈总编那里打小报告，可嘴上没把门的，不咸不淡地参与同事间的街谈巷议，这不是她风格。她觉得应该让胡不归帮忙分析一下，为什么她最近比以往话多。最近心情太舒畅了？自小的农村生活经验告诉红丫，丰年过后总是灾年，人不能舒心只该揪心。她给胡不归发个短信，说晚上去小天鹅吃饭，饭后去他那里是否可以。可以。胡不归干巴巴的回复转瞬即至。那两个字后边还缀句补充，也很干巴：过来之前通知我一声。

红丫很少约胡不归，也很少去他家，如果他没找她时她想找他，还会偷偷不好意思。她以自律身心的方式保持自尊。身心有需要不可耻，自尊也与谁想谁没有关系，这她知道。她更知道，胡不归不狭隘，不会因她积极主动而小瞧她，胡不归曾多次说过，你忙我闲，我们约会的主动权应该在你手里。但她不行，偶尔主动，一定要先在心里准备个理由，比如，请胡不归帮忙分析她最近何以话多。以前她没想过，她与胡不归那么亲近，为什么约他还有心理障碍。现在她明白了，胡不归的理性限制了她。对，理性！他们在一起时，胡不归不理性，无原则地哄她，无节制地爱她，好像她是他供奉的女王或溺爱的孩子；可在非见面时间，胡不归却理智得冰冷，谨慎得僵硬，电话很少通十分钟以上，短信更是就事论事，仿佛他们只是一对合作意向并不强烈的采访者与采访对象。他约红丫，总提前一天打好招呼，临见面时再敲定一下。他反对突然袭击，反对无计划的率性而为。不能说不对，不能说不好，但红丫在享受井井有条和安全保险的同时，也紧张压抑。现在，紧张压抑又袭向她，她情绪的秉柱向下跌落。她慢慢写一条新的短信：不行了计划有变，晚上我不能过去了你不用等我。她反复看它，没勇气发出，这句轻飘飘的谎言不生成勇气。紧张压抑是因为惧怕，可她为什么要怕他呢？他坦率真实，没有掩饰，却又总好像变化莫测，他以精细的态度对待一切，又对一切都不太当真，跟他在一起，你会觉得既安全又危险，似乎舍生忘死地保护你与冷酷无情地抛弃你，都可能是他同时同地面对同一事件作出的选择，而最荒唐的是，他怎样选择还都理由充分，充分得让你无话可说。他一向反对煲电话粥，可有一回，红丫去丹东采访，他什么事都没有，却一气给红丫打五小时电话，从前半夜十点一直聊到后半夜三点，如果没用光红丫手机的长途漫游费，他们可能会彻夜不睡。当时他们除了电话做爱，还冷静地分析朝核六方会谈，认真地讨论几宗社会新闻，具体地设计《尚女》的未来走向。红丫能感到，那一晚胡不归特别软弱，好像孩子怕失去妈妈。可他的解释却是，他想检验一下，手机充一次电能用多长时间。他始终没表达对红丫的依恋。红丫摇头叹息。想区分和判断他的感情脉络，就像区分和判断办公室的空气里有多少细菌。红丫把新短信一字字删除。

小天鹅食府距泰山花园，步行最多八九分钟，距红丫新居五里河

　　　　　　　　　　　　　　亲合

新区，打车也得三十分钟。这两个目的地的远近差异，也为红丫申请去胡不归家提供了理由。

来到小天鹅三楼的红岩厅门口，红丫惊讶地听到，里边有栾会文说话的声音。红岩厅的门半开着……日常生活里，我主张自力更生，凭本事吃饭，宁可少占便宜多受委屈，也尽可能别欠人情。便宜也好委屈也罢，都是自己的事，一旦把别人拉扯进来，无形中就给别人添负担了。比如小布什打萨达姆，找布莱尔帮忙，这就等于让布莱尔难心：不帮吧，都是好哥们儿，于情于理说不过去；可帮，万一让对立面的人抓住什么把柄，就可能动摇权力宝座。当然了，如果布莱尔正好也想收拾萨达姆另当别论……

红丫退到走廊远端，稳一稳情绪，见个捧一箱啤酒的服务生往红岩厅走，她紧追几步跟了上去。好像服务生是她同伴，跟同伴一道进社交场所，她可以免除社交应酬。红岩厅里，代替栾会文主讲的已换成女人。那女人尖锐的声音红丫陌生，她朝向门口的脸，对红丫来说同样陌生……为什么老女人那么愚蠢，就因为她们喜欢浓妆艳抹，刮大白一样往脸上乱涂东西。增白剂粉底霜里，铅呀汞的都超标多少万倍，长期渗入人体会降低智力……服务生没法代替红丫。那尖锐的女声，穿透服务生时长驱直入，入到红丫面前，猛地钝下来，没经过回弹就跌落到地上。更尖锐的是她目光。她声音跌落后，目光有种格外的坚挺，只上下一瞟，就把红丫挂到了供她审视的展示架上。全屋人中，她最早看到服务生身后跟了个红丫。她有资本挖苦浓妆女人。她天生丽质，不施粉黛，年纪约莫三十出头。屋里还有一个女人，不那么漂亮，目光温和表情柔婉。也年轻。是与屋里那几个四五十岁的男人比，年轻。

冯顺起身大呼小叫，把红丫让到栾会文身旁。红丫对栾会文赧然一笑，不知该不该与他握手。她不喜欢握手。有些男人握手等于掐人，而有些女人，手指僵直地让你触碰，给人的感觉特别猥亵，好像你是在一只服装人台的私处摸摸索索。自从栾会文对她表白心迹，他们再没见过。栾会文又约她两次，她婉拒了，栾会文便只偶尔地、时机恰当地、并不过分地短信抒情。她以理解的态度对待栾会文的少男心理。这时的栾会文就是个少男，脸上的骄傲中带几许羞涩，揽着红丫肩膀向众人介绍。红丫不自在。但省去了与栾会文的寒暄让她自在。自在与不自在两相抵消。她尽量适应栾会文的骄傲与羞涩，使他揽她的生硬转化为自然。给人的感觉，他们昨天还在一起。栾会文感激地看她一眼。这是红丫；这是秦主任，小刘；这是林处长，小孟。秦主任哈哈笑，不敢主任啦，秦香莲。众人赔笑，他身边的小刘哄孩子似的拍他，撇嘴道，你放心，那帮让你受苦的陈士美早晚得挨铡。众人都尴尬。秦主任说，别瞎说，我这是顺嘴玩姓名游戏，没影射的意思。小刘撇嘴时，像沧桑妇人。众人落座。小刘就是声音尖锐的那个女人。红丫对小刘的沧桑嘴脸感到同情，她很想问她，女人多大算老女人。她没问。她眼睑半垂，一边与栾会文低声交流几句，一边冲其他将目光或问候投向她的人，秦主任林处长，小刘小孟，点头微笑应答，以示她的专注、礼貌、随和与友善。冯顺与服务生就菜谱交换完意见，又替服务生给大伙儿倒酒。服务生忙。红丫也想干点什么，栾会文按住了她。

　　……我父母就从来没让我了解过他们，他们至死都说，组织上让他们当右派与后来平反他们同样正确。这我就糊涂了，同一个组织，说黑说白都对？难道他们真这么认为？难道在家里也不能说真实想法？真可怜。以前我生他们气，后来理解了，但理解并非了解，他们是我父母我希望了解，可做不到。现在我相信，他们自己也不知道自己怎么回事，不是有意拒绝你，是不知道怎么让你了解。比如吧，他们肯定做爱，可能也喜欢做爱，但又觉得那是丑事，是真觉得丑，即使你从科学的角度去调查他们，他们也不会承认开心，如果有可能，他们都会否认那么干过……秦主任说话很有风采，栾会文和林处长做洗耳恭听状。秦主任坐上座，他右手边是小刘、小孟、林处长，左手边是栾会文、红丫、冯顺。显然，小刘是秦主任的女人，小孟是林处长的女人，而红丫，此时成了栾会文的女人。冯顺没女人。三个女人都不是三个男人的妻子，这看得出来，红丫至少知道，她不是栾会文妻子。

这是个典型的中国式饭局，人虽不多，动静不小，谈政治说经济论男女讲笑话。是栾会文秦主任林处长以及冯顺小刘争先恐后地谈说论讲，红丫基本无话，小孟话也不多。她俩便仿佛有了默契，间或对视会心一笑。未必真会心，但两个听客在一群说客间，还是能有种皮相的会心。你尝尝这个，她轻声说，指指面前的炒藕片，然后把转盘转一百八十度；多巧，咱俩耳坠一样，她几乎用口形对她说话，然后指指她的耳朵摸自己耳朵。而这时，别人可能在说农村征地新政策，或议论中央某领导的儿子年薪八百万还是一千万。红丫能看明白，这顿饭栾会文做东，林处长作陪，主请对象是秦主任。几年前读党校时他们是哥们儿。三人中秦主任升得最快，也最倒霉，一年前被双规，然后判三年。他谁也没咬。有讲义气的哥们儿感念他视死如归，帮他弄了个保外就医。栾会文设宴，是为刚出狱的他接风压惊。

每人一只硬邦邦的大闸蟹，红丫说她吃不了整个的，掰下一半递向冯顺。她递他接，两人的脑袋挨得挺近。冯顺一直等待这样的机会。他不先接螃蟹，先对红丫说悄悄话。说的内容与螃蟹无关。

给他们敬酒呀，代表会文给他们敬酒。

你们不敬了嘛。这之前，栾会文和冯顺都敬过酒了，很正式的敬法。我又不喝酒。

给他们倒满，你用饮料敬也是那意思。听话，这是给会文面子。

拿我说事是栾总的意思？红丫眼睛骤然睁大，将冯顺盯死。

冯顺在红丫的大眼睛里用眼睛求饶。理解万岁。会文也没办法，他俩都说只带女朋友，你知道会文没有。

放屁，我怎么知道。

好好姑奶奶，你不知道，我说走嘴了。这话我没法解释，解释你就不来了，可这场合会文只信任你，你得给他面子。够意思红丫，回头我请你……

嗨嗨，你俩嘀咕什么呢？栾会文笑着打断他们。

不好意思。红丫回身，站起来。冯顺让我给大伙儿敬酒，可我一口酒不能喝，觉得没资格敬。冯顺是我大哥兼大叔兼同事兼好朋友，他同意我用饮料代酒，那我就先给各位满上，然后我把饮料干掉，各位的酒随意，行不？

还问啥，敬吧。栾会文很高兴，他喝不少了。

没问题，但你得回答我个问题。

秦主任问，你一边问我一边倒酒。来……你还喝白的吧小刘，林处长……

刚才我说会文是勾引未成年少女，可他说你成年了，我不信。你自己说说，你多大？

红丫看栾会文一眼。栾会文几乎坐不住了。红丫又看秦主任等其他人。她的两种看法不太一样。看前者，她目光里有埋怨责备，也含理解宽容；看后者，她目光娇羞妩媚，能对前者的一厢情愿作出巧妙配合。栾会文吐口气，低下头，不合规矩地，独自干下一盅白酒，干完后继续若有所思，摆弄不知什么时候攥在手里的宽大餐巾。他专注地把餐巾由一朵花折叠成另一朵花，十指很灵巧，好像红丫怎么对付秦主任与他无关。

这场酒局愉悦地收场。在小天鹅门口送客时，栾会文再次揽住红

　　　　　　　　　　　　　　　　　　　　亲合

丫肩膀，与秦主任林处长和小刘小孟握手挥手，冯顺站在栾会文红丫身后，频频点头抱拳拱手。冯顺像个处事周详行止得体的大管家，栾会文红丫，分别是家里的男女主人。两辆出租车分别远去后，男主人主动放开女主人，说谢谢。他说谢谢时语调犹疑，好像言不由衷，不想谢。不是这样。是他的谢里成分复杂，他苦恼于难以表达所有的含义。红丫没看栾会文，没理会他的谢谢里有多少内容，自顾招呼往来的出租车。栾会文无助地看冯顺。

会文，时间还不晚，要不红丫咱仨找个酒吧再坐一会儿？

好呀好呀，红丫你说咱们去哪儿？栾会文再看冯顺时，用目光说的谢谢简明干脆。

我还有稿子要写，你俩去吧，我得回家。

那——冯顺……对红丫的严肃，栾会文可能头一次见识。他又无助了。

冯顺对红丫的严肃见识得多些，至少见识过。这样吧会文，红丫有事咱就改日，咱俩一块送她回家……

不用！红丫喊。一辆出租车靠了过来，红丫头都没回钻了进去。车启动的那一刹那，她摇下车窗，扭头看马路边两个呆立的男人。再见。打招呼时，她脸上仍然没有笑容。

她刚上车，司机问她去哪儿，她说前边。车开起来，走出去不到两百米远，她又让司机掉头回返。出租车不掉头，正好开往她家的方向，离胡不归家将越来越远。车掉头了。乘出租车去胡不归家，两分钟就能到，她担心短信传输若遇障碍，两分钟还走不进胡不归手机。她不想也不敢径直闯入胡不归家，尽管她知道他肯定在等她，肯定没秘密怕她撞见。她直接按拨号键，说我两分钟后到。胡不归怎么回答的她没留意，她举着手机，留意出租车外。出租车再次经过小天鹅门前，栾会文冯顺还在路边站着，比比划划地讨论什么。他们身边又停一辆出租车，他们没有上去的意思。红丫的出租车再前行几百米，泰山花园就到了。红丫付钱下车时，司机眼里带着惊讶。不特别惊讶。出租司机见多识广，这个世界上，他们是各种反常事件的主要目击证人之一。

　　胡不归光着身子给红丫开门。门刚打开，就听到隔壁邻居开门的声音，还有主人送客的礼让之声。胡不归急忙后退，红丫蹿跳似的冲进屋里，随即关门。他们再慢两秒钟，邻居就可能看到红丫；慢五秒，胡不归的裸体都可能被看到。红丫不怕邻居看，胡不归的裸体也不怕看。他们出入尽量避免与邻居照面，只是觉得，不被看到比被看到好。险些与邻居狭路相逢，他们都紧张，尤其红丫，往屋里一蹿的动作过猛，等于跌进了胡不归怀里。屋里只亮盏壁灯，两人在昏暗的光线中拥抱、喘息，不出声地笑，支棱起耳朵听门外声音，好像与门外的人捉迷藏玩。邻居家出来的是两个女人，站胡不归家门外推让争执：主人要继续送，客人请主人回。推让时，她们的身体动来动去，某些部位，在胡不归家刚合拢的门上摩摩挲挲。足有一分钟，屋里的两人与屋外的两人，只隔一扇防盗铁门，距离只有三厘米左右。胡不归按红丫头。红丫明白他什么意思。她蹲下，把拎包放地上，亲吻胡不归。胡不归挤眉弄眼，夸张地抑制嘴里行将发出的舒畅的声音。他喜欢这类能唤起冒险想象的小小刺激，她也不讨厌——此时，他们等于在门外两个中年妇女的眼皮子底下展开性事。

　　那老娘们儿，胡不归佝偻着身子用气声说，大屁股一扭可性感了。他说的是邻居。他不知道邻居送的客人什么样子。

　　开门……红丫含糊不清地说，把她……

　　什么？

　　开门……把她拉进来……我帮你……

　　　　　　　　　　　　　　　　　　　　　亲 合

两人齐笑。下流的思想与荒淫的念头，仿佛能被壁灯照亮，他俩的眼睛面颊以及身体，都放射出欲望的光泽。好你个女强奸犯……胡不归轻打红丫脸蛋，从她嘴里脱身而出，炫耀般地，挺着下身退离开门口。红丫脱高跟鞋换拖鞋，也离开门口。她从包里掏出手机，看一眼，关机。然后脱袜子，脱衣服，脱外裤，脱内裤，像胡不归那样也光了身子，问淋浴器里水热不热。热。她得到了肯定的答复。不问她也知道，水一定已经加过热了，胡不归不缺这样的细心。红丫进卫生间，坐座便器上撒尿，同时抬臂拢束头发，从吸贴式挂钩上摘下浴帽戴到头上，再从玻璃架上挑出浴液放在手边，冲水并起身，开淋浴开关放净凉水，站到莲蓬头下热水淋身，关淋浴，抹浴液，往胡不归的牙刷上挤牙膏，边刷牙边重放热水，冲掉身上的白色泡沫，再关淋浴，站镜子前，抖开浴巾擦拭身体，擦完，将浴巾裹在身上出卫生间，进卧室上床，钻进此前胡不归躺过的被窝，倚着对她来说过大的床头靠垫，喝床头柜上胡不归大茶缸里淡淡的残茶。刚喝一口，可能意识到晚上喝茶会影响睡眠，放下杯子，欲重新下地，胡不归明白她什么意思，按住她，自己去厨房把只玻璃杯倒满清水端了过来，她探出身子接水杯时，友好地在胡不归裆间摸索一下——这时的胡不归像个阔佬，穿袍式睡衣在地下晃荡——对他的殷勤表示谢意。在这整个过程中，从红丫关掉手机到爬上床去，阔佬般的胡不归一直兼职跟班马弁小秘书，他的足印亦步亦趋，总落在绕红丫一米左右的范围之内，包括红丫撒尿冲澡，他也站在卫生间门口，眉飞色舞说个不停。中间去厨房倒水，离开红丫二十秒钟，但演说没停，那时他把声音放大，等于与红丫没拉开距离。直到红丫喝完水的空杯子在床头柜上放一会儿了，他手里那三四张被涂抹得乱七八糟的稿纸也翻完了，他声音才消融于室内的静谧，他不安生的双脚也才停止移动。这一过程，用去约莫四十分钟，将近一节课。一节课的时间不短，红丫能做到的，是大部分时间专心听课，包括手脚忙活时和安安静静时，都像个求知欲强烈的优秀学生；小部分时间，比如下课前三分钟，她不再优秀，她对自己意识的关闭，将老师对外的讲解变成了向内的自说自话：

……第一个故事可以这么发展，李艳冲进仓库，证实了她妈确有私情，她从此不再理睬她妈，还拒绝与她妈交流沟通，但也没向她爸揭露她妈。她的心事郁积在心里。这种耻辱心事长期郁积的直接后果，是她学习成绩直线下滑。她不知该怎么办。无法缓解内心痛苦，就自暴自弃，仿佛她的自虐是对妈妈的惩罚报复。她封闭、消极、厌学，每天邋邋遢遢，对谁都带搭不理，总独自一人发呆或不停地吃小食品，到高考时，她体重增加十斤出头。她勉勉强强考上了大学。孙明泽进的是一所全国重点。三天的高考一结束，孙明泽就来找她兑现诺言，希望与她公开恋爱。她收回前言不说，还骂跑了人家，骂人家下流肠子花花心眼。她三心二意地读完大学，有个工作并不称心。她很快嫁丈夫生了孩子，然后，投身于持续数年的夫妻争斗。这时她已胖得像相扑选手，她丈夫根本打不过她。在这期间，十多年里，曾经比她还壮硕的她妈，却皮球泄气般干瘪下去。这个母亲，逐渐变成了只会劳作的佣人保姆，讨好李艳是她活着的唯一目的，她四十一岁以后的所有日子，都是赎罪日。李艳结婚后，需要妈妈照顾女儿，虽然仍不原谅妈妈的"放荡"，但与妈妈的联系依然密切。恰在这时，孙明泽重新出现在她生活之中，很偶然地，他们有了一夜私情。自此他们暗中往来，而往来的结果是，她忽然发现，"放荡"的生活妙趣无穷。明泽，我背地里偷人，怎么还快乐呀？几乎于一瞬间，她对妈妈就有了理解。有一天，她鼓足勇气，主动与妈妈长谈一次，此后，这对母女重成朋友，羞羞答答地、试试探探地，变成了一对亲密姐妹。她们的丈夫和爸爸不明就里，却感动得泪眼婆娑：你们娘儿俩呀，要是早好成这样该多好呀。这个好对她们却很吝啬。李艳与妈妈长谈不久，妈妈就被查出了肺癌，很快，她的"赎罪"人生便结束了。癌症迟迟才找上门，好像就为等这对母女最终和解。疾病比许多堂皇的理念善良多了……怎么样宝贝？讲到这里，胡不归腾出嘴点了支烟。他的询问不需要答案，从他神情看，对自己的讲述他很满意，是满意他所编撰的故事。我看挺好。他自己已经有了答案。就是时间跨度太大，这是个问题。好像我思维卡在这儿了，这几个故事时间跨度都大。可能在我潜意识里，觉得情感被时间沉淀得越久冲击力才越强，不知道你们陈总能认可不……不管它吧，我先说，说完你再判断。第二个故事你也许能猜到，依我的意愿，会让故事怎么发展。肖敏上大学了，甚至是在外地，却仍不忘小芮这个过去的继父现在的情人。她定期看他。小芮心里很矛盾。他喜欢肖敏，但觉得只要他不拒绝肖敏，就是霸占她。已经属于成年人的肖敏在他眼里还是孩子。他让她恋爱，反对她看他，有几次，阻止她来他家的理由是他恋爱了。可肖敏说，你结婚了我是你孩子，你不结婚我是你老婆。大学毕业第二年，肖敏嫁给了小芮，其代价是与妈妈断交。张雪情况也差不多，被唐家山强奸后，她与唐家山成了情人。此后他们像礼拜天夫妻，每周唐家山回来度周末，他们都要夫妻一回。不是明铺明盖，还像第一回一样，吃过晚饭，唐家山返校时，张雪会偷偷夹上条床单送他一程，小河旁边，庄稼地里，甚至冬天的雪野，到处都是他们的婚床……没外人时，张雪让唐家山叫她名字，叫老婆也行。唐家山不干，什么时候都称张雪妈妈，做爱也如此。我觉得，唐家山的心理很有意思……胡不归顺手又点支烟。可有一点我没太想好，这故事的结局怎么设计。一种结果是，几年以后，唐家山大学毕业了，或没读大学，进城打了几年工后，回来娶了张雪，从此张雪不再收留孤儿，不再是一群孩子的妈妈，只给丈夫唐家山当妈。可张雪大唐家山十六岁，唐家山二十四她四十了，这年龄差距，是不太大，是不有点不可信了？另一种结果是，他们没结婚，张雪仍收养各路孤儿，仍然是一群孩子的妈，但又一直是唐家山情人。唐家山结婚生子后，他们继续私下幽会。某一次，唐家山的妻子发现了端倪，欲向张雪发难，可唐家山说，你闹吧，我宁可丢掉你，甚至丢掉孩子，也要与我妈保持来往。我只能从这两种结局中选一个出来，我不忍心让唐家山离开张雪，不愿意张雪没有男人，光以妈妈的角色终其一生……怎么样？你表态吧。

胡不归授课结束，仰脖灌下几口冷茶。红丫没吭声。胡不归停止喝水，沿大茶缸圆润的弧度往床上看，发现红丫已睡着了。红丫倚着床头靠垫，小小的身体缩成一团，膝盖几乎顶到了下巴，被子全堆在她的脚下。胡不归忙放下茶缸，把台灯由床头柜挪到地上。光照的角度得到了改变，红丫隐入暗影之中。胡不归跪到床上，在暗影中轻轻搂起红丫，半抱半拖地摆正她身体，盖好被子，撤掉大靠垫，塞进小枕头，让她躺得舒舒服服。

你——说完了？红丫嘟哝着睁开眼睛。

睡吧睡吧，明天接着说。

不我不睡我不困，你说吧我还听。

好了好了，困成这小样都让人可怜。隔着被，胡不归轻拍红丫屁股，又扭过身子，用另一只手捂红丫眼睛。睡吧宝贝，不说了。哦，我给你唱催眠曲吧。

那你，你还没舒服呢……红丫闭上眼睛嘴没闭上。

我至于那么性欲狂吗？胡不归明白她的意思。明早做，早晨硬。胡不归把头往红丫耳边偏去一点，辅以手上拍她的节奏，轻轻哼唱催眠的歌曲：

　　　　　　　　　　　　　　　　　　　　　　亲合

我那慈祥的母亲

是美人中的美人

像那白度母一样

她心地善良

她背水走过的小路

柳树轻轻摇晃

她挤奶走出羊圈

格桑花围着她静静开放……

新杂志出来了。封面女郎直视镜头，半是忧郁半是真纯。她坐轮椅，目光中的冷静有整理痕迹。大部分中国的城市女孩，喜欢以浑浊覆盖清澈，看去幽深，精于谋略，其实狡黠得不是地方。这类女孩提前谙世，轻看甚至蔑视净美简明的生命过程，一如成功人士修改通俗的出身履历。她也这样。她是大部分中国城市女孩之一。如果不看她身下的轮椅，不去感觉她裤管里可能细如枯枝或并不存在的双腿，只看她胸脯、嘴唇、迷蒙的眼神和夸张的发式，她代言性感。她身下轮椅上，缀的是一串大字标题：插上诗的翅膀飞翔。老刘问身边的两个女孩子咋样。两个女孩子是辽宁大学新闻专业的实习生，连说好好。老刘是摄影记者，封面人物是他拍的。从两个实习女生的表情上看，她们在应付老刘。她们更关注的是封面女郎的残疾身体，而非老刘的照片质量。封面女郎与女大学生同龄，二十二三岁的样子。

怎么样红丫？老刘又朝红丫这边问了一句。

老刘呀，你把个日常女孩拍成演员了，还三级片演员。没等红丫开口，坐她前边的小贾来了一句。

嘿你小子——老刘脖子粗脸红地反击小贾，真他妈一点阶级感情也没有了，连个残疾姑娘都能往三级片上想……

小贾嘻嘻笑，嘴不让份儿，与老刘你来我往，还把冯顺以及另两个女编辑也搅了进去。两个实习女学生没插嘴，只插笑声，带有推波助澜的意思。她们和老刘都待在房间中央的大方桌旁，空间开阔，不受隔断约束，除了笑声，还有余地插入身段。她们把清脆的笑声和妖娆的身段一并卖弄给老刘小贾冯顺这三个男人以及其他女人。她们也像三级片演员。

红丫游离于争论之外，静静坐在自己那个隔断后边。她手里也有新出的杂志。她没看老刘拍的封面，在看内文。内文的人物特写《插上诗的翅膀飞翔》是她写的，残疾女诗人斯菲也是她发掘的线索。当时还没采访，一上报选题，老陈就赞许她抓到了干货。光这素材，你这月就有A+稿了，老陈说，咱的《尚女》，只有批发荡妇才能吸引读者，但这荡妇队伍，又必须由圣女领衔。老陈是女人，偏男性化，不荡，女人味都没有。接替栾会文后，最大理想是把《尚女》办成中国的《花花公子》。她是工作狂，欣赏红丫的工作热情，愿意对红丫说心里话。《花花公子》是为读者办的，光有荡妇就行，她说，但咱得清楚中国特色，得明白《尚女》除了是为读者办的，也是为领导办的，所以咱永远要主打圣女牌。老陈一激动，唾沫星子会挂上她上唇浅淡的胡须。

红丫给叶芊芊打电话，关机，又找宋白波，说小姑呀，叶芊芊关机。她告诉宋白波，杂志出来了，她这边马上会寄给斯菲，但杂志在邮路上得走一周左右，她希望叶芊芊能来取一下，这样，如果恰好下一两天的周六周日她或她丈夫回张集老家，斯菲和她爸妈就能早点看到杂志，既能早点儿高兴高兴，也可以早点儿去派用场。她问宋白波有无别的办法联系叶芊芊，或者，能否联系上她的丈夫。

我侄女真是天下最周到的姑娘，你甭管了，我知道芊芊在哪儿。宋白波转而又小声说。丫呀，我提醒你还得再多条心眼，也许，这会儿芊芊老公也找她呢，而她的解释，可能是她正在《尚女》编辑部，和红记者研究怎么包装他外甥女。明白我意思吗？

明白小姑。斯菲是叶芊芊丈夫姐姐的女儿，初中时出车祸没了双腿，近年在网上写诗。叶芊芊的丈夫及他姐姐姐夫，想借助媒体力量，把没有双腿的"思飞"女孩塑造成和谐社会里身残志坚的诗人英雄。英雄了，就容易得到关注与帮助，弄好了都能长久解决生计问题。启发他们的，是江西某市一个用脚画画的无手青年。那无手青年没主动炒作，是地方媒体发现了他，一宣传，引得中央媒体赶去采访。事情就大了。当地盛传那无手青年中央有人，有关部门立刻动作，安排他当专业画家，给他一份终身薪水。叶芊芊丈夫盼望这样的馅饼也能掉在张集，掉外甥女头上。叶芊芊对宋白波嘲笑丈夫的异想天开，宋白波则主张不妨一试，就为她和红丫作了引见。那小姑我等你电话。红丫觉得，叶芊芊直率，透明，宋白波虚假，滑头，她想不好她们怎么成的朋友。

我先替芊芊谢谢你了。她老公太庸俗，芊芊帮他庸俗一回，他就欠了芊芊的，他这小心眼，就得多给芊芊点自由。你等我电话吧。

电话很快来了，但不是宋白波的。红丫，晚上我有事，胡不归说，不能跟你一块吃饭，估计到你那儿也得晚点。他们刚通知我，今晚聚会。

哦，没关系，你别急着过来，反正明天休息能睡懒觉。

也不会太晚。明早孔国庆要赶飞机，去新疆，又得走不少日子。他好几回没和大伙儿一块聚了，临时决定提前后天的聚会也是为他。后天我们几个光玩牌。

好的晚上见。

最初红丫觉得可笑，觉得胡不归他们定期聚会的由头可笑。玩牌不可笑，喝酒吃饭不可笑，老不老少不少的无聊之人聚堆忆旧也不可笑。红丫生性不爱热闹，甚至孤僻，但理解别人对热闹的依赖，理解现在同学会之类的组织何以时兴，还年龄越大越热衷于此。她和胡不归作过分析。这些人中，绝大部分，年龄不上不下，生活不好不坏，多少都在某个或某几个苦涩故事里出任过主角。痛定思痛，方省悟到，自己的一生已基本定型，还往下折腾，热情和能力都不再支持。便急流勇退，解甲归田，靠吃喝玩乐打发时光。对落到手里的好处不会放过，但需要伸手抓挠的好处，只为它麻烦，一般情况下也懒得争取。他们彼此靠拢，与世界观无涉，就是一帮再无利害纠葛的失意者的惺惺相惜。当然了，那些有权有势的利益个人和团伙们的勾搭集结是个例外——他们歃血为盟，有助于攻城拔寨继续革命。可胡不归他们太荒唐了。他们没任何利益诉求，清高得像茄子黄瓜留恋塑料大棚，拒绝走向商场菜篮厨师的案板。他们瞧不起失意者，又敌视得意者，既不承认自己在彼此抚摸，也不好意思自诩忧国忧民。他们自发地，志愿地，从不同的饭票发放地定期走向同一张饭桌，像党员过不敷衍的支部生活，又像小学生组织非应景的兴趣小组。他们关注的问题，应该归国家认可的思想精英讨论。国家没认可他们的思想。他们讨论问题，得不到红包纪念品会议补助，他们吃饭都自掏腰包。很可能，他们是全中国最无聊的民间团伙。

你不觉得，你们这种不合时宜的青春期把戏有点傻吗？太幼稚了。

对他人他事，寡言的红丫不怎么品评，只是与胡不归在一起时，话才多些，也有臧否。有一次胡不归聚会归来，像中了彩票，说他饭桌上主谈的问题特别精彩。你要也是我们中一员，我能发挥得更好。红丫没顺风捧场，反倒噎他，把他们的精神支柱定性为青春期把戏。红丫清楚，宋白波也许喜欢青春期把戏，胡不归却不会喜欢。他的经验之谈是：青春期除了身体柔韧性好，再没什么地方比壮年期强。红丫还知道，胡不归不喜欢人际关系过于亲密，他认为，人与人的关系是抛弃的关系，走得越近，抛弃越多，伤痛也越重。他提倡淡如水的君子之交。红丫总想问，我们的关系算淡如水吗？一直没问。

当然傻了，幼稚。胡不归的回答非常干脆。我不知道他们怎么想的，在我，只把它当成牌桌上游戏的又一种玩法。只是，如果他们真觉得这种玩法高于其他玩法，我没权利戳穿他们。你不觉得那个指出皇帝没穿衣服的孩子挺残酷吗？咱们都是人红丫，咱们再独立也害怕孤单。我知道早晚我们得散伙，会玩不下去，但依我性格，我得等他们抛弃我而轻易不会抛弃他们。

对胡不归这样解释，红丫表示理解。他们可能也在等抛弃呢。

有可能，他们都是人精，他们权衡得出当个被抛弃者不会比当抛弃者多损失什么。

那依你性格，对我没兴趣了，也不会主动赶我走而要等我长眼色离开，对吗？

红丫，你别这么说，你跟谁都不一样……

好了逗你呢，以后我恋爱了结婚了也缠着你……

电话又响了，这回是宋白波。红丫，我联系上芊芊了。

啊她怎么说，她急不急来拿杂志？

急呀，她明天还真回张集，她想多买几本。

没问题，五本之内用不着买，我从我样本里挤，要是多……

这你甭管，别费你样本，让她买，她老公能报销。她可能要三五十本呢。她一会儿四点半去你编辑部。

好的我等她。

还有，你办完她的事，按完你的下班手印，跟她车出来，我们晚上一块吃饭……

小姑你不用……

听我说，不是我或她要答谢你。还记得我跟你说过吗，我们有个文化沙龙，每月聚个三次两次，我和芊芊，都想引你进我们沙龙。这些人，都是知识精英，有才华有质量，你多多接触，保证受益……对了，记得马新奇不？那个军人，有一次他给我弄个钢盔，你陪我去他家取的，他是我们沙龙"龙头"。他对你印象很好，我一提你，他就说欢迎你来入伙。你今晚就来参加活动吧，有别的事赶紧推掉……

放下电话，静坐约五分钟，红丫操起了电话。

嗨，晚上聚会，你有可能看到我。我想问你，你说愿意我是你们中的一员，那是真心话吗？如果我们见面，算熟人还是陌生人呢……

那时他们正读大学，目光清纯，一脸稚气，与现在的红丫颇为相似。年龄不相似，他们比现在的红丫年轻——在二十多岁那样的年纪，五六岁是大年龄差。那时他们喜欢一对法国情侣，萨特与波伏瓦。从哲学思想到生活方式，他们迷恋他们的一切，对后者的兴趣超过前者。现在他们还喜欢他们。二十多年了，他们的喜欢，已不再是猎奇追潮——猎奇追潮的确可笑，但猎一桩奇事二十多年，追一场潮流二十多年，可笑也能变成可敬，变成信仰。二十多年里，对他们写的和写他们的书，他们收罗了五六十本，大多读过还讨论过。他们的文字表达和生活经历，将他们观念和行为的后花园向他们敞开，他们悠游其中乐而忘返，对他们的毛病都没了挑剔：萨特有时像演员，不惜当小丑；波伏瓦有时口不对心，肿了脸却硬充胖子。但他们认为，与他们带给这个世界的启示比，他们的毛病微不足道。智者的破绽也强于蠢货的完整。他们相信，他们身体力行的存在主义，是千帆竞发的主义之船中，最可能航道正确的一条渡轮。跟别的船一样，它也可能船毁人亡，但结构它的钢板与木材，至少看上去货真价实，也安全些，有可能把他们送上自由的彼岸——假如，真有彼岸，并且自由。

亲合

如今这世上，背叛他们的人越来越多，他们对他们固执的追随显得落伍。他们没沮丧。如果那条船渐行渐空，只剩他们与他们做伴，倒更方便彼此亲近。熙熙攘攘不排解空寂，亲近才能充实灵魂。他们一直想为他们做点什么。波伏瓦去世二十年是个由头，他们调动自己的资源，攒了本关于她与萨特的札记体传略：《自由情侣》。也是要以物化的方式，表达他们二十多年的忠诚与崇敬。攒书是他们的职业和特长，他们独自操作或领人编撰或雇人写就的各类图书数不胜数：股票入门、营销诀窍、高考指南、政治读本，小说传记、名著新译、美术欣赏、音乐手册……为这本书，他们下的工夫最大。用"攒"指称这本书不太公平。他们这样说，不是轻慢，是谦逊的慎重。他们不敢轻言创作。这本书诞生于他们多年的笔记，是他们自己的感受与心得。《自由情侣》长三十二开本，轻型纸印刷，封面以一幅波伏瓦四十岁时的裸体照片作为主体，叼烟斗的萨特只虚现于一角。凸显波伏瓦，是他们的苦心所在。他们一致认为，在世间情侣中，他们之所以能成为一对最和谐的清醒者与最清醒的和谐者，主要功劳在波伏瓦。妻子琴心不承认自己有女权思想，丈夫胡不归甚至半真半假地贬低女权。以往人们所见，多为波伏瓦晚年照片，睿智、严谨、冷静，着装打扮几近保守。四十岁也算中年人了，可人到中年的波伏瓦，处于自己的私人空间时，竟如同一头成熟的母兽，因妖冶而妩媚，因性感而优雅。那张裸照，从她背后拍的，她的脖颈肩背，腰肢屁股和大腿小腿，依然紧凑结实，匀称流畅。当时波伏瓦正晨起梳妆，面前的镜子里有她柔和的目光。其他时候，她的目光，只把犀利和敏锐展示给公众。照片拍于一九四八年，拍摄地点不能确定，可能是芝加哥，也可能是墨西哥或危地马拉，拍摄者也不太具体，也许是她的美国情人内尔森·阿尔格仑，也许是内尔森·阿尔格仑的某个摄影师朋友。后者的可能性更大。照片有专业水准。内尔森·阿尔格仑不是摄影家，与波伏瓦和萨特一样，是作家。一九四八年，波伏瓦感情复杂地小别萨特，去大西洋彼岸浪漫冶游，她与阿尔格仑除了住过芝加哥，还住过墨西哥与危地马拉……而那时候，留在巴黎的萨特躁动不安，像只发情的公狗到处寻衅，热衷于"介入"政治论争。这与他对爱侣与他人间的浪漫之旅的想象性关注有关系吗？他们的《自由情侣》，在许多无解的问题上呕心沥血。他们反对简约地定义他们。他们出任瓦工，以最普通的泥水和秫秸为原材料，砌一堵夹壁墙，在他们与世界间加一层中性的隔离空间，让呼啸的冷雨寒风扑向他们时，多少经过些缓冲过滤。也许简陋，但心到佛知。他们没打算用自己的偶像赚钱盈利。书上市后颇为抢手，连续多周，栖身于多个城市多家书店的畅销书榜。也差点惹来麻烦。有领导说，封面上发裸体照片，即使只是人体背面，也有黄书之嫌。好在纪念波伏瓦逝世二十周年是严肃旗号。现在的领导，只要年轻时有过人文情怀，对"自由"这类字眼有过兴趣，多半就经历过萨特波伏瓦的精神洗礼，有的还像他们一样，也曾自认是他们弟子。至于另一类领导，恨不得把世界美术史都视为黄书的，知不知道萨特波伏瓦都好对付。他们比"大妈扫黄队"的街道妇女脑子活泛，掂得出礼金比"扫黄"实惠。胡不归琴心对萨特波伏瓦的心意表达，历二十多年，终于以书这样一个他们四人都喜欢的形式呈现出来。他们满足。他们把不满留给了自己：他们结婚了，还生了孩子。对他们的学习模仿，他们做得不够彻底。

　　上帝为什么让我们活着？红丫翻着手里的《自由情侣》，像自言自语。

　　为什么？胡不归扭头看她，这样的问题，上帝自己也没答案。

　　上帝为什么让我们活着？就是为了让我们想，为什么活着……红丫往下读。

　　哦，哦哦，胡不归笑，这是，我写的，是我书上的话。胡不归说，那么厚一本书，谁能记住每句话呀？

……上帝是我们的虚无，我们是上帝的虚有。红丫把这段话一口气念完，合上书，重看封面。既然你俩合作的，署名怎么只你自己？

她书贩子呀，自己给自己评职称，有没有作品无所谓；我吃官饭，有写作任务。

当时不像现在。现在时兴"裸奔"，私生活无须遮蔽，所有的男人女人，都以性信息作为联络交往的接头暗号，齐心修筑感官的长城。放纵感官的社会，比禁锢感官的社会糜烂但安全。当时，情欲还是个人秘密，判断明星人物的标准也不是性高潮次数，至少表面上，人们还反对低级下流，还不把可耻当成光荣。有句偈语，受到了滥用，但表征文明进程时倒挺恰当：起初看山是山看水是水；然后看山不是山看水不是水；最后看山又是山看水又是水。在文明的初始阶段，直达感官没什么不对；待文明程度高了，感官也就学会了害臊，再走向感官得迂回前行，比如，有性欲了想性交了，不能直说，要制造个好词代劳粗俗：爱情；到了现在，"后"现代了，文明程度持续走高，艾滋病都有望治愈，这时面对感官，再有顾忌就土鳖了，而他们青春期那会儿，正赶上了糜烂与安全冲突的时代，他们冒天下之大不韪，成了那个时代危险的例外。他们直抵感官，以自己的前文明或后文明姿态向大多数人的即时文明发起挑战。那时候，早期性体验刚武装起他们，他们的意识，主要来自于对不同观念的性经验的消化整合。他们也天真，误以为把滑稽当成悲壮，肉身就能升华为精神：这是我们的反抗方式。但反抗什么，他们都没说，或者，他们根本说不清楚。

那时他们这两对男女，是分属于三所大学的四个学生，因为就读于民族学院的两个男生是好朋友，分别就读于北理工和北师大的两个女生就也朋友了。那时的他们，分别恋爱了两年和一年，其中的三个，都值大学生活的第八个学期——琴心比其他三人晚一届，正读自己的第六个学期。即将到来的分别，像缺氧的闷罐车一样折磨他们。不能说海誓山盟不发自肺腑，但婚姻的殿堂，不由愿望和冲动搭建。胡不归毕业后要回老家沈阳，他父母都身体不好需要照顾；而琴心，即使一年后不继续读研，也不能来沈阳，在中国这样一个户口国度，她没勇气放弃北京流落外省；至于另一对，阿瓦提和小艾，前者是新疆来的保送生，毕业后得回喀什；后者是浙江人，她的根只能扎在北京或杭州。他们感伤，感伤之后跟着绝望。他们唯一的选择，是以与众不同的方式度过他们的最后时刻。最先是阿瓦提出的主意。他对胡不归说，好朋友应该共享一切，包括女人。胡不归稍一犹豫，同意了，他们分别去做女人的工作。小艾也同意，但琴心不干。琴心是北师大的活跃分子，一进四年级就能入党，她与胡不归的恋爱都偷偷摸摸。其他三人都不喜欢偷偷摸摸，至少不喜欢在四人小团体里偷偷摸摸。他们协同做她的工作，方式之一，是连续制造同居机会。四人同居。最初按各自的所属捉对厮杀：阿瓦提与小艾颠鸾倒凤，胡不归与琴心欢云爱雨。亲近对象是自己的情侣，亲近行为却要暴露给他人。琴心不适应。第一次四人在一起时，她与胡不归的爱没做到一半，就呜呜哭了。没关系，其他三人有思想准备。他们就找下一次机会，再下一次……琴心只好陪他们疯狂。萨特波伏瓦轶事以及酒精，都是上等的疯狂发酵剂。有一次，胡不归搂着琴心正在休息，在小艾身上折腾的阿瓦提忽然停止动作，大声请胡不归替他一会儿。我太累了。他这么说着仰面躺倒，剩下小艾难受地喊叫。胡不归似乎早等着邀请，他对琴心说我帮帮他们，冲过去扑到了小艾身上。他的话，并非征求琴心意见。琴心以为她会有意见，竟没有，竟被三个兄姐逼她就范的小小诡计逗得想笑。她没笑，还撅了会儿嘴，但终究顺势接受了他们。为什么不接受呢？这样的事情，并不像她最初想象的那样，会导

152　　　　　　　　　　　　　　　　　　　　　　　　　　　　亲合

致阿瓦提不满，或致使胡不归与小艾相爱。什么意外都没发生，他们的关系一如往常，阿瓦提与小艾继续恩恩爱爱，她与胡不归仍然甜甜蜜蜜。是胡不归表示，如果她能更放开些，也像小艾对他那样接受阿瓦提，他们都能更高兴些。"他们"如何她不在乎，但"他们"之中有胡不归。她爱他，没理由不往他高兴的火里添一把柴。而且，小艾已成胡不归的女人，如果她不给阿瓦提也当女人，仿佛自己就吃了亏。没人再逼她，是她自己说服了自己。其他三人的工作去向定下来后，琴心主动要求四人同戏。她对胡不归说，我做好了给你戴绿帽子的准备，也就做好了被你抛弃的准备。可我爱你，不想没有你。胡不归笑了，我也爱你，只是我们以后是否能在一起，并不完全由爱决定。但你要相信，如果我们不能成夫妻，肯定与你给我戴没戴绿帽子没有关系。他又说，人和人是不一样的，我和阿瓦提，还有小艾，都喜欢淫荡，喜欢看自己的爱人与别人寻欢。你可能不是这样的人，但我爱你，所以希望在这件事上，你能和我观念一样，也成这样的人。对自己是不是这样的人，琴心没下判断。我认为我们四个是个奇迹，她说，为这奇迹，我愿意配合你淫荡。后来，琴心大学毕业后，研究生的学习开始前，她带着相关文件来到沈阳，问胡不归是不是还愿意娶她。你要愿意，我立刻嫁你。胡不归让她三思而行。你嫁了我，可能意味着一辈子两地生活。琴心说她早考虑好了。她又说，胡不归毕业后这一年里，她偷偷和两个男人谈过恋爱，一个学生一个老师，是与其他男人的恋爱让她决定，最适合她的男人是胡不归。他们就结婚了，也一直两地生活，孩子都十三了还没离婚，彼此都觉得婚姻美满。而另一对，阿瓦提和小艾，他们各回新疆和浙江后，分别娶了别人嫁了别人。三年后，小艾离了婚，然后去美国，又过三年，阿瓦提也离了婚，与远在美国的小艾结婚并也去了美国。一年前他们回过中国，带回他俩的一女一男两个孩子。他们辗转找到胡不归和琴心，在北京，四个人整整聚了两天。那两天，两个名字分别为露丝和大卫的美籍华人孩子不是他们放纵的障碍，闲说话时，他们也提到了如今玩换妻游戏已多么普遍。作为最早的吃螃蟹者，他们为他们叛逆的历史感到骄傲。讨论迅速具体起来。是由胡不归和琴心具体化的。他们说，现在，我们有必要玩一场真正的交换游戏了，因为当年，我们只是两对恋人不是夫妻，有不纯粹不充分之嫌。可阿瓦提小艾这对美国夫妇，很干脆地"No"了一句，让胡不归琴心这对中国夫妇有些尴尬。猪一样肥胖的阿瓦提把蛇一样细瘦的小艾紧搂在怀里，好像害怕被人夺走。自从我俩结婚以后，阿瓦提说，我没再碰过别的女人，她也没让别的男人碰过。

你总跟着我干吗？烦人。

谁跟你了，我回家。

回家？你家在哪儿？

不告诉你……告诉你也不知道，领你去还远。

喊，贫吧你就。给你提个醒，你南辕北辙了。

我还东邪西毒呢。我愿意。

愿意？别走丢了把你妈急死。

我走不丢，我到前边拐弯然后再走再拐再走再拐拐到最后总能到家。地球是圆的。

真是病得不轻。

爱情就是一种疾病……

斗嘴的是两个男女学生。估计不是高中生，是初中生，顶多初三没准才初二。他们的对话认真紧凑，像公开的学术讨论，胡不归和红丫走在他们身后，听得很清楚。两人不觉放慢脚步，先惊愕，然后相视微笑，待男学生继续尾随女学生走远后，他们忍不住大笑起来，连

　　　　　　　　　　　　　　　　　　　　　　　　亲合

不怎么大笑的红丫都笑得不小。红丫笑得有点生硬。为了用手压住裙子，她只能以靠在胡不归怀里的头和上半身的晃动辅助笑。她穿直筒式系扣长裙，小腿以上盖得严实，可她双手，却一直卡钳一样紧贴胯下，恨不得再往下压至膝盖。没风，她旋转裙子都飘不起来。身边也有别的成年人笑，也是听了两个中学生的对话，惊愕之后发出的笑。倒是另几个晃晃荡荡的中学生，对他们同龄人的对话不以为意，表情木然地抽烟，漫不经心地交谈，只是见胡不归红丫和其他成年人笑，才有些反应。他们的反应是轻蔑地撇嘴。不是撇同龄人的嘴，是通过撇嘴，对周边大人的少见多怪表示不屑。

在自己的笑与中学生的撇嘴中，红丫胡不归错开身子，结束并行状态。前边能看到五里河新区了。此前，红丫走在胡不归臂弯里，胡不归的一条胳膊，防护梁一样横过她肩背。她的小巧衬得他壮大，她仿佛被他挂在腰间。他们讨论过那个成语：小鸟依人。他们认为，发明那成语的人，一定也有个身高一米四八、体重四十五公斤的袖珍情人。他喜欢"挂"她，她也喜欢被他"挂"。在一起时，他们不像情侣更像父女，是"挂"这一经典的情侣标志，能向路人通报他们的关系。一对父女般的情侣招摇过市，传递的是肉欲的气息，容易激发观者不伦的联想。他们身体力行地普及背德理念，把种种不洁的可能性暗示给路人。他们也谨慎，也常常伪装陌生。在他人视野里，他们并不总鸟依人、人护鸟。分开走时，他们一般一前一后，间隔十米，偶尔地，前行者会以眼睛的余光瞄后来人。后来人永远不会掉队。每回分开走，都是红丫在前胡不归断后，身高腿长的胡不归跟不丢个儿矮步小的红丫。这时，他们放弃了小鸟依人造型，就是这样继续行进的。红丫按着裙子走在前边，胡不归捏着香烟盒大小的数码相机跟在后头。五里河新区没他们熟人，也远离他们各自的单位。是他们的警惕性，把五里河新区设定为潜在的雷区。泰山花园也是。

他们矛盾地理解危险与安全，行为上更有悖常理。也许，思维与行为越矛盾，性感的刺激就越强烈。两小时前，他们从五里河新区出来，也曾穿行这条小商业街。当时背对居所，感觉上，便是逃离了危险投向了安全。安全是他们放纵的前提。当时他吻她，在众目睽睽之下。当时，吻之前，他曾试图与她分开。身旁是一排排摊床店铺，还有一串串车辆行人，他们的小鸟依人惹人注目，他想让他们这道独特的风景消融在大众化的景致之中。她不干。她用眼神和动作表达意愿，把自己结结实实地"挂"他腰间。某种威胁的飘忽不定，毒品般诱人，更能强化他们间那种依恋中的默契，默契下的柔情。她希望他明白并且理解。他明白也理解，不仅明白和理解，还善于创造新的默契。他们黏黏糊糊地走上一个热闹路段，忽然，胡不归揽在红丫肩上的手加大力量，回拢着一带，使她面对面扑进他的怀里。他低头吻她。轮到红丫对惹人注目警惕和提防了。她笑，将头抵在他胸脯上，让他吻不着。头抵胸脯，这恰好是他们间高度的落差。慌乱中，她还用按压裙子的双手去推他腰，可刚推一下，又意识到了裙子的危险，急忙收手，重新按住直垂的裙裾。他无法透过她头发和后脑吻到她嘴，只能抱紧她，在她耳畔低语：真想在这里操你一下，当着所有人……红丫的身体不再外拱，粗重的喘息，发端于她受到挤压的每一根肋骨。她这只不知所措的小鸟，瘫在胡不归怀里。片刻之后，他松开她，"挂"着她继续往前走去。他们的表情迅速复原，相视而笑时会心会意，好像刚才没冲动过。这种中学生式的恶作剧，他们屡玩不厌。当街激发情欲，更多的不为快慰自身，而为撩拨路人刺激路人挑衅路人。有些时候，引人惊讶的精神享乐远胜于单纯悦己的肉体享乐。

五里河公园到了。

狭长的五里河公园依傍着浑河，像只巨型蜥蜴，匍匐在初秋下午发白的阳光下，呈现出不真实的对称性。他们驻足在蜥蜴的一只脚

亲合

上。胡不归拿过红丫皮包，搭自己肩上，再举起小巧的数码相机，冲不远处一群聊天的人和不时通过他们身边的人瞄来瞄去。他没忘记间或回头看看。身后是死角，没人，至少没有有人的迹象。

我怕。红丫在胡不归的镜头之外，还是挪来挪去，像躲镜头。回去算了。她嘟哝。要不你把包给我，我得穿上裤衩——太不得劲。

没事宝贝，没人能看见，是你心理作用。对周边环境，胡不归有了基本把握，他把相机朝向红丫。再说了，看见又怎么样，我巴不得抢几个流口水的镜头呢。这时他肩上包里的手机响了。他掏出手机递给红丫。是红丫的手机在红丫的包里响。他手机在自己裤兜。

电话挺长，是美编与红丫交流排版问题。胡不归凑过去，蹲红丫脚下，解她裙子下端的纽扣。红丫说电话没法阻挠，躲闪的动作都不敢太大。纽扣挺紧，不好解，胡不归一路朝上解得兢兢业业。从下至上，有九颗纽扣。胡不归没全解，解到第四颗，他两臂外展，掀起裙摆，像撑开一幅双扇门帘。第四颗纽扣在红丫肚脐下边。胡不归在门帘外摇头晃脑，夸大着对门帘里风景的垂涎。红丫裙子里没穿内裤，没穿丝袜，只有皮肤光溜溜一片。连本该并不光溜溜的小肚子下边双腿之间，也光溜溜的，且别有一种剔透之感。一小时前，她那里成了胡不归的下巴，被胡不归的刮胡刀细细剃过。胡不归把头探进门帘，在一片剔透之中摩擦牙齿，红丫举着电话错步后退，同时瞪眼、摆手、夹紧双腿并以表情乞求。胡不归移开脑袋，抓住红丫那只摆动的手，示意她拉住一侧裙摆。红丫的反抗是象征性的。她左右看看，开始配合，一点点把一侧裙摆拉了起来。也有美中不足，两侧裙摆没同时张开。她大半个肚子和一条半腿暴露出来，那片光溜溜的剔透地带一览无余。胡不归又吻吻那里，竖起大拇指，举着相机慢慢后移，按动了快门。他按下快门的那一瞬间，红丫倏地放下裙摆，并把两侧的布片在身前捏拢。胡不归做咬牙切齿状，摊手叹息。红丫调皮地笑，说好的再见，然后把手机给胡不归。

你听话没事，都说好了嘛。胡不归把红丫手机又塞她包里，塞进去前，恨恨地按键关了手机。

是说好了，可这儿人也太多了。红丫左顾右盼。

这还算多？我还没让你在商场里拍呢。

那边真没人？红丫以头示意，指的是胡不归身后那个方向。那里有片灌木参差错落，如果有人，她裸露的身体前面会被人看到。她不怕身后有人。身后有人只能看到她背面，她背面有裙子遮盖。

胡不归作出他身后没人的保证。其实，如果胡不归身后有人，又在明处，应该先被红丫发现。若那人只是躲在暗处，藏灌木丛里，她和胡不归都发现不了。

拍照正式开始，红丫逐渐主动。她双手掀起失去纽扣连接的两片裙摆，踢腿劈叉摆各种姿势。凸显下身是她的主旨。主要是胡不归的主旨。她脸上也做各种表情：羞涩、恐慌、顽皮、淫荡。没用，胡不归不拍她脸。她裙子上的纽扣，一颗颗地陆续解开，她自己解的。她戴着胸罩，胸罩后边的搭扣也解开了，也是她自己解的。她没摘胸罩，只让乳房半隐半显。这样，除了她部分乳房还有所遮掩，从她脖颈直到小腿，都敞开在胡不归的取景框里。她身上的虎皮纹长裙，为她充任宽大的幕布。近景人体雪白，远景草木葱绿，中间衬以杂色的裙幕。画面质感很强，人与景也有合适的搭配。胡不归连连叫好，红丫连问恶不恶心，并不时回头。距红丫身后远些的地方，一直有人，近处也偶有行人通过。他们中的大部分人不留意他们，只有个别人无聊到极点，直眉瞪眼地朝他们看，还往前凑，其中一个家伙，来到距红丫身后十步远的地方才停下脚。胡不归都有点紧张。胡不归是为红丫拍照，拍红丫在公共场所的裸照，追求暴露私处的色情效果，鉴于目的如此，背景的公众化不但不会破坏什么，反倒能够强化什么。胡不归对走近他们和看他们的人就没有意见，还感谢他们的陪衬点缀。红丫对走近他们和看他们的人有意见，但那意见，也只是姿态上的次等需要，寻刺激才是她的首选需要。她对他们等于也没意见，回头看他们，只是出于警觉的本能。她一点没收敛，展示的胆子还越来越大。每更换一个拍照场景，仿佛都能受到某种无声音乐的启示与指引，她更新造型时创意迭出：有一次，她几乎甩掉长裙，通身赤裸地扬起双臂，像仙女正欲飞出花海；又有一次，她撩起裙摆，以放肆而又粗鄙的姿势，倚着一辆鲜艳的跑车假扮车模……她是个优秀的舞蹈演员，长于用肢体语言表达思想。她跳现代舞。

　　五里河新区门外有家超市。红丫走过超市门口，想起了什么，又反身回来，往超市走，同时从皮包里掏出钱包。刚掏出钱包，她急忙止步又按住裙子。作为一个没穿内裤的女人，她更应该赶紧回家，而不是汇入密集的人群。人是众祸之源。人群密集不测就多。她看胡不归。胡不归意识到红丫想指示他买什么东西。他加快了脚步。他们之间距离不远，开口交流不用叫喊。这时谨慎掌控他俩。在他俩那里，谨慎与冒失比例相当，能冒失到什么程度，就能谨慎到什么程度。如果不想惹人注目，在公共场所，他俩永远用耳语交流。想惹人注目，他们也不利用声音，只让肢体说话。他们不介意多走几步。就在这时，当胡不归还剩五步来到红丫身边，想开口发问，而红丫的嘴巴也已张开，几乎让一句话溜出喉咙时，他们同时听到声呼唤。那是一声与他们有关的呼唤。俗话说：晴天霹雳。他俩都像挨了一击。好在都镇定。他们身体一错各走各的，与身旁所有交臂而过的陌生人没有两样。那个惊扰他们的呼唤声其实不大，对他俩来说是晴天霹雳，在其他路人只是和风缓吹。它不可能大，除了带着惊喜和期待，更多的则是迟疑和羞怯：

　　红丫？嘿！红丫——

第五章

他说：

………………………………… 弱小的狗，

…… 还是把你们这些强大的人整合成了同一种样子

　　群狗的集会又开始了。这群狗够级，以养尊处优为职业，享受高干子女待遇。它们平时无事可做，把集会当成唯一的营生。它们比人低级，做不到三百六十五天天天发情。发情周期的差异无权抹杀人狗的共性，无事的人与无事的狗一样，也喜欢集会。这样一说就好解释了，为什么在人的世界里，广场、礼堂、俱乐部及大小会议室特别发达，而主任、经理、书记及各种带"长"的官衔又格外茂盛——开会的最大意义是排列座次。狗世界没官职，也不需要广场礼堂俱乐部和大小会议室。高级之人啰嗦，低级之狗简明。现在有种新兴职业，从业人员被称为"办会的"，这些有个人背景或组织背景的生意人，专门张罗各种政治的经济的文艺的体育的集会。总有会开，是一部分人生活的近期目标——所有人生活的远期目标都是死亡。有论者称，人类的集会服务于发情，这缺乏确凿的研究证据。证据确凿的研究成果是，有事可做的蓝领狗白领狗没空集会，它们得缉毒牧羊看家护院，奔波生计各忙各的；只有金领银领的宠物狗或准宠物狗，才会被悠闲催生出无聊，不聚到一起斗嘴磨牙狗咬狗，抑郁症便会找上它们。抑

　　　　　　　　　　　　　　　　　　　　　　　亲合

郁是文明病。不可否认，群狗集会首先是群人集会，为多少狗代表预留席位，就得为多少人代表发放胸卡，按一比一的基本比例计算，狗人的数量至少相等，本着人高级狗低级的客观标准，群狗集会应被称为群人集会。群人之数也的确多于群狗。一人带两狗三狗的情况也有；更多的情况是，一条狗的主人为两至三人，比如，夫妻孩子同牵一狗。还有些人，是自己牵着自己来的。他们不养狗，通过看别人的狗打发自己的时间。各类人相加，群人的数量远大于群狗。泾泾就是这么说的：这是养狗人的群人集会嘛。何上游反对如此定义，不许她说这是群人的集会。群狗的集会，他强调指出，简称狗会。狗会不是严密组织，没名誉主席常务秘书，得不到上级的祝贺同级的赞助下级的献金，不设开幕式闭幕式，不统一组织参观游览，不发红包礼品会议补助，不会餐；狗会以自愿参加为原则，定时召开于春夏秋三季每个风和日丽的周日上午——冬天也开，人狗之数都少很多；狗会也没主会场分会场与主席台听众席之别。但低级的狗不比高级的人笨到哪儿去，也分得清尊卑辨得出贵贱，自觉能帮它们建立起两个圈子。狗世界不以官衔财富定高下，按个头体积分帮伙，它们形成的，是小狗圈子与大狗圈子。小狗圈子大，大狗圈子小，小狗约三四十条，大狗十五条左右。大小狗的圈子有时也重合，两者的界限，不像处长与局长或年薪十万与年薪百万那么鲜明。也有些狗不大不小，不轻不重，似乎有必要另组圈子。它们不，它们宁可混同于小狗。它们大概虚荣心强，比真正的小狗更清楚自己上不上下不下的身量分量有多尴尬。它们甘心与卑贱结伴，坚决不和尊贵为伍。大狗一般庄重，毛发披拂步态稳健，喜欢蹲坐在地上静观全局，偶尔吠叫瓮声瓮气，像主席台上的领导下达指示颁布命令。小狗活泼，上蹿下跳挤眉弄眼，叽叽喳喳闹闹哄哄，仿佛听众席上的蒙昧群众，把恶作剧似的破坏会场纪律当成开会的唯一使命。群众的特点又是畏惧权势，破坏会场纪律时，他们最关注的不是自己玩得是否开心，而是如何躲开领导目光，以避免他们想象中的，会后领导的打击报复。小狗也一样，它们撒欢打闹时，常常偷眼打量大狗，看大狗有无不满的表示。如果大狗没强烈反应，它们就偶尔穿梭于大狗圈子，有胆大的，还假装跑着跑着刹不住闸，连滚带爬扎大狗圈里，东咬一口西撞一头，耍娇犯嗲般挑逗大狗，还兼职在大狗间搬弄是非挑拨离间。从后边的情形看，小狗和群众又不一样：前者率性，后者猥琐。也许，群众若有小狗的率性，领导就也能有大狗的雅量。不行，群众是人，高级，不敢像低级的狗那么以身试法。群众犯法喜欢大轰大隆，信奉法不责众。大狗的确有如君子，多数情况下气定神闲，不主动进攻小狗不说，面对小狗挑衅，也基本爱搭不理，似睡非醒憨头呆脑，好像是些二线干部，正准备转往某些待遇不差的闲职上去颐养天年。这是假象。这些大狗，正值当打之年，都是争强斗狠的好手健将。不用别的佐证，只看眼睛，就判断得出它们体内的肾上腺素多么活跃。它们的眼睛半睁半闭，间或射出的光芒却锋利阴毒。它们的狡黠在于，对什么应该走心什么不必过脑非常清楚。它们不关注那些平均十秒钟看一眼主人的顽皮小狗，它们知道它们无害；它们关注的，是一进会场即设定的劲敌：那些与自己个头相当体积相近的朋友似的大狗。经常的情形是，哪只大狗被小狗惹烦，吼一嗓子或扑腾一下腿脚，这时候，小狗可能嘻嘻一笑闪身了事，倒是其他大狗会敏感起来，耸耸庞大的身躯，抬抬脑袋转转眼珠抽抽鼻子，一边静观事态发展，一边迅速调动体内的势能，随时准备投入搏杀。这也是领导风范。群众闹得再欢，领导也可以不为所动，心情好时，还不妨像溺爱孩子的家长那么展示大度；但领导之间，戒备则连通每根神经，此方一个不经意的动作，就会将彼方的杀机刺激起来，哪怕彼方明知此方的动作与己无关，也要以防范的态度提醒对方：别打我主意。

　　　　　　　　　　　　　　　　　　　　　　　　　　亲合

狗会进入高潮，人声与狗调响成一片。这种时候，关严窗子无济于事，加过防寒层的厚墙壁也不行，也能制造扬声效果。继续看书备课就是装相。何上游习惯性地离开书桌，来到阳台，把身子探出洞开的窗口。阳台下边，群狗与群人自顾狂欢，都没仰头，若仰头看他，他就是领导在接见它们/他们，它们/他们则是朝拜的子民。他出场于会议高潮时段，或者，由于他出场，会议的高潮骤然到来。最初泾泾反对他光临狗会，说你越看它们/他们不越生气嘛，干吗非来阳台。何上游控制不住自己不来阳台。泾泾又说，你学毛主席呀，毛主席小时候特意到闹市读书练注意力，所以在敌人的围追堵截中还能写诗填词。何上游学了，学不了，刻意训练自己的年龄已经过了。他也不写诗填词。别说在围追堵截中，无所事事时，他也没雅兴写诗填词。何上游是个被动的与会者。在他看来，他置身的阳台是座孤城，在群狗与群人的重围之中，被攻克是早晚的事，他只希望在沦陷前，能多挣扎会儿。他把登上阳台瞪视它们/他们，当成徒劳的负隅顽抗。他的临终愿望是有挺机枪，居高临下一阵突突，将干扰他看书备课的它们/他们消灭干净。喘气都不能，遑论狂欢。临终愿望又出现了，怀着强烈的憎恶与恐惧，他稳稳举起手中的枪——唉，这回他举的，不是虚有的长柄机枪，只是实在的翻盖手机。想象都不肯帮助他了。他沮丧。他举着手机茫然无措，在脑子里召开圆桌会议，希望把手机变成机枪。变不成。但脑子里的圆桌会议也提醒他，虚有的机枪不能消灭谁，实在的手机却能羞辱谁。他的表情渐渐开朗，像水流动。以前沉滞，如冰凝冻。你们这些养狗的人呀——他清清喉咙，开口说话，像个没有发言准备的人突然被会议主持人点到了名字。这让他一时没太想好，他设定的重点倾听对象，应该是手中的电话呢，还是阳台下的群狗与群人，抑或是蹲在他身后擦地的泾泾？我是说，你们这种城市里的养狗人，已经越来越像狗了——他起始的声调细小而仓促，表情也拘谨，好像有一幅看不出所以然的抽象画涂在他脸上。当然包括你欧阳了，何上游说，哦，对狗我没意见，有意见意味着还能对话，可我无意对牛弹琴。所以，虽然此时我面前群狗乱舞，但我不关注它们，我关注的，只是人字边的他们——你们这些养狗的人……对，我那狗会的说法，就是骂人。欧阳，我很想知道，你们为什么好端端的人不做，非要像狗，非要朝一个劣等的低级物种看齐——你看看我面前参加狗会的这群人吧，一个个头发蓬乱，衣着邋遢，龇出满嘴的黑牙黄牙，挤出满脸的愚笑痴笑，说的话智力指数不超过零，眼睛里空空洞洞没任何内容……哦，这是大部分他们的样子，我不否认，也有少数他们——也许，这部分人里就包括你，至少代表你——或花枝招展穿金戴银，或道貌岸然矜持拿捏，像海归博士原谅他家保姆不会外语一样，把对大部分同伴的睥睨轻蔑藏在宽容背后。可真奇怪呀，你们这些人，不论粗鄙的多数还是文雅的少数，一眼望去却看不出区别，哈，弱小的狗，还是把你们这些强大的人整合成了同一种样子……何上游似乎突然发现，他其实深谙演讲之术，他挥洒的表达自如的谈吐，竟像飞艇冲浪。平素他的表达谈吐是舟过浅滩。在话语的湍流里高速前行，带给他的是意外的快感。他在阳台上踱步。阳台两米五长，从这头到那头，足够制造闲适的效果。可此时阳台不配合他。阳台两端，摆满东西，破纸壳箱子旧人造革皮包废弃的煤气罐以及买来就没派过用场的腌菜坛子，将中央空地圈得很小，只够麻雀闲庭信步。何上游把踱步改成踏步。有点遗憾。但遗憾之感稍纵即逝，一个遥远的意象倏然蹦出：检——阅——台？是呀，检阅台的前身与雏形不正是阳台吗？这一重大发现让他周身一热。所有朝代，最早的领导都出于民间，而民间，只有阳台没检阅台，检阅台是庙堂的伴生物，这预示着，民间终将走向庙堂。环顾阳台，身居庙堂的飘然感油然而生。何上游羞怯地瞄一眼泾泾。泾泾没看他，自顾擦地。他也知道，庙堂上

　　　　　　　　　　　　　　　　　　　亲合

的声音是狮吼虎啸，他嘴里的声音是蚊叫蝇喊，而群众的耳朵比眼睛势利，不会理睬蚊蝇之声。但他更知道，领导对群众宣喻真理，只看重群众是否在场，并不介意群众的理解接受。愚昧的群众，除了壮声势的数字价值没别的用。何上游打量检阅台下蠕动的数字，演讲得越来越有声有色，处处显示出领导的风采。他模仿列宁，把手插向并不存在的马甲肋部开口，又模仿希特勒，将胳膊向斜前方直直伸出，还模仿毛泽东，颤巍巍地挥动军帽——他手里没军帽，只有手机。挥空着的手不能形似，他挥拿手机的手。他太激动，忽略个问题，他与挥动在空中的手机"远程对话"时，他话语的声波得多跋涉二三十厘米……没错欧阳，忠诚，它是美德。何上游的手机挥出了军帽的效果。但如果人到了去兽类身上享受忠诚学习忠诚的地步，那么人的末日也就到了。你们还喜欢自我标榜，养狗是有爱心之举，可我在阳台上观察几年了，我敢说，至少这些热衷于狗会的人，都逃不出我归纳的四种类型：好逸恶劳的穷人、精神空虚的富人、矫揉造作的女人、游手好闲的男人，他们行为的共同点是赶时髦凑热闹随大溜，他们情感的共同点是冷漠褊狭不负责任，他们恰恰是当今社会上最少爱心的一个群体：爱的能力低下，爱的质量低级，爱的表达虚假。所以欧阳，我只能对你直言相告，我不能把你引进我的朋友圈子，我和我的朋友，包括封文福胡不归，包括老马老孔，包括宋白波叶芊芊凌霄，甚至包括死去的任小彤，我们没人愿意与一个一身狗毛一身狗骚的狗一样的人做朋友……

上游！房间里，泾泾的叫声突然响起，把何上游探向窗外的脑袋拉了回来。楼下一男一女两个养狗人正在对骂。其他养狗人跟着起哄，群狗也随之猗猗狂吠。欧阳电话，泾泾挤进阳台，擦窗台上的雨水残痕，欧阳说打你手机你没开机。泾泾不看窗外人一样叫嚣的狗与狗一样喧闹的人，也不看何上游。何上游愣住了，仿佛在某个不存在的障碍物上绊了一下。他垂下右臂看手里的手机。黑黢黢的机身满是汗水。他快步回屋，站在距放电话的茶几两步远处，从齿缝间挤出个"操"字，不知是骂群狗与群人，还是骂泾泾与欧阳。骂欧阳的可能性大，欧阳颠覆了他打去的电话。他稳一下情绪拿起电话，声调柔和语言文明，还像只摇头摆尾的懂事小狗：嘻嘻，我应该的……呵呵，瞧呢说的……以第二人称代词称呼欧阳时，何上游一时没把握好，应该客气还是亲近。"您"客气，"你"亲近。他脑子里圆桌会议的决议难产，客气派与亲近派争执不下。他"您""你"并用："呢"。"呢"音含糊，介于"您""你"之间。与欧阳通完话，何上游重返阳台。你笑什么？他问泾泾。还在擦玻璃的泾泾停止了动作。我？没笑呀。你笑了！何上游严正地肯定道。好，泾泾这回淡淡一笑，我笑了。我不能笑？何上游脖子一抻卡了下壳，像喝热汤时被烫了嘴。他垂头，吁气。这可以理解为吐掉热汤。他重新面向泾泾，嘴唇微启喉结滚动。不行，语言不肯赞助声音，或者，他遇到了相反的问题。此时，泾泾的一切都是闸门：表情、目光、沉默、动作……阻隔他语言及其声音。何上游被这样的意外震慑住了。柔软居然顽硬起来，难道他刀刃钝成了刀背？你——我告诉你泾泾！何上游重新磨砺刀刃。效果不好，刀刃锈了。他歇斯底里的叫声里透着虚弱。陈玲那个臭婊子要是再登咱家门，我就连你一块赶走……

这天聚会，人到得齐，有十二三个，算全员出席。有几个久未见面的还拥了抱——女女拥抱，男女拥抱，男男之间没拥抱的。一般情况下，能来十个就不错了，何上游说，我们这个松散团体不靠利害关系凝聚，大家很难步调一致。红丫点头，表示理解。大家的年龄，基本在三十五六至四十五六之间，在家庭在单位，操心干活都是主力，业余时间都很有限。红丫再次点头，继续理解。老马是我们一致推举

亲合

的头儿，是我们中唯一年过五十的老大哥，那个抽烟的，胡不归，还有你小姑，因为空闲时间多，负担轻，算是大家默认的副头儿……何上游对红丫个别讲解，没影响别人集体寒暄。酒局已然揭幕，正题尚未开始。每次酒局的前五分之一时段，都说闲话，也为等等迟到的人，专题讨论放在后五分之四时段。不瞒你说，聊这么几句，我才敢真信，你不是小孩儿——何上游说过许多话后，借着一个碰杯的由头，转身将目光固定下来，打量红丫。健谈不是他的特点，他也不见到漂亮女孩就没把门的。此前他一直目光飘忽，偶尔扫红丫一眼，只为了解她的反应。若有人沿着他视线的投射点找他听众，会以为那听众不是红丫，而是桌上的菜肴、墙上的油画、包房里角老潘老魏爽朗的大笑、包房门口小齐小张含蓄的拥抱。这不可能。他有的都不怎么喜欢放矢，一旦他的矢发放出去，还连续发放，必然建立在他对他的目标已然有过的解析之上。红丫基本无话，多用眼神和表情传达心思，她眼神和表情被提取出来，就是他的解析标本。何上游的解析随意而隐蔽，不着痕迹，被解析者毫无察觉。这样，何上游思路的突然转向，他对红丫年龄与外表反差较大这个话题的后续式介入，就让红丫没有防备。她听讲时太专注了。红丫抬头，窘迫地笑，好像做错了什么事情。她的视线散乱几秒，又收回来，垂下眼睑，聚焦于何上游手中的酒杯。她避开了他的目光，又延续了与他意趣的同步。这是一种恰当和得体，比通常的礼貌更显得由衷。何上游移开目光，往红丫杯里倒酸梅汁。他觉得他没解析错她。如果有错，也犯在解析之前，他光凭直觉判断她时。那时她刚进屋，他对她建立第一印象，仓促也草率。半小时前，红丫随宋白波叶芊芊走进包房，何上游没参与众人的大呼小叫。对孩子，他有成见。不光对孩子，对老人也一样，他对天然地不大可能与他智力对等的人都有成见。孩子幼稚，其智力尚不完备；老人迟钝，其智力已经衰退；只有成熟的人，才配他从智力的角度认真对待——他把那些已过了幼稚期未步入迟钝期的人称为成熟的人。许多成熟的人同样智力贫乏，他把他们看作孩子或老人。他对孩子或老人的成见不指向轻蔑，只指向轻视。当时红丫这个"孩子"一进包房，他的轻视让他没正眼看她，他只轻蔑地看他的伙伴：他们欢迎红丫时兴奋的表演，有自贬智力之嫌。他对成熟的人自贬智力成见尤甚。嚯，这袖珍女孩洋娃娃似的；哈，革命自有后来人啦；白波呀，你把侄女拉来入局，以后咱还怎么讨论成人话题……何上游知道，大伙儿的兴奋因红丫生，却是献给宋白波的。他不愿意为了给别人看而做什么姿态。他小声问封文福，网上有人偷盗QQ号码干什么用，又向他汇报快走时摆臂的心得体会。宋白波说，侄女未必就是孩子，有的侄女比姑还大呢；红丫以后别叫我姑了，叫姐叫名都行。叶芊芊在旁边拍着《尚女》说，红丫是比咱们小，可年龄说明不了什么，她啥都不差，什么都优秀，你们看看她文章就知道了。凌霄替她的两个女友帮腔，马兄你可有过指示，说我们应该补充新鲜血液。马新奇点头认可凌霄，说我和红丫聊过一回，我相信她是合格的新鲜血液。又对红丫说，那天你和白波从我家一走，我女儿就问我你有她大没，哈，她大二。面对众人，红丫一直脸红，一气红了好几分钟，直到何上游出来解围，悄悄给她介绍情况。她脸色在倾听中恢复正常：白，那种偏于粉嫩的儿童的白。她坐何上游旁边，是宋白波安排的。上游当红丫监护人吧，宋白波对何上游说，就上游有师长风度。红丫坐到何上游身边，何上游稍微有点尴尬，他以为宋白波看出了他对红丫的轻视。没看出来。宋白波此前没留意他。他对红丫做热情状，既为掩饰真实心态，也为落实宋白波委托。他没想对宋白波做什么姿态，这样行事是他习惯。对他人的委托他都上心，除非他事先拒绝委托。何上游冷漠，有人这样说。何上游热情，也有人这样说。别人对他的评价充满矛盾，但都正确。他对红丫的解析兴趣，是在行使监护

　　　　　　　　　　　　　　　　　　　　　　　亲合

人职责的过程中逐渐产生的：他说你吃肉，使劲吃，你没必要像她们那么考虑节食——说这话时，他比划一下其他女人，目光扫过她们时带点同情；他说对，不喝好，女孩子就要有女孩子样——他伸出三根手指说，稳重、柔顺、得体，是他最欣赏的女性特点，他觉得它们比漂亮聪明都要重要，而喝酒，他说，是这三条美德的敌人。这样表述时，他目光近于暧昧地流连于自己细长的手指。他说你小姑说过吗，我们AA制，每次五十元，有剩余由老马攒着，用于可能出现的超额消费，他边说边把目光落在一盘珍珠虾球上，好像在替筷子充当尖兵——后来，何上游的热情越来越真实，在积极之外，多了一丝讨好的意味。

酒局进行到尾声时段，马新奇的叫声打断了他们。何上游暂停了说，红丫暂停了听。嗨嗨上游，关照红丫可不是躲避发言的理由，今天只有红丫可以光出耳朵。他又对红丫说，红丫呀，规矩白波可能说了，我们每次聚会，都是大伙儿轮流设计题目并主讲。这样好不好，下次聚会，你坐庄，回去好好准备一下——我们对新成员可有观察期呀。没容红丫答话，何上游已经幅度很大地坐直了身子，好像为保护红丫而引火烧身。这时的红丫，脸也的确又着火了，是"观察期"这个玩笑把火引燃的。何上游说，你不点我我也要说呢，今天老孔这个股票主题，是我长项嘛，别看我不炒股，但吹句牛，我给你们炒股的当老师绝对够格。何上游一开口，就镇住了大家。不是他的话镇住了大家，是他的表达方式令人惊讶。高调起势，干脆而自信，这不是他的往日风格。大家笑，随即将惊讶转化成会心。会心比惊讶少压迫性，不至于让他不好意思。刚才你们议论，我听到了，怎么说呢，我觉得你们是就事论事，停留在浮泛的现实层面，没触及根本。这样吧，我卖弄一下，给各位讲讲一七二〇年欧洲的《泡沫法案》，从根子上梳理一下股票的来龙去脉。找准根儿了，才能把梢儿看清，别忘了，中国股票市场，只是一条小小的树梢儿。何上游自斟自饮一小杯啤酒，很洒脱地把酒杯一蹾。得先追溯一七二〇年以前的欧洲。十六世纪到十八世纪这一两百年，是重商主义时代。当时欧洲各国政府，成立了全世界第一家国营企业——东印度公司。东印度公司这名称咱们不该陌生，这家国有企业，以炮舰为前导，以盈利为目的，全世界都有它的身影。东印度公司咱先按下不表，先说当时欧洲各国。他们不停地为争夺殖民地打来打去，打得民穷财尽国库空虚，不得已，只能发行战争债券——那也是世界上最早的债券。但问题是，债券到期了就得还钱，可还不起呀，便打白条子……哎你们吃你们的，都这么看我，我不会说了——这跟上课不一样，上课有讲台……这些白条子所代表的债务，名叫存量。可政府光攒一堆白条子也不行呀，最后还是得还钱呀。当时就有精明人说，应该搞个市场，把白条子卖掉。于是，白条子市场就出现了，stock market——我们翻译为股票市场……是这样？何上游你胡说八道吧？操，你这经济学家成小说家了！嗨，听上游说，有点意思。就是呀，上游永远保持谦虚美德，今天好不容易真人露相。得谢谢红丫呀，美女在旁，上游变样……这时把会心还原为惊讶，已压迫不住何上游了。你们顽劣学生，好好听课！他继续说。当时国王问精明人，说弄个市场这好办，可我怎么推销白条子呢？精明人说，你让白条子有价值呀。国王又问，白条子怎么能有价值呢？精明人说，白条子的价值可以创造，你就告诉老百姓，说这个白条子的价值取决于未来的现金流。国王问，这个未来的现金流用什么担保呢？精明人说，用东印度公司未来获取的金银财宝作担保呗，让未来的现金流，决定今天股票的价值。这之后，政府劝百姓买白条子，百姓的赌徒心理被激活了，就通过白条子购买未来的财富。可是这样的市场太不确定，寄托于未来的现金流太不可测，于是，今天中国股市上那些现象，官商勾结、内幕交易、操纵股价，等等吧，当时就都有了，"密西西比泡沫""南海泡沫"等金融危机横扫欧洲，这么着，一七二〇年的《泡沫法案》应运而生……

对信息来源，董建设可以撒个谎，不提顾洁贞，只说去网吧玩游戏时，偶然看到的那条新闻。他没撒谎。这是报应，是老天爷对他出轨的惩罚，为了求得老天爷宽恕，对他的也是对渭渭的宽恕，他得实话实说。他要求渭渭像他一样，学中央电视台的栏目名称实话实说，还得起誓。渭渭迟疑，想要拒绝。不是拒绝实话实说。承诺实话实说，不会给任何人带来压力。实话实说这个词组，与市面上流行的所有漂亮话一样，早被抽空了所含的意思，只是单纯的字词与音节。渭渭是想拒绝起誓。董建设拟定的誓词给了她压力。很快，誓词的压力也卸掉了。她相信，就像不会有人追究中央电视台是否实话实说了一样，也不会有人针对她的是否实话实说，去追究她爸爸妈妈的宝贵生命。我以我爸我妈的宝贵生命起誓，如果我没实话实说……为强化效果，起誓时，渭渭还像运动员听到国歌那样，主动把右手按上左乳。她不懂足球，但学习能力强，亲临球场看过场国际比赛，长于煽情的足球运动员就教会了她如何感染领导和观众。董建设对妻子的庄严表示赞赏，听她表白时，他也把右手按上左乳。男人没乳房，只有乳头，按上去手感不可能好。渭渭的动作尚不规范，她松垮的指法，更像对乳腺不放心的妇女自检自查，而她眼里一闪而过的梦幻之光，又让人觉得，借助起誓这个仪式，她是在忙里偷闲地放飞想象，把自己纤柔的手想象成某个男人粗硬的手。起誓完毕，表白结束，为了检验她没说假话，为了证明她真想痛改前非，她又按董建设要求，用抚摸过左乳的右手挂个电话，找史晨。史晨爽快地赶来谢罪。事后董建设才想起来问，史晨和渭渭都说史晨没来过他家，可为什么初次登门，他就像回自己老巢，仿佛闭着眼都摸不错门？渭渭的解释是，史晨有

171

次送她回家，她指点过她住几楼几号。这个解释无懈可击。史晨出现在小北关街31号一单元303室，很诚恳地对董建设鞠躬道歉，并证明，他和渭渭确实才认识一个月出头，吃过三回饭，逛过一回丁香湖公园，来过一回他家楼下，虽互有好感，可都有家小，道德感就战胜了欲望，只接了回吻。你们真吻过呀！妈呀，我老婆真让别人吻过——董建设揪着自己头发又哭又喊，一蹿一蹿像南极企鹅。史晨坦白的一切，与此前渭渭的坦白不差毫厘。他俩记性都好，最不起眼的细节也记得清楚。渭渭坦白时，董建设已哭喊一遍。这时董建设二度演示，让头一遭目睹这种悲情宣泄的史晨非常震骇。他连说对不起，同时把一直捏着手机的右手抬起来一点，以使眼角的余光能瞄准某个具体的按键，并指引着右大拇指向那按键顺利爬行。渭渭对董建设的二度演示反应平淡。她的震骇期显然过了，也许，都不是一小时前她对董建设实话实说之后过的，而是十年前，他们一结婚她就过了。渭渭抚摸董建设脑袋，喃喃说，那你和顾洁贞还上过床呢。渭渭的话提醒了董建设，他停止哭喊，抹去眼泪，一点一点挺立起来。沉默。突然，当着众人，董建设一把将渭渭搂住，吭哧吭哧吻了起来。他吻了很久，好像要把史晨对渭渭的吻翻着番地找补回来。你走吧，我原谅你！在搂抱渭渭的间隙，他腾出右手，很男子汉地握史晨手。史晨没心理准备，回握得狼狈。忙乱中，他右手向左手移交手机时，汗津津的手机险些脱手。不怪你，怪我，我总出差冷落了渭渭，以后我会少出差，少去上海，去上海也不找顾洁贞了……董建设继续紧搂着渭渭，抽抽搭搭说出的话，像自言自语，像说给渭渭，也像说给身旁的史晨。史晨不知道顾洁贞怎么回事，他应急库里，没储存这个陌生名字。他不知如何应对。他瞄渭渭，寻求支援的意思。此前他没看过渭渭，好像渭渭比顾洁贞还陌生。渭渭的脸受到董建设胳膊脑袋的双重挤压，斜斜地侧着有点变形，眼睛也偏斜。但她斜着眼睛也看得清史晨，看得

亲合

清史晨脸上的困惑。渭渭瞪他，皱眉挤眼。可这么一来，史晨更蒙了，他猜不出渭渭在发布什么指令。渭渭着急，只能让变调的声音，从被扼住的喉咙里扁扁地溜出：你快走吧你快走吧！她吐字含糊，声音不大，如果距她稍远一点，靠观察表情猜她口型，更容易把她的话理解为别的：勒死我了勒死我了！你松开我你松开我！饶了我吧饶了我吧……

　　每个季度，董建设都要去上海两到三次，有时三天有时五日。他们公司与上海一家公司有合作关系。有时出差不是他自己，与同事喝酒聊天，离家的时光好打发些；可多数时候，他单兵作战，每个夜晚都如同一年。有一次，他又独自出差，忙完工作，钻进一家网吧消磨时间。那天他没玩游戏没进棋牌室，而是进了间乱哄哄的聊天室。没沿袭惯例没有理由。一番胡说八道后，他与个叫夜色圣洁的上海女人越聊越好。夜色圣洁就是顾洁贞，赶巧的是，当时她与董建设在同一家网吧。这种概率，勉强大于火星撞地球。顾洁贞平常不去网吧在家上网。这天她家电脑坏了，她又必须上网，就下楼来到淮海西路这家名叫超时空的网吧。董建设和顾洁贞激动得要死。他们感叹这样的机缘，觉得不珍惜都对不住老天。第二天下班，他们去外滩玩了半宿，第三天，董建设就睡进了顾洁贞家。从顾洁贞家北窗户往外望，目光越过超时空网吧，能看到董建设住的公司宿舍的水房和厕所。顾洁贞比董建设大两岁，做财会工作，是个十岁男孩的妈妈，与丈夫同为外企职员。她丈夫与董建设有相似之处，也定期离家去合作公司出差。只是，他常去的合作公司距离更远，在日本札幌。董建设与顾洁贞认识那天，是顾洁贞与札幌丈夫的网上交流日。与丈夫交流完余兴未尽，顾洁贞才与网名偶然与必然的董建设接着交流的。我们认识是偶然，相爱是必然。好上之后，董建设常常这么抒情。他们必然地相爱一年半后，就到了那天。那天，董建设在上海，顾洁贞丈夫在札幌，下班后顾洁贞把儿子送到妈妈家，准备去赴董建设约会。董建设的电话打了过来，说共餐的计划得取消了，有个业务性质的饭局他推不掉，饭后才能前往她家。顾洁贞就在妈妈家吃了晚饭，然后回家，边浏览网上新闻边等董建设。董建设喷着酒气按门铃时，她伏在电脑桌前都睡一觉了。她不太高兴，董建设搂她她挣脱了，说你们东北人。"你们东北人"，是她针对董建设的口头禅，说它时，表达的是埋怨及埋怨过后的理解与谅解。她一对董建设有不满，就指责东北人，好像东北人是世界上毛病最多的一个群体；而一句"你们东北人"说出来，她就能消气，那意思即，出于一个浑身上下全是毛病的群体的人，能现在这样也不错了，不能像要求上海人那么要求东北人。董建设知道顾洁贞对他没有恶意，只有爱心，没计较过她对他"东北人"的指控。顾洁贞埋怨董建设常常没有下文，只用"你们东北人"一言以蔽之，但根据她说话的语境，延伸她的意思并不困难：太粗鲁了；太马虎了；太不讲卫生了；太没见过世面了……可这回，接下来，她对"你们东北人"有了注解。她没用具体语词注解，她用刚从网上看到的、发生在渭渭史晨身上的新闻，及证明那新闻真实性的具体照片，注解没节制地喝酒多么危险。偶尔地，董建设喝酒会没节制。上海人也有喝大酒的。她没蓄谋揭发渭渭史晨，她不认识他们；她也没对渭渭史晨指名道姓，网上新闻中，渭渭只是"女子"，史晨只是"男子"，她想不到为他们编造化名。总之，她这晚的"你们东北人"与往日一样，虽含批评指责，却不为毁掉一个缱绻良宵。毁掉了。网上照片计有四张，都是模模糊糊的夜景照，渭渭史晨处于前景主角地位的那张，不比其他三张清楚多少。但一进入董建设眼帘，照片就违背了顾洁贞本意，毁掉了他们的缱绻良宵。董建设不认识史晨，认识渭渭，对渭渭的一个侧影一个轮廓，都像熟悉名酒的价格。她是他妻子。他妻子将他引向了史晨——董建设急忙与沈阳联络。渭渭手机关

174　　　　　　　　　　　　　　　　　　　　　　　　　　　　　**亲合**

机，家里电话空响，他把电话打给泾泾。泾泾劝他别着急别惦记，说已经找了不少关系，虽然渭渭还在警察手里，但只是例行调查，很快能出来。史晨家有背景，泾泾说，摆平这事没有问题，泾泾又说，史晨是个讲义气的人，已带出信儿了，说宁可自己被判刑也不让渭渭挨拘留……这是董建设头一次听到史晨的名字。泾泾没解释，为什么没把他妻子出的事立刻通知他这个丈夫。他的理智没让他追究。

摆平这件事的速度比预想的快。得了钱的事主不再啰嗦，有了上头精神的交警部门愿意睁眼闭眼，报纸电台电视台都是喉舌，关注什么漠视什么有组织纪律。只有互联网这个怪物比较棘手。互联网是意淫平台，在上边发言形同放屁。屁作为肠道废气伴有臭味，含有氨和粪臭素，攒多了也容易把人熏死。权势与财富都清楚这点，他们宽厚大度，对互联网的臭味礼让三分。总不好自己奸淫，别人意淫都不允许。网络警察只滤掉一部分负面新闻和负面言论。史家就宽厚大度，没允许交警部门蔑视公众，而是平和地、低调地，甚至装孙子地，以预先把最细小的漏洞都修补完善的调查结果作出交待。交警部门的新闻发言人口才好，当国务院新闻发言人也够资格。就是东北口音重。东北口音多滑稽元素，适合演小品，发布新闻有失庄重。渭渭和史晨被传唤五十小时左右后，双双走出了交警支队。死者家属拿到三十七万赔偿款，对史家千恩万谢，好像那钱不是他们家人拿命换的，是出于史家的无偿捐助。这段时间，渭渭正学车，驾照还没到手。出事那天晚上，她和史晨吃过晚饭，开辆三菱越野吉普东游西逛。他们没目的地，凭心情走。十点多从郊外丁香湖回市内时，在岐山路与昆山路分岔处，一个骑自行车的男人忽然出现。三菱吉普躲闪不及。自行车和骑车人都飞了起来，然后分别落在七米外的道边和十五米外的马路中央。人死了，自行车零碎了。距零碎自行车五米处，有个行将打烊的街边烧烤摊，车祸为烧烤摊添了炭火，摊主像刚开张那样忙活起来。一群目击者起身离开桌子椅子，拎着啤酒瓶举着羊肉串捧着麻辣烫拥上路面。肇事现场被团团围住。那些烧烤爱好者，若平常面对这么高档的肇事车与体面的肇事人，大约不敢说三道四；这时他们有酒壮胆，发表意见就畅所欲言。主要说车速太快，也有的说是酒后驾车，还有人说撞人时司机是女的，怎么眨眼间驾驶员就变成了男的……直到医生到来，交警到来，史晨的家人和朋友到来，泾泾与何上游到来，死者家属到来。这些人的陆续到来花去两三个小时，而再过两三个小时，目击者和非目击者的议论就挪到了网上：高干亲戚，富二代，美女白领，一对都有家室的婚外情人……不必人肉搜索就全清楚了。下一天夜里，董建设在顾洁贞家所看到的，大体就是这些东西，外加四张模糊照片，其中相对清楚的那张是这样的：渭渭被刚发生的事吓傻了，怕冷似的紧抱双臂，侧脸看她身旁的男人，眼睛里边全是惊恐；露半张脸的史晨更镇定些，他一只手举着手机，正说电话，另一只手搭渭渭肩上，没调戏的意思只为安抚。渭渭？董建设低声嘀咕一句。渭渭！董建设大声叫喊起来。渭渭渭渭，怎么是渭渭——这之后，与泾泾通过电话，他还知道了那个小他两岁的男子叫史晨。此时，小他两岁的史晨正叫着大哥与他道别。他没理小他两岁的弟弟，继续安抚小他两岁的妹妹。渭渭小他两岁。泾泾也小他两岁，但泾泾是姐姐，大姨姐。大姨姐泾泾送史晨回来，渭渭刚挣脱董建设搂抱。泾泾理解渭渭的尴尬，拉她去了另一间屋子。另一间屋子小，是卧室，客厅里留下何上游陪董建设。平常什么都明白的董建设油嘴滑舌，这时却笨口拙舌像脑瘫病人，望着两姐妹的背影闪进门里，他问何上游这么处理行不。姐夫，他生硬地把何上游称为姐夫。平常他们两对夫妻，都互称名字，何上游比董建设大三岁，比渭渭大五岁，但不介意他们喊他名字。姐夫，你看，我是不只能这么处理？我恨死史晨了，恨不得宰了他！可我什么都不如他呀，我斗不过他。不光他家

亲合

有权有势我没法比，和他一对一地打架，他那么壮，运动员似的，我也不是他对手呀。上游，姐夫，你说，我要不和顾洁贞婚外恋，是不渭渭就不能被人吻，这世上是不是真有因果报应……何上游嘴里应付着董建设，眼睛一直瞄向窗外。窗外是一条不宽的马路，马路边停辆没牌照的白面包车，面包车车窗开着，能看到里边有几个男人的脑袋晃来晃去。那些脑袋不论怎么晃，正面总朝向渭渭董建设家窗户这边。史晨出现在小马路上，面包车里的脑袋都晃向他，同时，有人拉开面包车车门。史晨走向开着的车门，上车前，脑袋也晃一下，也晃向渭渭董建设家窗户这边。是他脑袋这么一晃，让何上游最终认了出来，一年前，在奥体中心，与渭渭一起看中国越南足球赛的，正是史晨——当时在电视特写镜头里，那个脑袋也这么晃过。刚才史晨进屋，何上游只觉得他像他，没确定。现在何上游才明白，为什么刚才难以确定。与一年前活力四射的赤膊汉子比，一年后点头哈腰的史晨明显胖了，体重能增加五六公斤。何上游想甩开董建设去卧室，找渭渭验证。不是验证一年前他们看没看球赛，而是验证，史晨胖五公斤还是六公斤。也为验证他这个关注身体之人的目测水平。白面包车走了，何上游离开窗口，扔下嘀嘀咕咕的董建设，朝泾泾渭渭待的卧室走。在卧室门口他没停步，犹豫都没有，继续前行，一直走到客厅尽头。那里是厨房。何上游从厨房出来，把一听啤酒递给董建设。何上游没觉得找渭渭验证史晨体重有什么不妥。随便找个无聊话题，有助于冲淡压抑的气氛。可他知道，一旦把验证题目摆上桌面，渭渭会为难。此前，渭渭与史晨口径一致，他们认识刚好五周，如果现在渭渭告诉何上游，一年前史晨七十七公斤，而现在，他没长六公斤只长五公斤，那么，就很可能引发董建设的第三度哭喊。何上游不想让渭渭为难，更不想听董建设哭喊。

校门相当宽敞，不亚于八车道马路，门柱两侧的绿树丛中，分别有二三十米长的彩色水泥回廊曲曲弯弯，向外延至真正的八车道马路。何上游与红丫相约，在右侧回廊中段见面，然后同去拜访彭璐。彭璐曾经是运动员，干专业时，拿过世界大学生运动会的自由式滑雪空中技巧冠军。在冬季项目的世界性比赛中，那是当时中国运动员取得的最好成绩。退役后她读了大学，不久前，又接到硕士研究生录取通知。她读本科免试入学，有人说三道四，考研究生她全凭实力，学校想照顾，被她拒绝了。她读本科时何上游教过她，答应接受红丫采访是给何上游面子。她个性强，当运动员时就讨厌记者，读书后不再接受记者采访。红丫感谢何上游为她联系彭璐。何上游觉得这还不够，非要当面引见二人，并请她们吃饭。现在，距红丫到来还有段时间，何上游二心不定，提前来到约会地点。右侧回廊中段有几个人，是好几个女学生和个中年男子，叽叽喳喳争执什么，有时挺冲动。也许那中年男子是某系老师，正带学生讨论问题。何上游心里骂他一句，说你真会选地方呀。同时埋怨自己，没把与红丫的约会地点放左侧回廊。从公交车站去左侧回廊，得多走八车道，选那里为约会地点舍近求远。右侧回廊外，停辆黑轿车，垄断了只供行人休憩的树荫。车体上，乱糟糟地跳动着闪烁的光斑，让人看去心里闹腾。其他地方都热烘烘，扑天盖地的夕阳像四川火锅。何上游只能踏上回廊，没去与黑轿车争夺树荫。也争不过。回廊宛转，何上游与那些争执的师生距离不远，但选好角度，彼此并不能看到对方。何上游看表，半拉屁股搭石椅上，身体绷着。不是他屁股大或石椅小，是这个姿势便于起立。他没闲心听回廊中段的吵吵嚷嚷，他脑子里，圆桌会议正讨论红丫。不行，回廊中段的吵嚷像阵阵热风，推挡不开。他临时休会任热风席卷。那几个女生中，有个主角，其他女生是她同学，也是帮凶。帮凶比主角发言热烈。中年男子不是她们老师，是主角的对手。他像他的黑轿车一样傲慢强悍，但在众女生夹攻下，却被动挨打，与没有原子弹时的中国同一命运。何上游的注意力被吸引过去，吵嚷之声让他入迷。后来，中年男子节节败退，走出回廊悻悻上车，吱的一声狂驰而去。帮凶女生们欢呼胜利，大肆赞美她们的主角，颂词像献给原子弹的。主角文静，恬然而笑，不原子弹。走，喝酒去。何上游站起来。他站起来，不为随女学生去马路对面的校外酒馆，他请红丫彭璐的地方，定在校园里的园丁餐厅。他再次看表，看回廊远端。红丫正在回廊另一边往这边张望。红丫个儿矮，加上树丛阻隔，看不到何上游在这边看她；何上游个儿高，一眼就看到了红丫的头发，和一头滑顺长发遮掩下的小半张脸。红丫！何上游叫，叫完才想到应该沉稳。过分的兴奋等于失态。你早来啦？这时，距他们约定的时间还有两三分钟。

　　往园丁餐厅走时，他们分别以自己看到的听到的为经为纬，互相补充着，把刚刚目睹的事件组织起来，编成一个合逻辑的故事。对一个与己无关的故事，不一定非让它符合逻辑。他们只是需要说点什么。刚才的故事，恰好值得他们说说。那开轿车的中年男子何职何业，那帮女学生哪系哪级，以及那中年男子与主角女生结识的过程，他们无从知道。他们从吵嚷中获得的信息不十分完备。一个月前，中年男子与主角谈妥条件，以五千元价格包她一个月。不是大包，是小包，每天他用她三个小时。扣除四天的月经周期。如果主角来六天月经，那对不起，有两天她得带"病"工作；如果主角月经只三天，她就可以多歇一天。多数时候，中年男子晚饭后接她，三小时后送回。她的晚饭他不负责。他们没签合同。中年男子绅士，大学生主角淑女，他们的合作一直愉快。履行口头合同之余，也口头表示过我爱你你爱我，甚至还有意向，让下学期的合作更爱情化。可这天晚上，中年男子来接人时，主角不爱情了，理由是一个月的承包期已经过了，

179

中年男子说今晚管饭也打动不了她。不在一顿饭，她说。中年男子恼火，说还差一天才一个月嘛，又说我不是差一天的钱来占你便宜，可我们相处那么融洽，现在你却这么计较，太让我伤心，作为社会主义大学生，你不能像资本主义的冷血婊子……他们上边的对话，是结合他们后来的争执，何上游红丫想出来的，那时他俩都没到场，那时候，主角也只有一个帮凶。是这之后，见中年男子火力太猛，主角的帮凶才打个电话，将另几个帮凶招呼过来。Business is business！懂不懂？生意就是生意！是众帮凶替主角陈述生意经时，何上游和红丫分别到的回廊两端。如果那些生意人没占据他们事先约定的回廊中段，他们能提前见面七八分钟。一个月五千还不管饭，太抠了！一个帮凶叫。就是，挺大个男人一点不敞亮，真没劲！另一个帮凶喊。你咋想的？把我姐当小姐啦？再一个帮凶发出质问。中年男子道，哼，就她那样，别人还给不上这个价呢，要不是她有个大学生头衔，给小姐提鞋都不够格。嘿，你他妈也太埋汰人了操你妈的！小逼丫头，嘴干净点，你拿啥操……后来，看拉走主角没可能了，众帮凶又摆出挠人的架势，中年男子只能休战。好好好，咱心平气和，他说，你这衣服，我额外给的吧？就它的牌子，你看值你今天的价不？主角好久没吱声了，局外人一样光看热闹，这时听中年男子提她衣服，才意识到，眼前的争吵与她有关。她潇洒地一扬胳膊，脱下了背心。鸡巴玩意吧，她把背心抛向中年男子，姑奶奶还真就不稀罕它。她的帮凶齐声叫好：咱姐牛逼！爷们儿风格！有穿外衣的，忙脱下来，丫环服侍主子般披她肩上……把整个故事复述完毕，何上游仍困惑不解。我还是不明白，他们分歧出在哪儿呢？红丫瞟他一眼，脸颊微红。今天六月二十九号，前推一个月，他们的合同从五月三十号开始执行。可五月大，有三十一号，如果女学生按一个月三十天算，他们的一个月就昨天结束……哎呀妈呀，这么回事呀！何上游长出口气大叫起来，叫完，他意识到

　　　　　　　　　　　　　　　　　　　　　　　　　　　亲合

自己又不沉稳了。他不好意思地低声唉唉。唉唉，这些学生呀，这些女孩子……好像在替她们愧疚。他没那意思。红丫说，这就是园丁餐厅吧？

必须相信奇迹。相信奇迹与相信科学和相信科学的研究成果是两码事。科学是确定的，一就是一二就是二，你信不信它它都存在，与你再亲近，它与你建立的也只是工具关系，它不分薄厚地属于每一个人；奇迹不然，奇迹是信则有不信则无的意识之谜，是精神的秘密，不论远在天边还是近在眼前，都为你独享，即使那奇迹同时也属于亿万公众，但属于每个个体时，它仍然是"我的"，它显现给此人的亿万分之一种模样与显现给彼人的亿万分之一种模样永远不是同一种模样。科学驱逐感情，最高级的科学也质地平庸，奇迹生成感情，最凡俗的奇迹也彰显伟大。奇迹的最大特点是无从解释，是神秘。神秘令人敬畏，敬畏激发感恩心，而感恩心，是分泌愉悦、满足、幸福的腺体。那么，是否就可以说奇迹导致愉悦满足和幸福呢？不是的。相信奇迹，并非因为奇迹的结果有可能与幸运相连，那太功利，奇迹不眷顾功利甚至嘲弄功利；相信奇迹是相信奇迹本身，相信奇迹的无所不在无所不能无所不为，相信它即使缔造不幸，也超然坚守审美的立场。奇迹的魅力在于发生，与幸或不幸无关。奇迹的例子随处可见，无始无终无尽无休。只是，它不像石头固定在地面，而像白云流淌在天宇，形状永远变化多端。前些天报纸上说，有个人，叫老张吧，买好了某点某分由北京飞往大连的机票，大连有他妻子孩子，他离开他们已经很久，盼望能一步就回到他们身边。可朋友送他时，车出望京三公里远，就抛锚在了机场路上，右后胎瘪了。没扎钉子没爆胎，看不出来病因在哪儿——看出来也没用，找到病因与赶到机场没必然联系。车上有备用胎，但开车的朋友不会换，也没换胎工具。换胎不特

181

别复杂。老张与朋友都急死了，向往来车辆求救，所求之事有二：一是请人帮忙换胎，二是请人帮忙捎脚。没人搭茬，给多少钱都没人搭茬。现在骗子的骗术花样翻新，整治黑车的管理部门也喜欢"钓鱼"，换胎捎脚都像圈套，再乐善好施的司机也畏惧这双重风险。磨磨蹭蹭的汽修工人终于来了，这之后，他们才像子弹那样，自己把自己射到机场。他们都是航空公司的老主顾，以前总怪飞机晚点，在他们的旅行经验中，不晚点的飞行记录比在飞机上遇到熟人的几率还小。这天他们祈望晚点。这天飞机正点上天。他们来到候机厅时，停机坪上的飞机还没发动，可登机业务已停止办理。急眼或哀求都没有用。没坐过飞机呀，一脸严肃的工作人员说，起飞前半小时……这时，距飞机起飞还剩十几分钟。他们改签三小时后的下一班飞机。坐在机场咖啡厅里，朋友继续对老张致歉，连续致了一个半小时。老张对朋友毫无意义的自责不胜厌烦。过分承担自己掌控不了的责任，很像变相的幸灾乐祸。他刚想指出这点，电话响了，他没来得及让朋友难堪。电话是妻子从大连打的。此前，就错过上一班飞机的原因，他向妻子作过汇报，他朋友也曾抢过电话，向未谋过面的"嫂夫人"检讨自己汽修水平低下的毛病。老张妻子在电话里抽噎，说你赶紧感谢你朋友那只倒霉的轮胎吧，它救了你命，如果你赶上前一趟飞机，你现在就也淹死在大连湾墨黑墨黑的海水里了。这是奇迹的典型例子，但不是全部，更多的奇迹不是传奇，没戏剧性，而像灰尘一样，散落在生活的角落里习焉不察。比如，佛教徒在澡盆里泡澡没被溶化，而泥菩萨虽然能保佑信众，却保佑不了自己泡完澡还金身不坏。还有一个例子，也与飞机有关，主人公也可以叫做老张。某单位组织出国考察，老张也有资格当考察团成员，他就反复乞求领导，甚至不惜请客送礼，希望得到这次机会。他没出国。他五十八了，行将退休。他倒一直是个小小的领导干部，但为人老实，没上层靠山。如果失去这次机会，

182　　　　　　　　　　　　　　　　　　　　　　　　亲　合

他将终生是个虽然当过领导干部，却没享受过公款出国待遇的人。这样的结局太耻辱了，比没当过领导还要耻辱。不是不能自费出国。所谓自费，也不是动用工资，随便跟哪个下属单位打个招呼，都找得到无数种变通方法。不是那么回事。钱不重要尊严重要。领导老张的领导体谅老张，同意这次带他出国。飞机由北京起飞，去往美国芝加哥，中途经停日本东京。飞机在东京停三小时，不能出机场。一般来说，机场是安全的公共场所。盗贼小偷也乘飞机，却很少在机上机下行窃作案，他们飞行也为旅游探亲与学习工作——国际航班上的盗贼小偷，往往也同时是采购员留学生外交官旅游爱好者或出国考察的领导干部。当时，聊完天抽完烟撒完尿逛完候机厅，重新登机的时间到了，老张与大部分中国人和小部分外国人一起，慵懒地排队重新登机。完全出于习惯性谨慎，老张把搭在屁股后边的黑皮包挪到身前，并下意识地、漫不经心地、带有没事找事性质地，打开拉链看了一眼。这是致命的一眼。他的身子一下就软了，嘴唇哆嗦，额渗冷汗，浅灰色西裤的裤裆部位，迅即被尿水洇湿一片。五分钟前他刚去过厕所。他包里，原本的牛皮纸袋不见了踪影，有一条来路不明的粉红色塑料袋多了出来。自然，牛皮纸袋里的东西也没有了：护照、机票、身份证、美元，而粉红色塑料袋里包裹着的，是本本来并不属于他的日文小说——这是旁边懂日文的中国人翻过书后告诉他的，说那小说叫《失乐园》，作者名叫渡边淳一。老张对它和他一无所知。他当工农兵大学生时，学过外国文学，还记得《失乐园》是英国长诗，作者弥尔顿创作它时，已双目失明。他悲伤而困惑，甚至困惑更大于悲伤。他抓住经过身边的每一个人，不管人家懂不懂汉语和日语，都举着书问：这渡边淳一的《失乐园》，有什么寓意吗？没人有答案，同时精通汉日英三种语言的人也没答案。一小时后，老张因心脏病发救治无效，猝死于东京成田机场的医护中心。

何上游说，这就是我与红丫交流的全部内容，没半点隐瞒，然后他又羞涩地说，文福，我现在才体会到，能向好朋友倾倒心中的秘密，能有个好朋友值得你向他倾倒心中的秘密，真幸福呀。封文福对朋友的省悟大加赞赏。此前，他先对何上游说了心中的秘密：菲菲好久没打我了，她这么压抑自己我心疼呀。他的脸上满是焦虑。如果菲菲就在跟前，他一定会求她打他耳光。没人打他耳光。好在，没人打他他脸上的焦虑也散去了，是何上游的推心置腹为他驱散了焦虑。没彻底驱散。可还有一点我不明白，封文福带着残余的焦虑说，为什么你们交流这些，就让你对一只肝一只肺，一只肾一只胃，以及任何一只人体器官，总之吧，让你对身体疾病的理解与认识，有了如此巨大的改变呢？你们说的不是病呀。这时候，他们一小时的快速长走刚刚结束，正在辽宁大厦南墙外的健身广场压腿扭腰。何上游说，这说明你还是奇迹的门外汉呀，然后笑而无语，从兜里拿出红丫的名片，冲太阳照。那张名片不是相片底板，怎么感光也不会显影。

连续十年，每年他们都去导师家一次，日子固定。如果那天何上游出差或有事，就泾泾自己去；如果那天泾泾有事或出差，就何上游自己去。这是他们初始的约定。他们一方那天出差或有事的情况没发生过。他们每年一度地去导师家，一直像夫妻双双把家还。每次去，他们都带一篮康乃馨，再配些时令水果。那个初秋的日子，不是年节或谁的生日，那天是纪念日，是导师妻子介绍他们认识的日子。何上游和泾泾不纪念结婚登记或结婚典礼，他们以看望导师妻子的方式纪念相识。我们是为爱情而认识的，那天是一切之本。何上游说。泾泾问，如果我们自己认识的呢？比如我是你学生，或者我们青梅竹马。何上游沉吟一下说，那我们也总有确定恋爱关系的那一天吧，比如有一天我问你，我们的关系可不可以超过师生关系，或者，我们不做普

　　　　　　　　　　　　　　　　　　　　亲合

通朋友了做特殊朋友吧。你答应的话，那天就是我们爱情的生日。这类话题，从他们认识到一年多前，在他们间经常讨论。你不像学经济的，像学文学的，泾泾经常这么赞美何上游。她效法何上游文学化地认为，何上游有些与众不同的离奇想法，很像开在她脑子里的一扇扇窗，能让她看到从别处看不到的旖旎风景。也是从他们认识到一年多前，她这么认为。何上游一直感谢导师的妻子，却对导师从无好感。大部分在名片上印"享受国务院特殊津贴"的人他都没好感。印"博士生导师"的他也警惕。那类名片的主人他认识不少。私下里他曾暗下决心，一旦他也享受国务院特殊津贴和当博导了，绝不把那些东西印上名片。他硕导都不是，更不享受国务院特殊津贴。在他看来，他导师思想平庸，学术教条，甚至人品低下。有一回他写篇文章，谈金融衍生品与风险管理，这在当时是新鲜话题，他把它投给了《渤海经济》。不是导师布置的作业，他没给导师看，他知道导师喜欢与学生"合作"。可时隔不久，那文章竟出现在导师手里。有一天导师把他找去，指点着文章校样说，他们接受我们的选题，可以发表，但我们要对学术负责，还得改改。很自然地，导师把"何上游"的文章变成了"我们"的文章，还真在"我们"的文章上划了些红道。何上游把文章的文字再顺一遍，新打一稿，让导师在两个作者中排名第一。导师满意，说做学问就得态度严谨。十多年过去了，何上游一直没弄明白，那在《渤海经济》上都成了校样的文章，怎么会跑到导师手里。他也懒得去弄明白。没有导师妻子给他和泾泾当红娘这层关系，毕业后，他都不会再想起他。借妻子光，导师拥有了何上游这个最让他有成就感的学生——不用学生有多大出息，学生能不把导师忘到脑后，就证明为师者育人有方。

导师妻子姓赵，与泾泾妈妈，曾有过并不密切的同事关系。最初泾泾叫她阿姨，后来与何上游统一起来，叫赵老师。赵老师喜欢何上游和泾泾。她说几十年里，她介绍成的对象超过三十对，但再没有像何上游和泾泾这样懂事的，能长此以往心怀感念。他们好时想不到赵老师，赵老师说，吵吵闹闹有矛盾了，赵老师才重新有用。赵老师并无责怪的意思，语含怨气，只为发发快乐的牢骚。赵老师不光热衷介绍对象，也热衷调解夫妻矛盾。不是她介绍的夫妻的矛盾她也调解。她不在街道或妇联工作，退休前，她在旅游学校当办公室主任。有一次去她家，何上游和泾泾亲耳聆听过她的调解。不是调解他俩。过后他俩议论起来，一致认为，赵老师调解夫妻矛盾的水平与介绍对象的水平一样，都博导级。那天，何上游和泾泾进屋时，赵老师正坐在电话桌前，导师小声告诉小夫妻俩，电话另一端的女人是妇联干部，专门调解夫妻矛盾的，可现在，她自己的婚姻出了问题，自己的刀削不了自己的把了。在家里，在日常生活中，导师把妻子视为博导。赵老师的声音涧水般清冽，侧身而坐姿态优雅，一如西洋的圣母雕像。在婚姻问题上，夫妻之外的其他人，参与再多，涉足再深，也只是敲边鼓凑热闹的配角，赵老师说，真正的主角，永远只是夫妻两人，即使这对夫妻只是鸳鸯谱上被别人随意点到的两个名字……赵老师以书面语娓娓而谈，眼睛盯着戳在电话桌上的一只相框，不激烈，不做作，不生硬。那只黄灿灿的相框里没装裱讲稿，装裱的是五个大字：珍珠婚纪念。导师殷勤地告诉何上游和泾泾，那相框是镀金的，有保值价值，珍珠婚代表结婚三十周年。我有个女友恋爱时，男友在她眼里非常完美。赵老师说。她不用特意抬高声音，就能盖住丈夫的声音。我请她讲出男友的三条优点和三条缺点，她一口气讲了十条优点，还意犹未尽。我提醒她说说缺点，她想了很久，说男友喝酒。但立刻补充道，他是事业型的，应酬多，为人热情，怎么能不喝点酒呢。她说她想不出那人的第二条缺点。说到这儿，赵老师顿一下。一旁的导师背对妻子，却像背后有眼，在妻子两三秒钟的停顿间隙，他手疾眼快地

● 亲合

递上杯白水。赵老师深深呷了一口。她停顿，的确因为嗓子发干。我还有个女友，打算离婚时，骂她丈夫不是人。赵老师润过的喉咙重又亮堂起来。我说你先别骂，先好好想想，他有什么优点缺点。没有，她果断地说，他没优点，他是所有缺点的集大成者，不，是所有恶习的集大成者。我就说，你这么看人太感情用事，你先说说他三条缺点吧。她就说了，想都没想。我说你再找三条优点。这回她冷静了，沉思半响，诚恳地、客观地、心平气和地说：他真没优点。赵老师又呷一口水。我说的这两个女朋友，不是同一个人，但她们都年过四十也都有过婚姻……喂，你听呢吗？电话另一边的人说了句什么。没关系，赵老师轻柔地说，你接着想，把这两个人的态度想三天，三天后，结合你想到的我们再聊。现在，我这里来了两个客人，一对恩爱夫妻，我们今天先说到这儿。

　　可这天，一对旧日的恩爱夫妻没双双"还家"，捧着康乃馨拎着水果往导师家走的，是何上游自己。他们的定期拜望红娘仪式，头一次出现跑单现象。进楼门洞前，何上游一直走得很慢，开始爬楼梯了，他才决定，如果导师和赵老师问他，泾泾怎么没来——他们一定会这么问——他就如实回答，绝不掩饰：她有了外遇，要和我离婚；或者答，她有了外遇，我得和她离婚。这答案会让泾泾丢脸，也会让他没有面子。他管不了那么多。他必须这么回答一次，真实地宣泄心中的屈辱。他已想好，随着事态发展，会不断有人"关心"他们，他准备一概用"性格不合"打发他们。除非自己渴望倾诉，否则，他拒绝别人关注隐私，善意的关注也要拒绝。另外，与泾泾毕竟夫妻一场，他不想对别人诋毁她声誉，包括自己父母，他希望他们也被留在真相的门外。介绍人是例外。介绍人应该作为泾泾父母之外唯一知道事情真相的人，成为一个道义的见证。他的手指搭上了门铃。但有一点他依然踌躇：他告诉导师夫妇的答案，应该是前一个还是后一个呢？是"她要和我离婚"还是"我得和她离婚"呢？他脑子里的圆桌会议，未就他应有的离婚姿态达成协议。主动出击与被动迎战，都无胜利可言。他手指一抖。音乐门铃悠扬响起。

何上游与泾泾的冷战，十三天了，冷战的标志是泾泾回爸妈家住。冷战初期，何上游用手机用家里电话用单位电话联络过泾泾，泾泾拒绝对话。没彻底取消对话，是不正常进行。每次按断手机，泾泾都回复同样的短信：有事短信说，请让我安静一到三个月。她回复得不慢，可能把这条短信设置成常用语了。何上游只能不以棋盘为工具地进行"手谈"。他挂一回电话收一条短信再回一两条短信，有时烦得想摔手机。没摔。他同讨软话也回过硬话。软话是请她原谅，要去接她，说他想她爱她；硬话是问她还过不，骂她泼妇，指责她有了新欢不恋旧人。他已无法得心应手地翻转刀刃刀刀背。他没打泾泾单位或爸妈家电话。他们的冷战发端于"热战"。"热战"之前，他们已有过多次"备战"，你敲打我两句，我回敬你一番，不咸不淡互有攻守。主要是何上游以敲打进攻，泾泾先躲避，再以回敬的方式防守。一般攻完守完，纠纠葛葛也能过去，不论阴影是否拂净，都不影响后边的日子。不好的地方在于，攻守的纠葛也能上瘾。瘾是一种会生长的东西，不减弱缩小，只越来越大。他们敲打与回敬的回合愈益频繁，攻守的节奏也愈益加快，某一天，"热战"爆发，量变就此达到了质变。那天，泾泾在厨房做饭，何上游躺床上看书，床头柜上泾泾的手机，再次对他进行了诱惑。他偷看短信。如果他没暴露短信内容，没让泾泾意识到他看过短信，两人的攻守不会升级。可攻守操练中他说漏了嘴。泾泾做饭时，忽然想到一件事，来卧室门口与他说话。他有些尴尬。他装睡，顺手把泾泾手机塞到枕下。泾泾只说半句话，又回了厨房。他心虚，觉得泾泾发现了他的行径，却不捅破，不挑明，不指责，是以轻蔑而非义愤回应他的行径的无耻。"无耻"，何上游相

亲合

信，在心里，泾泾正是这样评价他的；他还相信，"轻蔑"是近段时间泾泾对他的主要态度。面对无耻，义愤是为了挽救，轻蔑则标志放弃。他自知理亏，把泾泾手机还给床头柜。他起身慢慢挪出卧室，在客厅与厨房间的门槛上抻懒腰。他身体没有舒张需要，抻出的懒腰，像懒惰的学生做广播操。他问泾泾刚才说什么。他语气平和，没对泾泾心中那个"无耻"的评语作出反驳。巧怡姐说，泾泾说，她求你再关照关照小弛。哦，何上游答。泾泾的口吻比他平和，没尖酸刻薄地表达"轻蔑"。何上游一时不知怎样应对。他的思想准备是，给泾泾的语调尖酸用词刻薄以迎头痛击。纯真的爱情让女人柔顺，在许多场不分胜负的攻守战役中，何上游愿意引一个名人的警句发表感慨，邪恶的情欲令女人尖刻。神经病！泾泾的感慨也有名人使用，但主要源于市井庸众。此时，何上游想到了泾泾可能没发现他偷看她手机，随即又否定了这一判断。他认为，泾泾没作激烈反抗，是心里有鬼，为藏匿心中之鬼，她才以冷漠表示"轻蔑"。与激烈比，冷漠对何上游伤害更大。怎么关照？他问。巧怡是泾泾大姑的女儿，她儿子小弛在何上游系里读大四。当初招小弛，何上游已经很关照了，为了他，招生老师把录取分数线降了九分，让何上游欠人家一个大人情。他不愿求人，欠人情他有心理压力。巧怡姐希望小弛毕业前能入上党，党员了，她就有办法让他考上公务员。唔哼，何上游想笑一下但没笑出来，还有吗？泾泾盛菜盛饭，没注意何上游的口气变化。没有了，她示意何上游坐到桌前。你的巧怡姐，太不要脸了！哦？泾泾手捧饭碗呆看着他。她不知道她儿子什么德性？何上游说，要是小弛这样的都能入党，那共产党就早完蛋了；要是小弛这样的都能当公务员，那国家也就早完蛋了。你怎么——泾泾把碗蹾在桌上，吭的一声，怎么这么说？小弛是孩子，就是被惯得……我不是说小弛，何上游忽然发作起来，我是说巧怡，这种人，占尽了党和国家便宜，然后又通过下一代坑党误国——我告诉你，真正无耻的是巧怡，是陈玲，是你这种帮闲，而不是我何上游……信号弹呼啸着升上天空，攻守大战旋即开始。最初，何上游通过抨击巧怡和陈玲打击泾泾，泾泾则以何上游变态狭隘小心眼进行反扑。接下来，搏杀战场不断扩大。泾泾指出，近段时间何上游总往她办公室打电话，让她很没面子。你要不要脸我管不着，可你得考虑我的感受，你不怕笑话我还怕呢。笑话？何上游说，我是你丈夫，法定丈夫，往你办公室打电话怎么就丢人了？我找我老婆不可以吗？难道你办公室的人，只允许婚外情人勾勾搭搭？你别歪想，泾泾说，以前你找我都打手机，忽然打办公室电话，又没事，谁看不出来你是监督。哈，谁看出来了？他怎么那么敏感？我打电话妨碍他了？你这样阴阳怪气，我们没什么好说的！是呀，和我说话还有什么意思，和"我心甚忧"的人说话多刺激呀，和"上班了吗？方便接电话不"的人说话多甜蜜呀……话一出口，何上游就知道他犯了错误。他因乱了阵脚而犯了错误。他不该复述泾泾手机里的可疑短信。自从上次看泾泾短信，和好之后，他多次表示，偷偷摸摸是小人行径，他以后不会再偷偷摸摸，包括不偷看泾泾手机。他那么说也是提醒泾泾，婚外情的勾当就偷偷摸摸，他希望泾泾也别小人。他食言了，当了小人。泾泾气得脸色青紫，步步进逼，手指他鼻子。你，恶习难改的无耻小人——她话没说完，就被何上游正好抡起的手截了回去。何上游犯下了新的错误。他抡起的手，没堵她嘴，打了她脸。堵嘴打脸效果一样，发挥的都是截话作用。话头一截住，两人都僵了。泾泾再愤怒，也没打何上游的意思，她手指贴近何上游鼻尖，只为加强"无耻"的分量；何上游也清楚，泾泾不可能与他动手，他防范都不必，更不必反击。他的新错误仍源于阵脚的紊乱。其实，他拨开泾泾手指的手，只是骤然失控，只是在泾泾的面颊上滑了一下，即使算打，也打得不狠。可也有痕迹留在了脸上。这场"热战"没再

亲合

发展。泾泾脸上现出的青紫，很像封文福每次被菲菲打完，脸上留下的那种痕迹。泾泾要回娘家。何上游哀求，他怕岳父岳母看到泾泾的样子。封文福可以以食物过敏为脸上的痕迹搪塞，泾泾不行。她嘴不娇，吃什么都不过敏。泾泾还是回了娘家。泾泾出门前，何上游收回哀兵放出骄兵，要求泾泾对她手机里的可疑短信作出解释。泾泾冷笑，拒绝了。对何上游派遣的哀兵与骄兵都没买账。

冷战进行到第十二天，泾泾午休时，何上游用公用电话打她手机。接通电话后，泾泾想挂断。何上游说我病了。这句"我病了"没有铺垫，像百米赛道上的突然抢跑。抢跑更应该罚下赛道。泾泾没罚他。何上游没说谎，这几天，他的确病了。是种比较含混的病，牙疼。没被罚下赛道，何上游看到了希望，他重回起跑线等待新的发令枪声。泾泾不举枪，没有问候。也许，没挂断电话已算问候。没有来言，何上游的去语比较困难。主动告诉泾泾他的病况，他担心勾出泾泾的轻蔑。不给泾泾以轻蔑的机会，他就有理由相信，泾泾还关心他。你忘了明天什么日子吗？何上游说。没忘，泾泾说，可现在我没心情去对我的结婚介绍人说我婚姻多么幸福，我只能做到不埋怨她。何上游说我也没兴趣总去她家，可既然成规律了，权当例行公事吧。何上游说的是心里话，即使婚姻幸福，也不必年年对介绍人千恩万谢。对不起，我不认为幸福是公事可以例行。泾泾又想挂断电话，但这回礼貌些。还有事吗？哦，何上游呻吟似的说，你不想问问我的病情？不想，泾泾果断地说，我太了解你了，知道你从来都是病人，没健康过。何上游卡住了，他怀有的希望砰然破灭，像膨胀的气球被踩了一脚。泾泾，也许明天是我们最后一次共同去看赵老师了，你真不想善始善终？泾泾终于不再掩饰轻蔑。不想！既然善始不能持续下去，形式上的善终就毫无意义！

赵老师把何上游迎进屋时，何上游已为痛陈悲情做好了准备：思想上的，语言上的，表情上的，形体上的。同时，走向赵老师的过程，也是他强化某种期待的过程。如果她愿意调解他的婚姻，他大约不好作出回绝。赵老师看去病病歪歪，精神头不足。她没打听泾泾，嘴里只囫囵一句听不清的"你好"。何上游讪讪地问：导师呢？没在家呀？已萎回沙发的赵老师闭上了眼睛，再睁开时，竟有泪光莹莹闪烁：那个老色鬼，不要这个家了。

亲合

第六章

她说：

…………… 你们带给我的危险让我上瘾，

…………… 受伤害时，我都觉得那么享受

红丫！

你睡了吗？

哪睡得着呀，惦记死我了。你没事吧？自己吗？

没事。我刚到家，是我自己。

你一直关机。你应该再找个机会给我电话。我怕你有意外，都想报警了。

对不起，我知道你惦记，可我心里乱。我想过给你打个电话，可没打。刚才一开机，知道你挂了那么多电话，我恨死自己了。

不说这个了。你没事就好。你困没？我过去陪你？

不归……

你怎么了？

我不知道，我又想见你又怕见你。

嗨，你也说孩子话。在我眼里，你可是强人，跟斯大林一样，有钢铁般的意志。

不归，那是假象，其实我心里，软得像，像……

嘿嘿，软得，软得像个阳痿男人！好了小丫头，等我我马上过去。

由泰山花园到五里河新区，出租车得跑三十分钟。这三十分钟里，红丫先在大镜子前看自己裸体，拿手当试纸，反复研究分泌物，然后站到莲蓬头下，久久不离开。水流温热而又湍急，像把硬毛刷子，有力地扫荡她的身体，疼痛让她一阵阵哆嗦。她泪水和着洗澡水流。流泪应该与疼痛无关。她觉得她身上染上了腥味，就像从海里刚爬上岸，滑溜溜的藻类植物还缠在身上。她得洗净自己，模仿长虫蜕掉旧皮。她不想让胡不归闻到她往昔的气味。她以为，随着她离开大连来到沈阳，离开海滨来到内地，她早有了免疫能力，即使真有海藻缠身，那股咸腥的气味她也闻不到了。闻不到，它就无法渗入她肌肤，流进她血管，氤氲她周身。她错了。她对它仍无抵御能力。几小时前，金海泉一出现，她就头晕目眩。她提醒自己别被催眠。金海泉的声音和目光都是物化的实体，是通入她体内的透明孔道，能喷射出对她有催眠作用的海腥气味。她低头避开他的目光，没做到堵住耳朵不听他声音。海腥味重新感染了她。金海泉又一次从水里爬出，把沙滩上的脚印踩到她身边。他挨着她躺下，一条条地，把滑溜溜的海带搭她腿上肩上，好像她是一只小小的海货晾晒架。他干扰了她背诵校长爷爷教过的诗：令我迷醉的海洋的气息……你看你，那么烦人。他傻呵呵笑，从下往上来回看她。我就是海洋的气息，金海泉说，你迷醉了吗？他把玩她的一只小脚，像掂量一只刚摸到的海螺。红丫低头，鼻翼抽动，闻垂在她肩头的一条海带。不能说"是"，她说，你哪能"是""气息"呢？你可以说你"有"……金海泉说，就是"是"，就是"是"，海带是"有"，我偏是"是"，不信你别闻海带，闻我……她不想闻，他强迫她闻，她拗不过他就闻了他。她没以为在他身上闻闻有什么不妥。她鼻子贴近他的胸口。催眠开始。红丫发

亲合

现，整片海洋咸腥的气味，在金海泉身上，的确以"是"的方式存在着，那气味，跟海带的"有"很不一样。真好闻。红丫不明白，十岁前他们天天玩在一起，十岁后他们每个暑假都一起玩，可以前怎么没闻到呢？海腥味发挥了催眠的效力。红丫很想睡上一觉，就在金海泉怀里。她的梦已先于睡眠被做了出来。她挣扎着摆脱梦境，想直起身子堵住鼻孔。来不及了。金海泉的身体出现了反应，他的泳裤因膨胀而显得更小。红丫……金海泉侧身，把海带与红丫一并抱住。你松开我我不闻了……红丫的挣扎剧烈起来。要同时摆脱梦境和金海泉，还真困难。把他们缠在一起的海带就是锁链。她谁都摆脱不了，只能在金海泉的控制下，一点点地变闻为吻。她的脸被金海泉压向裆间。金海泉的泳裤滑落下去，起不到任何束缚的作用。啃它，像啃红薯那么啃，你啃它我好受……金海泉气急败坏地指挥红丫，好像红丫损坏了他的什么宝物，他愤怒地责令她修复和赔偿。红丫的大脑完全空白。他们曾有许多亲密接触，从来不含性的意味。他们的对视，依偎，搂抱，贴脸，在此之前，一切都是兄妹式的。这一刻，他们的友谊转化了性质，一次口交，成了一对少年人懵懂性爱的突兀开端。红丫再缺乏性的经验，也知道口交不属于常规的性爱表达，常规的性爱表达应该随后出现。她下意识地夹紧双腿，护住阴部。她的发育刚刚开始，黑亮的绒毛才长出几根，与她这个人同样瘦小。她保护阴部，似乎为防止萌芽中的绒毛受到伤害。金海泉没伤害她。他虽然冲动地伸出了手，可他坚硬的手指由于畏缩，落到她身上时，竟比海草还要柔软，只在她双腿间抓挠几下，就放弃了进攻。他知难而退了。红丫感受到被体贴的幸福。不必对伤害加以防范，红丫的身子松了一下，还主动回到梦境之中，主动地，以亲近平复金海泉的冲动。金海泉难抑的冲动已无法平复，一股灼热，骤然燃烧在她的嘴里，继而，又沿着她嘴角挂上她腮边。她的眼泪流了下来，两股灼热混为一体，涂了她一脸。金海泉是男人，能先于她从梦中醒来。他抱紧红丫，在她脸上揩抹。对不起红丫，没事的红丫，金海泉说，男女在一起都这样，我和同学去过录像厅，我看过外国人……红丫眼睛紧闭，推开金海泉为她擦脸的手，以自己探出的舌头替代金海泉的手，细细品咂嘴边的灼热。海泉，她说，海泉，她紧抱住金海泉一条长腿，像溺水者抱住半截救命的桅杆，我承认你"是"海洋的气息，我承认……如今，海洋的气息又飘来了，仍裹挟着半截桅杆。红丫像当初一样，试图抗拒。也真抗拒了。同样像当初一样，她未能抵抗住金海泉目光与声音的催眠，然后，主动走进了梦境之中。

随金海泉去新洪记饭店时，红丫意识到胡不归一直跟着他们。她脑子发昏，身不由己，想不出针对胡不归该做点什么。就不想，让胡不归成个与她无关的路人。幸好，漫长的晕眩中也能间或清醒，比如，金海泉某句不经意的话，就具有催眠和唤醒的双重作用。我两小时前开始打你电话，一直关机，去小区门口等你，只为碰碰运气——嘻，也没光傻等，还在小区门口那个球台上玩了一局，赢了……哦——红丫不知道说什么好。金海泉是台球高手，读大学时为打台球，期末永远需要补考，但他的零花钱永远比别人多。他赢多输少。他撅着屁股打台球的样子性感无比。红丫不看金海泉屁股，也不看他眼睛。没电了，她说，同时去包里触摸电话，似乎想拿出来让金海泉验证。先于电话，她摸到了裤衩。她僵住了。她没掏手机，防抢似的抱紧小包，又用小包压紧裙子。她感觉到了裙下的空旷，也记起了进饭店后，再没看到胡不归身影。她环顾周围，站起来，对金海泉说去趟厕所。金海泉低头检索菜谱。她故意走下二楼去一楼厕所，以消失在金海泉的视域之外。一路上，哪儿都没有胡不归身影。红丫左顾右盼，拿出手机按开机键。从她按开机键的地方到女厕所约四十步，这四十步里，秘书台的信息接连跳出，短信的低鸣声响个不停。提示的

亲合

都是来电信息：七个来自金海泉，三个来自胡不归，另三个来自其他三人。红丫钻进女厕所最里边的一间隔断，没立刻拨胡不归电话。给胡不归回电，应该是此刻的首要事情，她最惦记的，也的确是胡不归。她无力按键。她想哭。她闭紧眼睛憋回泪水。泪水回流，内化为一层薄汗敷到她身上。厕所不热，闭眼也算不上做健身操。她要求自己冷静，先穿好裤衩。下午和胡不归出门时，胡不归不仅不让她穿裤衩，还反对她把它塞进包里。她作了坚持，没全听他。裤衩这类东西，不穿也应该带在身边。就像钱，不买东西，出门时兜里也不能没有。她坚持对了，这条酱紫色蕾丝透明三角裤，至少能解除她一半窘迫。穿好裤衩，尿感又袭来，她继续有理由不与胡不归通话。她重把裤衩褪回大腿。蹲下撒尿时她审视手机，好像她不慎磕碰了它，得赶紧看看它有无外伤。没外伤。还需要检查它有无内伤，是否好用。她就检查了，把手指按到拨出键上。似乎她本可以不打电话，打，只为了解手机的伤情。电话里还没传出振铃回声，胡不归已经接通了电话，他说他在饭店门口台阶上呢。他就是金海泉，红丫说。我猜到了，胡不归说，他把你领哪儿去了？我进饭店转了一圈，没看到你。你回家吧，没事，红丫说，他来出差，我不好立刻打发他走，陪他吃个饭。胡不归说，你可控制好，别让他喝多了耍酒疯呀，我隔一会儿就给你挂个电话行吗？不用不用那不好，红丫说，我说手机没电了，接你电话就成了撒谎，我得关机。缓口气，红丫又说，你放心，他不是耍酒疯那种人。红丫回到餐位，点菜的服务生已经离开。金海泉目不转睛地凝神看她，表情迷人但难以捉摸，像个容易感伤的老人在表达由衷的思念，又像个顽童刚以恶作剧戏弄别人正幸灾乐祸。红丫低头，通过对他表情的感觉，分解他脸上包含的具体内容：热烈？温柔？慈爱？疯狂？羞涩？愧疚……为什么唯独没有疑虑？快四年了，还有过波安温泉的逃亡之夜，可他仍相信她还爱他没爱别人，或者，也爱了别人，但只要他张开双臂，她就能抛下别人重回他怀抱。他的自信更具摧毁力，把她所剩无几的选择能力也击垮了。她无所适从，眼睁睁看着那个富有侵略性的海洋的世界，再次闯入她的宅门，占据她空间，破坏她秩序，左右她的思想与行为。她又恨又怕，却无奈。她身体里渐渐充满了他，仿佛他是她腹中的胎儿。

对不起不归。

怎么了？

我身上沾了他的气味，我不干净了，我上他床了。

红丫……

他没强迫我，是我自愿的。我不知道我怎么了，想离开他就是迈不动步。开始我一直和他保持距离，他没怪我，我说我现在有男朋友，他说他理解——我能说得细一点吗？

你说红丫——不哭不哭我搂着你呢，说吧，说出来能好受一些。

对不起不归，真对不起……他说，他不看重单纯的性器官的媾合，他说任何两情相悦的以色情方式展开的交流，像亲吻、拥抱、抚摸、甜蜜的话语或深情的凝视甚至与之相应的文字表达，都应该被视为完美的性事。他说他不会勉强我为难我，如果我拒绝接受他身体，能接受他其他方式的性表达性欲念，他也满足……不归，他的话让我没法把持自己，我是荡妇婊子，是下贱女人——也许与泪水的洗涤有关，红丫的眼睛显得空洞，它固执地凝视着面前墙壁的某一个地方，好像最终能看穿那里。这时的她，是一个被遗弃在废墟里的孤单女孩，害怕到了极点。但由于身旁堆满了她喜欢的洋娃娃、花手绢、彩色丝线和卡通画片，她的害怕就不真实，带有强烈的幻想意味。她相信只要能看穿墙壁，妈妈就能进来救她。

红丫……

不归，你不用解释你并没介意。

真的，我真没介意，只要你觉得……

我觉得高兴是吗？开心是吗？可我一点不高兴一点不开心。我不是你，不是男人，我做不到和任何异性上床都开心高兴！

红丫，不说这个……

对不起不归，我心里别扭我只能跟你说。除了金海泉和你，我还和五个男人好过，既有一夜情也有一年情，可我觉得，我真爱的就是你俩，虽然和你认识后，今天之前，我也上过别人的床，可我觉得，我心里爱你，就一点没觉得是背叛你，是对不起你……你让我说。我真没你想象的那么强大，我有无数心理垃圾。你不介意我上别人床，也许真是你看得开，真克服了爱情中的占有欲，尊重每个人享受自己身体的权利。那是你境界高。可我不行。我希望我行，却就是不行，我会吃醋会妒嫉会难受。我更愿意认为，你不介意我是因为你也上了别人的床，而你比其他男人讲理的地方在于，你对人对己标准一律，不自己州官放火，却干涉百姓点灯。但不论怎样，我都觉得你好，都爱你。我很少说"爱"这个字眼。我嘴硬。可我知道我多爱你，想你的时候，我常常心疼，挨了一拳那种疼法。有你之后，我最大的希望是变成琴心，甚至希望琴心看上别人离开你，或干脆死掉，我好嫁你。不好意思，我知道你没老婆也未必娶我……我和金海泉快四年没见了，我以为我对他早没了感觉。可在小区门口，我一听他喊我，脸还没扭过去呢，我就知道，以前我在骗自己，其实我一直等他找我。不归，这几个小时和他在一起，我一直想恨他。他伤过我感情，伤过我身体，伤过我面子，伤过我自尊，他的伤害让我放纵——我现在知道，健康的放纵是尊重生命，放纵本身没什么对错，这是你教我的，身体就是感受和享受的工具；可金海泉带给我的是自毁式放纵，那种放纵里没有自我。但没办法不归，我什么都明白就是不恨他，最可怕的是还爱他，好像比爱你还爱他一些……不归，和别人在一起，我知道我心是属于你的，就觉得没什么；这回不一样，这回我不光身体，我的心也属于他了，我对不住你……

他想，娶你？

并不是娶不娶那么简单的事。不过他确实想，他恨不得立刻娶我，我今天同意他明天就能把花车开来……不归，我嫁别人，也许还有勇气和你来往，但嫁他，我觉得就必须失去你了——不对，我这样说也是给你压力。有这成分，但主要是，他太像风了，你知道它吹你却抓不住它——也不是他不负责任，不把你当回事，是他跟这世界的关系太不规范，太不确定。你也这样，可你更理性，因为你比他大一轮吗？你们身上的这种东西魅力无穷，让我害怕又让我着迷，好像跟你们去死都很刺激。别怪我把你和他放一块说，我就是喜欢你们这种类型。你们带给我的危险让我上瘾，受伤害时，我都觉得那么享受……

你想嫁人了，特别想对吗？

好像是这样。以前我可能在自欺欺人，今天我一下明白了，其实我太想有个丈夫有个家了，我和别的女人没什么两样。你笑话我了？

没有红丫，我怎么会笑话你，我在想，你嫁金海泉是不是合适。我不是光为我想，怕你嫁他就不理我，谁都不嫁你不理我也很正常，你成我老婆了然后再不理我也很正常。我想的是，嫁一个你那么爱的人，他又那么不确定，我担心你还会受伤。我愿意你的丈夫能规范点，能正常点，能像对孩子一样捧你哄你，而你可以胡闹犯浑耍无赖。我觉得，排除一些浪漫的东西，对于漫长的婚姻生活来说，从为自己着想的角度考虑，找一个爱你多些而你爱他少些的丈夫，可能更合适你。这话太绕，你明白我意思吗？

我明白不归。我好受些了不说他了。我太困了我得睡了，我想躺

　　　　　　　　　　　　　　　　　　　　亲合

你怀里睡。

好的我搂着你你闭眼睡吧。

那你，能先对我说句假话吗？

假话？说什么假话？

说你，还喜欢我，还……爱我。

哦，傻丫头，你这傻丫头，我当然爱你，这是真话……我爱你！

　　　　一条蛇穿过岁月　行于梦中

　　　　我的生命遂成伊甸之园

　　　　夜一般舒展

　　　　昼一样明媚

　　　　敏感的花朵从此绽开为永恒

　　　　蛇的潜行那样优美动人

　　　　如一张弓划出峭拔的弧度

　　　　奏出琴的韵律

　　　　奏出天国的妙音

　　　　在强与弱中

　　　　在快与慢中

　　　　在急与缓中

　　　　激活我浸润我覆盖我

　　　　我的血液我的骨骼

　　　　我的每一寸肌肤每一个细胞每一只

　　　　毛孔

　　叶芊芊声音薄，朗诵时，努力做厚，像借用别人的声音，至于别的，充沛的感情和顿挫的节奏，属于她自己。红丫不喜欢这种表演高于语言的朗诵，不敢看叶芊芊。她身旁的诗人悄声说，不错，有虹云的味道，然后又说，你太小，虽然叫红丫，但不会知道虹云是谁。显然，作为诗人，他敏感于文字并且幽默。红丫冲他笑笑，没吭声，没说虹云来辽宁作朗诵讲座时，她采访过她。一来没有解释的必要，再一个，更主要的是，朗诵现场需要安静，出声说话是制造噪音。红丫担心她的笑也会鼓励诗人的敏感与幽默，就往前坐，手扶在桌上，偏头琢磨叶芊芊丈夫。叶芊芊的丈夫和别人一样，安静而专注，但不像听诗，像听讣告。他五官扭曲，欲怒欲恨，似乎那讣告写的是他，可其间充满不实之词。他没起身离席，没制止妻子。叶芊芊那种演员的而非诗人的虹云诗歌朗诵法，遵照的正是他的指令。把它念一遍，此前他对妻子说，诗这东西，念念才容易暴露问题，他后一句是对众人说的。他没用"朗诵"这个词。叶芊芊的"念"是标准的"朗诵"。叶芊芊朗诵完了，面色潮红，目光迷离，仍然沉浸在诗意之中。她丈夫咬着牙问身边的律师，这算不算证据？律师把目光投向诗人，用眼神提出同一个问题。律师是叶芊芊丈夫一个朋友的朋友，诗人是律师的朋友。诗人把叶芊芊朗诵过的诗拿过去，嘟嘟囔囔又叨咕一遍。他这叫"念"。他是念给自己听的。弱了点，他说，不过一个二十二岁的残疾女孩能写成这样，也不错了。他从鼻梁上摘下花镜，一下下点着A4打印纸说，《蛇行梦中》，诗题挺好。可以让她凑出一组，回头我带给《鸭绿江》的诗歌编辑柳沄，看看能不能挑几首发发……叶芊芊丈夫不满地看他朋友，他朋友捅律师，律师从诗人手里把A4打印纸拿回手里，瞪着眼说，老兄呀，我的普希金歌德李白郭沫若呀，我请你来不是为鉴定这诗写得好坏，是想请你判断一下，这是不是一首写性的诗。诗人也像叶芊芊一样，在《蛇行梦中》的诗意里迟迟走不出来。我主张万事皆可入诗，他摇头晃脑，性的激情性的朦胧性的奇妙性的幻美，从来都是最佳的诗歌素材……律师不再理睬诗人，

亲合

声音很大地问叶芊芊的丈夫：还有什么？

《插上诗歌的翅膀飞翔》在《尚女》发表后，反响很好，叶芊芊的丈夫以此为敲门砖，几番回张集活动，通过关系找到市里领导，请他们肯定外甥女的文学成绩。最初找的关系不太接洽，市里领导说写几句诗算什么成绩，写诗能写出GDP吗？可不能再搞"文革"时小靳庄那一套。后来找的关系比较接洽，领导就改了说法，说毛主席夸丁玲一枝笔能顶三千毛瑟枪，要我看呀，斯菲那些宣传先进文化的诗，就是GDP的火箭助推器。领导说话就好办了。叶芊芊的丈夫继续活动，很快，宣传部安排文联及各新闻单位，为斯菲开了作品研讨会。研讨会由张集酱菜厂赞助，与会者每人得到一箱六瓶精制的酱菜礼品。红丫的酱菜拿回来后，给胡不归两瓶，给冯顺两瓶，给何上游两瓶，自己留下那个漂亮的酱菜包装箱，垫一盆肥嘟嘟的仙客来。领导肯定，新闻报道，作品研讨，都不是叶芊芊丈夫的最终目的，它们负责为抵达最终目的清障开道。障清了道开了路就好走，又过些日子，叶芊芊丈夫眼中的最终目的显现出来。人事部门和文联都吐了口，可以为斯菲特批编制，让她当专业诗人。举家欢腾！斯菲能有终身饭碗，诗歌就真成GDP了。正在这时，斯菲怀孕了。

诗歌是个奇妙的东西，不光有可能转化成GDP，还可能创生出DNA。斯菲孤单，在网络上活跃以后，依然孤单，她交流的对象是匿名者，是些远在天涯海角的代码符号，日常生活中她没朋友。《插上诗歌的翅膀飞翔》让她飞了起来，至少让有些人飞向了她。她接到几十封读者来信，其中有懂医的懂轮椅的懂诗的热心人，为她的身体和生活中的忠实伴侣以及精神上的唯一寄托出谋划策。他们中，大部分人没有长劲儿，把冲动的同情之信放飞出来就停止飞翔；也有个别人飞得有韧性，不仅坚持放飞电邮电话，还让自己这个人展翅飞到斯菲身旁。一般节假日之外的白天，家中只有斯菲一人，她接待过谁，不说别人不会知道。但有了朋友斯菲高兴，愿意与爸妈谈论访客，至少最初愿意。是谈论几回后，见爸妈对她诗意的感慨抒情没大兴趣，才闭上嘴巴。爸妈从性格到爱好都不诗意。他们也感慨抒情，感慨和抒情也不诗意：他们以骂街的方式感慨，以哭喊的方式抒情。有一天，比家族中其他成员诗意的叶芊芊随丈夫去大姑姐家，与外甥女聊天时，感觉到外甥女有了变化。什么变化她说不好，能说好的，是外甥女枕边的布艺大熊猫变成了洋娃娃。她委婉地绕来绕去，终于了解到，斯菲的上一次月经是五十天前来的。她向大姑姐汇报，建议她领斯菲去医院检查，至少，得买支试孕条自检一下。大姑姐没骂她，但阴着脸说，读书的人心更邪性。叶芊芊没使性子翻脸走开。在家族中地位举足轻重的叶芊芊的丈夫也是读书人。一番软硬兼施后，不用去医院，不用买试孕条，斯菲怀孕的事就清楚了。斯菲已经自检过两回。斯菲承认，让她怀孕的正是《插上诗歌的翅膀飞翔》给她带来的访客朋友，他爱她，她更爱他，她准备瞒着他生下他们的孩子。她知道他不会娶她，她也没想让他娶她。他叫什么，多大了，长什么样，哪儿的人干什么的，有无婚姻，试孕条是谁帮买的……斯菲一概拒绝透露。

这时候，斯菲的爸妈除了骂街和哭喊，进行非诗意的感慨抒情，再就不知道怎么办了，他们把对女儿的处置权全权下放给叶芊芊夫妇。你们是读书人，他们说，脑子灵办法多，你们说咋办就咋办吧。他们不再计较读书人的心思。因为斯菲拒绝人工流产，他们只想出一个办法，弄死她。贡献这个办法的同时，他们也说救救她吧。"弄死"和"救救"两相抵触，他们等于没贡献办法。下一天周一，叶芊芊两口子分别跟单位请了假，留在张集紧急磋商。叶芊芊的办法很简单，也是一条，即做通斯菲工作，去医院人流。叶芊芊说，斯菲不是糊涂孩子，她现在是走进死胡同了，只要我们尊重她隐私，不指责她污辱她，再给她讲明白，记录爱情的方式有千种万种，不独独是生孩子一种，而最主要的是，要告诉她，像她这样一个自己生活都不能自理的人，再生个非婚孩子，不光是对自己不负责任，更是对亲人和社会不负责任，而责任感匮乏，是比影响家人脸面和违背道德习俗更严重的问题。叶芊芊说，如果实在说不通她，就咨询一下，以欺骗手段做药流有否可能。叶芊芊的丈夫没完全否决妻子的意见，但他认为，那是不得已时的下策，在此之前，应该有一些可能获利更大的办法值得尝试。叶芊芊的丈夫以商人的头脑思考问题。他不是商人，是党务工作者。他从电脑里找出斯菲的近期诗作。他更希望找出斯菲的往来信件，没找到，也未能破译斯菲的信箱密码与QQ密码。他没像他姐姐姐夫那样试图动粗。斯菲残疾数年，常有悲观念头，粗暴可能把她逼向极端。他悄悄把斯菲的七首近作拷入U盘，打印出来，让叶芊芊帮他解读琢磨，他则拎着挂历，请姐姐姐夫展开回忆，还原斯菲就访客情况说过的一切。男的吧，好像有……姐姐姐夫一边绞尽脑汁，一边互相责备，都说对方对女儿漠不关心外加漫不经心。还有个沈阳的，也写诗，姐姐说，对，姐夫补充，还挺有名呢，名字跟戏里的佘太君差不多。"沈阳的""佘太君"还"挺有名"，这相对好找。一个半小时后，叶芊芊的丈夫接到朋友回电，朋友说，他有个律师朋友认识个诗人朋友，那诗人朋友说，沈阳诗人里，有个叫佘军星的小有名气，三十出头，离异无孩，在家广告公司做文案工作。佘军星是颗耀眼的星，斯菲近作中，那首名为《蛇行梦中》的诗被它骤然照亮。

"蛇"还"行"——就是这个佘军星，破坏了斯菲的宝贵贞操，玷污了她的圣洁，毁掉了她的清纯。叶芊芊的丈夫宣布侦查结果，所用语言比他姐姐姐夫诗意很多。

挨千刀的流氓，让他赔钱！斯菲的妈妈咬着牙叫。

没王法的混蛋，找他领导！斯菲的爸爸瞪着眼喊。

你不能这么武断，叶芊芊对丈夫说，你这证据太牵强了。再说了，即使那男的真是这个佘军星，我们也得从斯菲的角度看他。斯菲说爱他，说他没强迫她，都是她自愿，而且，她说那男的——假设是佘军星，给了她最美好的快乐和幸福，她说她永远感激他……

叶芊芊的意见吃里爬外，其他三人的批判转向了她，好像她的观点是一枚精子，野蛮入侵了斯菲子宫。叶芊芊离开他们逃进斯菲房间。这时斯菲没在房间，她正由小表妹，也就是舅舅舅妈的女儿陪着，在附近公园晒太阳呢。

丈夫的对策很快成熟，他来斯菲房间通知叶芊芊，午饭后返沈。我在圣宴酒楼定好包房了，他说，晚上约几个人一块议议。他意思是，这事应该慎重对待，多方听取各种意见，以保证出手就是重拳，能将佘军星一举击垮。这时的叶芊芊丈夫，是纯粹的党务工作者。你真恶心，叶芊芊说。但她还是顺从了丈夫，通知红丫晚上六点共进晚餐。她没好意思点明主题，只说斯菲怀孕了。这丫头幸福得好像已经当上了妈妈。她这么说。

到圣宴酒楼不足半小时，主题即呈现在红丫面前：先以道德和法律相要挟，再以宣传报道诗歌伉俪为诱饵，争取让佘军星娶斯菲为妻。红丫想告辞，被叶芊芊拉住了。诗意的叶芊芊已回复为她丈夫的妻子。

戴珊珊喜欢刺激，热衷冒险，据她自己说，从来月经那天起，她对生活的好奇就集中在性上。她十三岁半来月经。没影响学习是因为我聪明。后来她又说，所有男人都把她视为尤物，却又让她在爱情中受伤，也因为她聪明。男人可悲，是低劣生命，他们害怕女人聪明，她告诉红丫，不信你看看那些优秀男人，他们最终接受的，都是让他们瞧不起的愚蠢女人。戴珊珊能看破世事却绝不妥协，对一切约定俗

　　　　　　　　　　　　　　　亲合

成天然合理的东西都持怀疑态度，并身体力行地叛逆破坏。她曾建议红丫和她搞同性恋。那时红丫不懂同性恋，异性恋也稀里糊涂，虽然和金海泉好，却不太能确切地从性的角度区分她对男女两性的兴趣差异。她只懂友谊。拒绝戴珊珊是本能反应。恶心！她骂她。她坚持，戴珊珊坚持。搞搞试试吧，戴珊珊苦口婆心，我也觉得恶心，可老外都喜欢。红丫渐渐被说动了。她们相信外国的月亮比中国圆。她们搂在一起，一丝不挂，忙活了足有一个小时，到处抚摸，到处亲吻，到处挨挨磨磨像挤热线公交。主要是戴珊珊抚摸亲吻挨磨红丫。戴珊珊投入地体验同性亲热，态度认真动作规范，如同首次上岗的肉联厂工人。红丫也想那样，却不行。戴珊珊越努力，她越忍不住笑，还渐渐躲到三米火炕的一个角落，好像躲避戴珊珊胳肢。戴珊珊只好中止她们的"爱情"。事后她们一致认为，女人和女人"那样"没意思，还是和男人"那样"好玩。那时戴珊珊已做过人流，让她怀孕的，是个新婚不久的历史老师。那老师后来也教过红丫，教红丫时，他妻子生的孩子一岁多点。红丫推算，他在妻子和戴珊珊肚子里播种的时间大体相同。戴珊珊无权让种子长成庄稼。当时红丫还是处女，虽然和金海泉常常"那样"。

两性世界风景诡异，绵延无际又错综复杂，置身那道风景线上，戴珊珊是个以本能为向导的旅行者。她的本能是不停地爱上历史老师那种已婚男人。一般来讲，上路之初，她能坦然接受现实，接受这次男人有退路她无退路的情感跋涉。她把这视为自由平等的双向选择。她不抱怨她的快乐只能埋藏在地下，不计较男人的身体与感情不能独属于她。是上路以后，走着走着，她的思想指向和行动目标会发生变化，会质疑旧有的游戏规则。这时候，如果她意识到自己已不适应陈规旧矩，能迷途知返主动退却，想来事情也还简单。可她不行，一进入那个状态她就钻牛角尖，像个偏激的赴死之人。她不撤退，一味强攻，以蛮力改变行进路线。改变不了。被改变的，只能是她和男人间原本相安无事的和睦关系。她通过各种方式发动反攻，以收复失地，并在战斗中验证自己的价值和重量。男人早已习惯了从最初倾斜的合作契约中享受益处，这时见她意欲将那倾斜的支柱扶正过来，心有不甘，便一面全力维护自己的既得权利，一面指责她前后矛盾心口不一，以"玩不起就别玩"这种话伤她。根本性的冲突不可收拾。有退路的男人成了穿鞋的，无退路的她成了光脚的。俗话说光脚的不怕穿鞋的，她不在乎与男人和他们守持的婚姻拼死一搏。可两性冲突中，"光脚的不怕穿鞋的"不是有效逻辑。有鞋在脚上，进可以攻退可以守，踩碎玻璃都不怕扎；光脚上没有鞋的保护，走柏油路，被磨破硌伤的几率都大。她也希望汲取教训。每结束一次鞋脚之战，她都反思检讨，都决心不再重蹈覆辙。至少有三次，红丫陪她度过失恋加战败的绝望时刻时，她指天盟誓：再爱已婚男人我是婊子养的。她妈红丫很熟，是个愁眉苦脸的刻板女人，退休前是纺织女工，三十岁守寡后，估计恋爱都没再谈过。红丫曾问戴珊珊：你妈是不不喜欢男人？戴珊珊严肃地思考一会儿，认为有这可能。不过，她补充道，女人她也没喜欢过。戴珊珊不信守诺言，每回伤好后，爱的仍是有家男人。她刻板的妈妈，反复被她咒成婊子。

珊珊，别再玩火了，红丫曾经心疼地说，它能烧死你呀。

你不懂红丫，戴珊珊近于悲壮地说，不让火烧死，我也得冻死。

后来红丫不再劝她。她爱的并非哪个具体男人，而是那种鞋脚关系。

她没被冻死更没被烧死。二十九岁那年，她改变了历史。在一轮她并不投入的鞋脚关系中，外贸局一个日文翻译的妻子成了她手下败将，她成了那日文翻译女儿的继母。

戴珊珊是专业青少年心理辅导师，与红丫就读过同一所高中。她们不是同学，是朋友，红丫高一时戴珊珊高三。她们的友谊持续八年。红丫离开大连来沈阳时，与此前的所有朋友都断了联系。那些朋友没为缝合她切断的联系纽带作过努力，包括戴珊珊。大连与沈阳不隔千山万水。但这天中午，红丫刚放下金海泉电话，戴珊珊电话就打了进来，她说她马上到沈阳北站。如果当时没在胡不归家，红丫可能会撒个小谎，比如，说她正在外地出差，说咱们又联系上这太好了，我回大连一定找你。红丫不想与旧友再续前缘，包括戴珊珊。可她当时在胡不归家。在胡不归家，也不是她与戴珊珊叙旧的理由，是在胡不归家刚接个金海泉电话这件事情，让她一时乱了方寸。她又闻到了海洋的气息。海洋携带的咸腥气味，近来常常会袭扰她，有时能诱惑她，有时不能，有时那诱惑没来她渴望它来，有时它来了她又拒绝。刚才金海泉是在开会的地方，打酒店电话，她预料不到那是诱惑，想不想拒绝都没意义。在胡不归的床上接受金海泉诱惑，红丫内疚。她就没推开戴珊珊，而是通过接纳她来利用她。暂时避开胡不归能缓解内疚。

我给你说过这个戴珊珊。红丫急匆匆地梳洗穿衣。唉，去见她吧。她的口气，倒像不情愿去，只是胡不归逼她去她不好违命。

胡不归哦哦点头，捧着刚煮好的速冻饺子迟疑一下，还是放到床头柜上。他意思是让红丫垫补几个。红丫见到戴珊珊，至少还得一个小时，找饭店等菜也得时间。此前他们一直做爱，红丫肯定累了也饿了。做爱时的红丫像只蚂蚁，那么小，却那么努力，像在搬动面包屑之类巨大的东西。红丫吃了几个饺子。吃饺子可以只看饺子，不看胡不归。她也知道，她与金海泉通话，胡不归不会有不满的表示。况且，刚才电话一响，胡不归已立刻下床离开了卧室。红丫感谢胡不归有这个习惯。他抽烟或撒尿，喝水或扭腰，清洗身体或煮饺子，待的地方都会远离卧室。胡不归不一定知道，来电话的是金海泉，更不一定知道，他没在卧室这段时间，红丫接了两个电话。红丫自己知道。

她们碰头的饭店距五里河新区不远。戴珊珊不啰嗦，开门见山地告诉红丫，她想在她家住两三天。白天你上班时，可能有朋友来和我谈事，她说，男朋友，她补充说，我自己带了床单被罩。戴珊珊的话再明白不过：第一，这两三天的白天红丫不应该在家；第二，除她之外，还将有男人使用红丫的床；第三，她的讲话方式表明，她不是和红丫商量，是宣布决定。红丫只能接受决定。她和金海泉，无数次借用过戴珊珊宿舍，没自备过床单被罩。欠下的债早晚得还。红丫低头看餐桌上的塑料台布。塑料台布以明黄色为基调，素花淡叶，有点像她的某条纯棉床单。她没说床单，她说，你怎么也虚头巴脑。她意思是，你何必为做爱找"谈事"的借口。她已经知道，婚后这几年，戴珊珊与丈夫感情很好，她以为她是为婚外情感到愧疚。嗨，私通有什么可愧疚的，又不是坏事。戴珊珊以"私通"这个时下近乎生僻的字眼，消除红丫对她的误解。以前我也没觉得私通不好，但以为它只是男人的特权，戴珊珊认真地说，是结婚后，我才明白，私通更是解放女人，甚至对女性意义更大。戴珊珊和红丫一样，不喝啤酒只喝饮料。你想想，母系社会结束以后，男人就成了社会主宰，男人一花心，纳妾呀嫖妓呀包二奶呀找情妇呀怎么都行，女人呢？不说女人受不受丈夫冷落，性欲能不能得到满足，就算没受冷落，也满足了，可面对日常生活的本质性乏味，难道心就只该素着？完全是混蛋逻辑，没那道理！但男女又的确有别，比如女人去嫖，找鸭——我没找过——就是不舒服。嫖跟一夜情不一样，除非有什么功利目的，否则，女人的一夜情里也有喜欢；男人就不一定有。所以呀，私通是女人反抗乏味生活保持生命活力的……戴珊珊除了大道理，还有她丈夫的具体例子。是论及个体性能力差异时，她把她丈夫抛出来的。像他，对我倒哪儿哪儿都好，可十来天才一次，还得我主动，这不变相

　　　　　　　　　　　　　　　　　　　　　亲合

虐待吗。红丫提醒戴珊珊小声,没问她与那日文翻译"私通"的时候,十天几次主动方是谁。我也不是光从性欲出发,戴珊珊说,私通也讲感情呀。婚姻也与感情有关,可它更是经济联合体繁殖合作社,它没道理成为感情的桎梏。对男人来说,包二奶是养宠物,嫖娼是手淫;对女人来说,接受包养是卖淫,找鸭则是掩耳盗铃,相当于隐瞒年龄。在所有样式的两性关系中,只有私通,不论对男还是对女,才真正是各自独立又彼此吸引的精神与肉体的双重结合。怎么说呢,它的妙处,应该像读一本内容丰富又曲折复杂的小说:双方都渴望进入对方的世界,但独立与平等,又让这进入缓慢艰难,而缓慢艰难,才能为进入的过程增添魅力。独立平等最好,它能让精神和肉体最大限度地摆脱功利,剥去虚饰,远离污染。其实私通很纯洁呢……压迫喉管的表达让戴珊珊压抑。没办法,她阐述的内容不宜广告。她抻了抻脖子,把她的话题又绕回前边,解释她"谈事"的说法不是虚头巴脑。她说她真的有事要谈。最近,省教育出版社给她出本书,是供小学生家长看的那种,她这次来沈阳,就是要与教育厅的某个头头商量一下,能否以教育厅名义发个文件,要求全省各小学向学生家长推销那书。这期间,她们也说了别的,说了红丫的不辞而别。重色轻友不是毛病。戴珊珊没指责红丫,她认为,红丫来沈阳是为男人,而那男人怕见阳光,拐带得红丫也成了老鼠。她进而猜测,是红丫先有了别的男人,金海泉才去的日本,出国是为逃离伤心之地。她也说了,她是从金海泉那儿知道红丫近况的。她没细说她怎么遇到金海泉的。

操,女人真麻烦,胸脯子上总得热乎乎地弄两块海绵。离开饭店,进小区上楼,一进屋戴珊珊就要先冲个澡,靠近窗口脱衣服时,窗帘都没拉。红丫拉的。深秋的季节室内不热,凉飕飕的。戴珊珊裸身站在红丫面前,问红丫她身材变化大不。妈的,这些赘肉,长胸上多好。她身材挺好,没赘肉,但一对乳房的确偏小。她恨她乳房,说它是她身上唯一的缺憾。还是男人好，家伙再小，裤裆里也不用塞点什么。

不算在饭店用去的四十分钟，从进屋算，几分钟工夫，戴珊珊就通过裸体、自嘲、讲粗话，把她与红丫中断的友谊缝合起来。红丫心生亲近之感。旋即冷静。冷静能化验出戴珊珊的表演意图。她没想过，戴珊珊在她面前也会表演，她一直因戴珊珊给予她的坦率真诚不含杂质而感到荣幸。坦率真诚，是戴珊珊性格中的最大亮点——还有聪明。她不滥用那种不含杂质的坦率与真诚，对许多人，对大部分人，她出示包装过的坦率，伪造过的真诚。现在，冷静也让红丫理解了自己，为什么离开大连抛弃戴珊珊后，她没想象的那么痛苦。也许她已早有直觉，戴珊珊表现给她的坦率与真诚，并非总那么不含杂质。她略感释然。

她们又凑到同一张床上。洗完澡的戴珊珊裸身钻进被里，靠着床头；穿衣服的红丫缩在床边的大圈椅中，腿搭床尾。都没亲近的意思。自从她们"同性恋"后，又有过许多次同床共眠，她们都没再超越友谊。和以前一样，她们在一起，戴珊珊说，滔滔不绝；红丫听，安安静静。有一点和以前不同。以前听戴珊珊说，红丫是学生，目光专注地追随着老师，似乎如饥似渴；现在学生大了，出徒了，已学会了一心二用，听讲时，不妨也顺手干点别的。她就干了。干有些别的是轻慢人，有失礼之嫌；那就翻书。有一搭没一搭地翻戴珊珊出版的著作，能把不耐烦巧妙地掺杂在礼貌之中。

《说给女儿的知心话——小学生心理教育读本》。戴珊珊的专著分为七章，配有活泼的插图，一百八十七页，定价十五元。在书里，三十二岁的戴珊珊以母亲的口吻，通过生活中的轶闻趣事，为虚构的女儿作心理辅导。虚构的女儿名叫娜娜，十二岁，刚刚经历过月经初潮。书的前勒口上，有戴珊珊搂个小姑娘拍的照片。戴珊珊扮演幸福母亲，没有纰漏；扮演可爱女儿的小姑娘不行，拘谨，可能缺少表演训练。小姑娘是戴珊珊丈夫的女儿，十二岁，没来月经，不叫娜娜。作者简介里的文字，没涉及照片及作者年龄。对戴珊珊能出本漂亮专著，红丫有些惊讶。她不怀疑学教育心理的戴珊珊有专业才华，是怀疑她的写作才华。戴珊珊拥有强大的男人关系网络，这个她能想到，但印象中，戴珊珊很少求助男人。男人那么喜欢挑战游戏规则前的戴珊珊，与她对他们从无所求关系甚大。除了爱。在被污染的两性关系中，戴珊珊常说，我愿做守持纯粹爱情的最后一人。红丫很快涂抹掉惊讶。戴珊珊的讲述是块橡皮。她心中重建时间的概念。时间可以改变一切。刚才戴珊珊解释她的"谈事"时她就该想到，戴珊珊有权放宽爱情的"纯粹"尺度。戴珊珊说，她写这本"专著"时，觉得不用自费就满足了，可不承想，出版社的发行部门拿它征求意见，许多家长还挺买账，这才让她动了求教育厅为她发文的念头。戴珊珊没隐讳，找教育厅头头的主意是别人出的，是她责编，出版社一个主任出的。与教育厅头头一样，出版社主任也是她熟人，做她朋友时，吃过教育厅头头的醋。戴珊珊嘴里的朋友与熟人，是两个特殊代词，她与男人一团火热时和分道扬镳后，分别称他们为朋友与熟人。现在她混淆了它们。这两个词不再具有她定义它们时的幽曲含义。近一年，戴珊珊认识的一个朋友，有办法为她破格成为副研究员搞到指标。不破格，她得两年后才有参评资格。能早两年没道理晚。问题是，还要过两道硬件关卡：外语及格；公开发表五万字文章，其中三分之一刊于核心期刊。她朋友神通大，解决前一个问题也有办法：只要考外语时戴珊珊到场，在考卷上写出名字考号，就能及格。戴珊珊外语水平不低，读研究生时参加学生会组织的日语辩论会，日本外教都给高分。虽然扔掉多年了，没特殊情况，稍微捡捡，靠自己本事也能过关。自己过关多没面子，戴珊珊厌恶什么似的摆一下手。红丫再次惊讶。她抬头，看戴珊珊手。戴珊珊的手有力地一落，好像砸在删除键上。她的本事，她的某一部分如今让她厌恶的本事，倏地被扔进垃圾箱里。删除比涂抹更彻底。她没吝惜。距考试还有五个月时，戴珊珊的外语关就算过了，很有面子。她只须把精力放在发文章上。五万字的"学术"难度不小，求别人"学术"，现写现发也不大赶趟，赶趟戴珊珊也嫌费劲。男欢女爱之外的事，她都嫌费劲。戴珊珊聪明，有多种本事，写文章却一直是弱项。她能讲善说，不擅写，这与红丫正好相反。当年动员红丫与她同性恋，她就说她俩具备两口子的条件：特点互补。有一天，她给出版社主任打去电话，说她想他。男人都愿意被女人想，尤其被戴珊珊这样的女人想。出版社主任立刻出差大连。他们在酒桌上和床上叙旧。时过境迁，和美因其平淡已经朦胧，倒是吵闹成了旧情的主体——吵闹能证明爱之程度。他们说到了副研究员问题。出版社主任同意给戴珊珊出具假出书证明。封面和条形码我给你伪造，出版社主任说，你自己想想书名和内容提要就行。喝酒与做爱都能激活男人。戴珊珊不是不替别人着想的人，她就作假的风险指数询问出版社主任，埋怨自己笨，说我要有本事写本真书就好了。被激活的男人勇于承诺。出版社主任连说就是就是，其实我们还真需要那种十三四万字的少儿心理通俗小册子，你要会写，半年内拿出来，我十一左右都能出书。戴珊珊的聪明迅速到位，表示愿意试试。她把右手小手指与出版社主任的右手小手指勾在一起，摇晃着说你说话得算数。当然算数！出版社主任被继续激活，像拿假钞纳税那么慷慨。到时候，书号费算我的，印刷费你自己销书往回赚，没稿费呀。他没被彻底激活，他给自己留了余地。他没许诺高额稿费，低额的也没许诺。没人真敢拿假钞纳税。这足够了，这已让戴珊珊有了超值收获。出版社主任再次在她身上收获她时，她紧闭双眼放映电影，进入她电影胶片的，是她认为有可能写出少儿心理通俗小册子的朋友与熟人。

亲 合

四个多月眨眼过去，有一天，出版社主任收到戴珊珊短信，十五万字的《说给女儿的知心话——小学生心理教育读本》已发进他信箱。打印那十五万字时，出版社主任也想打自己嘴巴。他苦苦思索退稿良策。他多余了。他很快发现，这本书还真有点意思，从构成方式到涉猎内容，都有意思。上唇留撇八字胡的出版社主任再赴大连，酸溜溜地问身下的女人，这本书是谁替她写的。戴珊珊承认是老公写的，他不信，他认为她这么说，是为减轻他的醋意。谢谢你这么回答，你这也是心疼我呀。但戴珊珊告诉红丫，对出版社主任她没撒谎，只是隐瞒和篡改了部分事实。这书不是写的，是抄的，是她老公把本日文书译成中文，再抄出来的——她所做的是改写工作。戴珊珊说，那天得到承诺以后，她兴奋的时间，只有回顾一番她的旧爱新欢那么长，然后她就决定放弃——是放弃写书，不是放弃出版社主任的假出书证明——求谁当枪手都非易事呀。她没求丈夫。丈夫会翻译科技论文，对少儿心理与少儿教育却一无所知。可回家之后，她的迷津，竟由外行的丈夫轻巧拨开。丈夫看她情绪不好，问怎么了，待他知道她怎么了，给出的建议简单而实用。戴珊珊的苦乐皆系于男人。做翻译的丈夫告诉她，许多教授研究员的"学术成果"，都译自外文。你还想写，傻不傻呀。聪明的戴珊珊一点就透，她指示丈夫去外文书店与图书馆的外文资料室沙里淘金。她运气好，一本日本讲谈社一九九三年出版的袖珍小书与她邂逅，至少面对书的封面，她的日文能派上用场：《写给女儿的信》，山口洋子。这回她得益于一个日本女人。她丈夫手快，很快把日本女人山口洋子变成了中国女人戴珊珊。她在丈夫的译稿上润色涂改：大阪改成大连，首相改成总理，富士山改成井冈山，早稻田改成中科大，俳句与能剧改成七律与京剧，太郎与樱子改成张朗与刘英……也挺麻烦呢，戴珊珊痛苦地盯着红丫手里的《说给女儿的知心话——小学生心理教育读本》，像一个开公车办私事的人抱怨行车危险。红丫很紧张，说你这是抄袭剽窃呀，还是外国的，人家外国有法律，讲究知识产权。戴珊珊笑得宽容。我的红丫还那么天真——如果抄袭剽窃算犯罪，哈，得有一半中国教授成阶下囚；我这点事算个屁呀。再说了，我抄的是日本人的，日本鬼子欺负中国那么多年，还搞过南京大屠杀，我屠杀他们一本书也是爱国主义……红丫重翻手上的书，这回她注意到，上面一幅幅活泼的插图，都属于日本的卡通风格。插图不出自戴珊珊或她丈夫之手，是出版社请画家画的。那画家看出了这本书内在的日本品质吗？或者也抄袭剽窃于日本漫画？

……但我不主张将性活动性行为只局限于两性间的器官媾合，不知什么时候，戴珊珊又把话题转向了她最感兴趣的事情上面，任何两情相悦的以色情方式展开的交流，比如亲吻、拥抱、抚摸、甜蜜的话语或深情的凝视甚至与之相应的文字表达，都应该属于性的范畴，都应该被视为完美的性事……红丫的眼睛离开描绘中国孩子的日本卡通风格插图，惊讶地盯着戴珊珊嘴。这是一小时内，她第三次惊讶。她这次的惊讶超过前两次，以至于，戴珊珊被她看得说不下去了。我说错什么了吗？红丫没作评判。她舒口气，取消惊讶，现出一副满足的样子。好像她一直耐心地听戴珊珊讲，就是在等待什么，现在戴珊珊说出的话让她知道，她等待的正是这一句话，这一段话。她慢慢把书放下，缓缓从床上撤腿，艰难地脱离开圈椅站起身子，好像腿脚不大灵便。

你怎么了红丫？你干吗去？戴珊珊撑起半躺的身体，偏小的乳房露出被外。

你和金海泉，一般十天能做几次？

你——你个鬼丫头说什么呢？也真想得出……

我没想打探你们隐私，我只是觉得，你们这对只有性器官的人，竟一致认为什么凝视什么话语也能满足，太可笑了。红丫脸色一片青白，仿佛心脏的供血截止于脖子。

红丫你——你真认真了？

你们拿红丫当傻逼耍，还不许她认真？红丫从茶几上拿起手机。

你干什么你听我说你别给他打你误会了他爱你他是真的只爱你……戴珊珊跃向床边想抢手机。她身体完全赤裸出来，所有的部位都堪称完美，除了乳房。

你不用紧张，我不给金海泉打。红丫避开戴珊珊手，更不理会她乞求的目光。请你转告他，我要结婚了，我希望他做个文明绅士，别再找我，我没闲心跟他凝视或说话或文字……红丫低头按电话号码，神态决绝，动作机械，好像铁了心要引爆炸弹。

你现在有空吗？她对电话说。

她说话时也按了扩音键，电话另一端男人的声音清清楚楚。有空，这会儿有空，两小时后出去一趟，有个朋友帮博物馆做假古董，刚赚笔大钱，找我晚上一块吃饭。你有事？

我——也没什么——哦，我想跟你一起去吃饭，你来接我好吗？

怎么了宝贝，你声音不对。

没什么，我——想你了，上午没待够，还想见到你。

没问题！可你怎么了你告诉我，别让我惦记。你不来朋友了吗？戴珊珊？

对，戴珊珊是我以前的朋友，她现在就在我身边，但我马上就会请她离开我家，以后我也不欢迎她来。

你——好我明白了。她没欺负你吧？我马上过去。

公元前三百三十六年，二十岁的亚历山大成为马其顿国王。这个野心勃勃的年轻人尚武好战，为争夺陆权，立即与大流士三世统治的

217

波斯帝国展开战争。他的铁骑南突东进，两年后，他越过达达尼尔海峡，征服了小亚细亚，直逼埃及。节节败退的大流士眼见祖上的基业一片片丢失，屈辱地提出，要以金钱赎回部分土地。豪迈的亚历山大仰天大笑，以马鞭东南西北地周遭一指说：这所有的土地都是我的，岂能归属他人名下。念到这里，精干的瘦小男子左手将书贴到胸前，右手一指他转椅后边的沈阳地图，豪迈地对欧阳说：这座城市应该是我的，岂能归属他人名下。他的豪迈逊于亚历山大。挂在墙上的地图主体舒展，周边参差，像一张待熟的羊皮浸透了白矾，看不出它与真实的土地有什么关系。胖乎乎的欧阳严肃地点头，又远远地，对沈阳地图竖起根手指。一年以后，他指点着那张待熟的羊皮说，我的老板要为你开启新的纪元。对欧阳的表态，老板满意。他点点头，坐回转椅，顺手做个噤声的手势，身子一歪，睡了过去。韬光养晦，他嗫嚅道。欧阳的目光，仍盯着墙上待熟的羊皮，好像还沉浸在沈阳的新纪元里。不是这样。他是用眼角的余光偷觑老板，看他是否真睡了。老板真睡了。欧阳的身子渐渐松懈，目光散乱流露出恐惧。他不知道，对老板这级领导干部，上边是否随时监听。他知道的是老板醉了，他更知道老板完了。老板醉了他可以不醉，但老板完了，他注定完。他绕过老板桌向老板靠近，双手半抬伸在前边，从表情姿势看，他要掐他。他没掐。即使想掐也不敢掐。他把手中拎着的西服，轻轻盖到老板身上。他不希望他永远韬光养晦，但更不希望他破釜沉舟。他希不希望都等于零。老板这个干瘪男子，抱负比身量大无数倍，作为副职领导，他不满足只在沈阳的某几个领域当亚历山大，他急于成为沈阳这个羊皮形地域里所有领域的亚历山大。亚历山大死时三十三岁，他已比他多活二十年了。他为赌命找到了理由。他输了。一年后，沈阳的新纪元由别人开启，已不再精干只更加瘦小的老板成了大流士三世，为新纪元充任第一道献祭。老板被双规三个月，判十五年徒刑；

亲合

作为老板秘书，欧阳被双规两个月，判一年徒刑。

不能相信所谓先在的命运，审时度势要靠理性。欧阳重述这段轶事，是为强调，许多大人物貌似强悍，其实脆弱，很容易受到权力与财富的异化和控制，从而丧失对客观世界的逻辑性认识与规律性把握。自己不再是自己的主人时，他们比普通人更茫然无助，只能迷信和盲从命运中某些神秘的力量，把未知托付给占卜算卦的江湖术士。欧阳的意思是，他的老板醉酒无妨，私下觊觎整个沈阳的归属也没关系，但不可以采用算命大师暗示的方法，在此后的一年里甘当赌徒，为坐上更高的权力宝座下生死注。那天是个黑暗的日子。那天来自新加坡的算命大师仿佛神灵附体，上午下午和晚上，少有地一天连批三卦。三卦互证，皆大吉大利，那种彼此呼应的完美卦象，亘古以来，只能出在帝王身上。欧阳的老板为之陶醉。酒醉他一夜，完美的卦象醉了他一年。也许都进去了还没醒呢。欧阳估计。

欧阳把这段轶事讲得轻描淡写，好像在说个手机笑话逗红丫何上游开心。他身体偏胖，个子不高，小眼睛，半秃顶，笑容谦卑，像过去农村里一个粗通文墨但不事生产的迂腐乡绅。上游的朋友就是我的朋友，你这么客气我就不高兴了。他"不高兴"时，也笑容可掬，推回红丫摆在桌上靠他一侧的茅台酒。这个你过分，初次见面，先生怎能收女士礼物，哈，大人也不该收孩子礼物。随后，他变戏法一样，从身边拿出两只雕龙画凤的茶叶盒，分别推给红丫和何上游。喏，大红袍，福建朋友寄给我的。好茶呀，我这喝凉水长大的粗人都能喝出好来。他顽皮地挤眼睛，神态间，透着与知心朋友分享秘密的童稚的快乐。

这个也不是我特意买的，红丫把茅台又推向欧阳，是我一个采访对象送我的，我留着没用，给何老师他也不喝白酒。

上游不知道，我也戒白酒了。欧阳把酒又推给红丫，还像主人那样，把菜谱也推向红丫何上游。你们点你们点，这后边是它家招牌菜。看这架势，他也自作主张地对这顿饭的性质作了改变——红丫请客变成了由他做东。所谓中国的传统美德，好像除了礼仪之邦这条，是不就没什么属咱独有了？欧阳美美地吸口烟，没头没脑地来这么一句，眼睛瞄向已放到桌旁窗台上的酒与茶叶。礼节和礼物，都非常有害，它们最容易玷污品德。哦，你可以说接机送站的礼节不错，出差回来，给朋友捎个小礼物的做法也挺好。这我原则上同意。但礼节礼物这种东西，太容易泛滥，容易失控变味。人有弱点呀，喜欢恭敬又有贪心。不信你们品，一个看重礼节礼物的人，肯定轻看素质德行……哈，我看重上游的素质和德行，红丫是上游看重的朋友，自然素质德行都差不了，我就也看重你——我那茶叶不算礼物，那玩意喝不完会过期，你们喝是帮我减轻负担——好好的东西，放坏了罪过；你那酒，能放，你还是等到有需要时，送给看重礼节礼物的人吧。咱这是礼仪之邦，也得随俗……

呢看呢欧阳我来呢别忙活我们呢也是的太那啥是呢客气……何上游想表达什么，再三努力却说不明白，笨笨磕磕像学话的孩子。在欧阳的真诚面前，他的诚惶诚恐虚假外道。何上游能意识到这点。他没想虚假外道，他想真诚。他也的确真诚。欧阳帮红丫是给他面子，他的感谢怎能不真诚？倒是欧阳，他相信，他跟任何人交往都不可能真诚。现在的问题是，不可能真诚的欧阳率真诚挚，满腔真诚的何上游却虚假外道。

红丫看出了何上游的窘迫。他是为她来受窘的，她心里不安。欧阳老师，你像个能掐会算的算命大师，红丫也把头偏向窗台，算出了我穿那件风衣。欧阳有点愣，不知红丫什么意思。何上游有点紧张，是"算命大师"让他紧张，他怕欧阳往他老板身上联想，更怕红丫真扯到三卦互证的轶事上去。红丫微笑，带着羞涩，顺手拿起茶叶盒指指"大红袍"三个字，又侧身指指衣帽架上，她那件厚实但不挺括的红色风衣。谢谢欧阳老师送我"大红袍"，我喜欢它。两个男人也都笑了，都自然起来。

哈，当然了，欧阳说，我家茶叶好几种呢，可我一想，红丫嘛，肯定穿红袍来，我就也带"红袍"来了。

欧阳居然和蔼可亲，这出乎红丫意料。席间欧阳接过三个电话。两个只说三言五语，一个说两句后，他起身去了包房外边。红丫抽空评价欧阳。这人不错呀，挺诚恳，还挺睿智，你对他是不有什么误会。何上游说，即使他倒霉前，初识他的人也都有你这印象。红丫哦一声，假象？何上游没立刻回答。他先想一下，又看看包房门，有点困难地斟酌字句。也不能说是假象，他有好多面，现在他展示的是这一面。这么说吧，何上游低声说，就好比，一个大官置身公众，堆在脸上的笑容像团棉花，可你相信他真亲切吗？你敢不怀疑他脸上那团棉花里没藏利刃？那叫姿态。那棉花似的笑容，挤出来是为满足情境的需要，他留给公众的亲切记忆和蔼印象，更出自于旁观者的幻觉，而旁观者的幻觉，多半出自于自己的期待。公众是弱者，主观上，弱者希望统治他的强者不是利刃而是棉花。当然了，欧阳没真正当过大官，只是大官秘书还倒了霉，可他的力量，依然摧枯拉朽……我对他，有幻觉？红丫也往包房门口瞄一眼。你别误会，何上游解释，我的意思不是低看你，我说的幻觉，是从心理学角度——好了咱还说欧阳。你觉得他亲切友好，我则认为他目中无人。我这样说你同意吗？肯定不同意，那你听我分析。人是社会动物，不在真空里生活，严格意义上的目中无人并不存在，所谓目中无人，其实是另个意义上的一视同仁。一视同仁也叫敌友不分，或无敌无友。在一个人眼里，如果所有人都是同一个人，憎恶与热爱就是多余的感情。你与一个街上的行人交臂走过，甚至还毫无内容地对视一眼微笑一下，能表明你投入了感情吗？那是礼貌，是客套，是本能的反应习惯的程式。一般来讲，除了有特殊关系的人，比如夫妻间，恋人间，父母儿女间，人们关注的只是憎恶，不受到憎恶就心满意足，并不太敢奢求热爱。具体在欧阳那里，他不像大部分官场中人，媚上压下势利眼，但他对身份地位比他低的，照样视若无物。他不认为谁配做他的敌人，也就不需要憎恶谁，不表现憎恶，就容易给人友好亲切那么种感觉。我认为，人们评价他与人为善，理由就在这里……哎，何老师——你看你，我说多少遍了，叫我上游，要不叫老何。哦，那我就，也像他们那么叫你？应该嘛。你想说什么？我——也没什么。你说你说，想说什么？我是，是想说句闲话——他们和你开玩笑时，总说你说话慢半拍。我笨，思维慢。哪里——不瞒你说，这种话，也常有人说我，说我话少，还表达滞后……唔，这个，我感觉到了，咱俩挺像。可我想说，咱俩不像。我话是真少，表达也真慢；可你不是，你只偶尔那样，还像故意。认识你后，我发现你一直能说，也很会说，说得也精彩，我还想呢，人家何教授平日在讲台上侃侃而谈，你们凭什么那么看人。……哈，红丫替我打抱不平了。那就算我也有几个侧面吧，至少在有一面上，我俩像。不不，咱俩不像，不像……你俩呀，有的地方像有的地方不像。欧阳回包房了。不好意思，电话太长，磨叨。这样好不好，我帮你俩分析哪儿像哪儿不像——红丫不说我算命大师吗……

　　欧阳的分析，时而含蓄时而直白，委婉地把何上游红丫设定为情侣。何上游没阻止。也许，他请欧阳帮红丫时，暗示过他们关系特殊。如今这时代，如果不为报答的礼金，没人伸手帮助别人，除非帮忙者与被帮忙者关系特殊。欧阳相信何上游帮红丫不为礼金。红丫也没阻止欧阳。不好阻止。她能猜到，何上游可能对欧阳作过暗示，即使没暗示，她否认欧阳，也会让何上游不太舒服。她不想让任何人不舒服。她也不希望何上游把她的无言当成对欧阳分析的认可与默许。

她试图改变话题。

欧阳老师，前些年我见你时，你可比现在苗条多了，还一头浓发……欧阳通过对比自己与何上游的体形分析何上游性格走向时，红丫及时插了一句。她选的角度有点冒险。她急于改变话题，只能见缝插针，涉险也是无奈之举。她这句话，容易让欧阳注意力改变：你在哪儿见过我？可接下来，也可能引出他那倒霉的老板和他自己的倒霉——如果引出来了，该怎么应呢？红丫来不及多想。

唔？你在哪儿见过我？

七年前吧，我毕业实习时，当时我在《都市晚报》。有一回你和，和领导去药科大学视察，给个死去的女学生题词……红丫尽量表述自然，没忘对欧阳察言观色。她没看何上游。没舍得看。何上游表情一定难看死了。

药科大学？唔，有那么回事，想起来了。那会儿我刚跟上我老板。欧阳表情依旧声调依旧，没尴尬难堪或不快不满。当时是有不少记者。他注意力，果然从何上游红丫的像与不像中跳了出来。为什么去的我记不得了。他看红丫，眼神是希望提醒的意思。

药大的一种抗癌新药，国际领先了。

对，领先了——哦，题词，还题两个。欧阳哈哈笑，偏转脑袋冲何上游说话。当时我老板春风得意，意气风发，给新药题完词，正在会议室发表讲话，突然门外有学生家长冲了进来，扑通跪下，请领导做主赔他们女儿。他们女儿，做完家教回校路上，被个摩的司机给掐死了。那司机说，他光想强奸没想杀人，可女孩反抗激烈，他强奸不成，就下了死手。掐完司机也想奸尸，觉得恶心，没那么干。经法医检查，那女生处女膜还真就没破。我老板为了替校方安抚家长，借着刚为新药题过词的兴，又题一个——

头可断，血可流，烈女志，不可丢。红丫小声背了出来。我觉得，不应该这样鼓励女孩子抗暴……

当然不能这么鼓励。嗐，我那老板吧，也正经八百清华的博士——嘿嘿，不像我戴的是冒牌博士帽——可对性的理解……咱不评价这个，光说他题的字。他第一稿里，不是"烈女志"，是"处女膜"，我提了建议他才改的……

什么？处女膜？何上游几乎喊了起来。头可断，血可流，处女膜，不可丢？

就是呀，处女膜！我老板呀，是处女膜饭厮……

对了，都说呢老板为了采阴补阳健身强体，从五十岁起直到倒霉，每逢阴历十五都要睡个处女……

红丫低头喝杯中饮料，入口很深像汲水灭火。她自己引领的话题也走上了歧路。两个文质彬彬的男人讨论处女膜，与粗暴的摩的司机奸尸没多少区别。她感到恶心。立刻结束酒局显然太早。恶心不是她冷漠的理由。面前这两个用语言奸尸的男人是她恩人，为了感恩她得热情。热情的标志是继续说话。她找不出新话题，交流的不确定性让她焦虑。她看何上游一眼，期待他能改变话题，比如，说说他们友谊的沿革。何上游没注意她看他那样。此前他一直很留意她。红丫往两个闪烁其词又津津有味的男人杯中倒酒。她对何上游看得不够专注，也是没想好，如果真让话题转向何上游与欧阳结识的早年，是不是合适。何上游说他认识欧阳，是因为他的一个研究生同学嫁给了欧阳。欧阳苦孩子出身，中专学历，没人能看出他会出息。何上游说，是那女同学不同凡响的选择，让他注意到了当时进修本科的欧阳。但红丫毫无根据地认为，何上游与欧阳曾是敌人，很可能还动过拳脚，而让他们为敌的，正是何上游那个不同凡响的研究生同学。欧阳倒霉后，她抛弃欧阳改嫁韩国。她朝鲜族。很可能，她投入欧阳怀抱之前，是何上游的热恋对象。红丫相信，何上游对他与欧阳的近期交往没有隐

　　　　　　　　　　　　　　　　　　　　　　　　亲合

瞒。但她估计，把他们连在一起的，也未必光是枯燥的资本话题。对一个无情女人人品的抱怨，完全能把一对昔日的情敌变成朋友。欧阳出狱后，某天黄昏在街边遛狗，当时，疾步长走的何上游正路经那里。一黑一白两条大狗，突然上前跟他撒欢儿，他吓得几乎尿了裤子。他笔直地站住，像奴才接受主子训斥。小时候在农村，他就不愿意当狗的奴才。当人的奴才也不愿意。这之后，两人偶尔通话见面，关注资本问题的欧阳，甘愿给何上游当小学生。某次何上游与欧阳聊天，顺嘴提到了自己的沙龙，表示要引欧阳入伙。邀请一发出他即后悔，怪脑子里的圆桌会议没及时开。欧阳是只瘦死的骆驼，根本不会缺少朋党，最主要的是，一群读书人的清谈妄议，在他看来一定可笑。欧阳入伙态度积极，这让何上游更感为难。他来咱们圈子算什么事呢？他悆悆地对红丫说。好像他没邀请欧阳，而是欧阳主动投奔。孔雀群里落了只鸡，还是鸡群里边多了只孔雀？他的为难没说给别人，对封文福都没说，是红丫张罗宴请欧阳，才把他的为难逼了出来。红丫你会笑话我吗？他说，对欧阳，我这是炫耀精神生活，而对咱们圈子，我是显摆我还认识这等人物。我虚荣！当时红丫沉默半晌。何上游以为电话断了，连喊喂喂。红丫说，何老师，像你这样心理还有撕裂的人，这个时代不多见了。何上游相信红丫是夸他，但她夸他什么他不明所以。他想追问，电话真断了。此前，何上游听说了红丫的麻烦，背着红丫，背着团伙里的其他人，给欧阳打去求助电话，问他可否将一个大连户口落入沈阳。现在在中国，户口已没有实在意义，除了约束孩子读中学小学，其他时候，只是枚潜伏的癌细胞并不发病。但在红丫供职的报业集团，它常以发病的迹象威胁员工。集团老总生性严谨，吃西餐喜欢面前摆七副刀叉，他愿意自己的下属各种证件都能规范。据说他几次裁人，找的理由都是那人的某个证件不够规范：有个人的本科文凭是自考的；另有个人四十岁了仍无职称；还有个人户籍所在地是铁岭……红丫不想失去工作，希望自己规范起来。不行，社会不允许她规范，户口这枚癌细胞轻易不转移。她转而希望通过购买商品房解决户口问题。她运气差，朝令夕改的政策调戏了她。以前二十万买房即可落户，可她刚号下房子办完贷款，三十万又成了落户底线。她买的房子二十三万。多贷七万压不死她。她怪自己少预见性。何上游也清楚户口这枚癌细胞很难转移，可眼见红丫被政策调戏，心里难受，他想到了欧阳。电话里欧阳没明确表态。现在还要户口干吗？他淡淡地说。事后何上游对红丫说，他当时很想破口大骂，骂欧阳狗官，不知体谅百姓疾苦。他没骂。欧阳已经不是官了，算个官时，他的官也不是百姓给的，他没必要体谅百姓疾苦。几天后，他想请求欧阳骂他。几天后，欧阳给他打来电话，让他记下个人名还有电话，说你通知红丫，带材料找他就可以了。然后，就可以了。欧阳不接受钱物感谢，都不许何上游再提这事，只是经不住磨，答应与红丫一块坐坐。这时候，何上游开始盼欧阳骂他。不只为他误解过他。你心里肯定有许多委屈，别的方式倒不出来，那就把我当奴才骂一顿吧，骂完你心里会好受些，我这心里也能踏实。这话他说不出口。他只能对红丫展览内心的活动。

欧阳老师，何老师说，你不许我提户口的事，到现在为止，我也就没提。可我很想认真地敬你杯酒，你就允许我提一句吧。新话题出现了，又是红丫找出来的，这是一条能绕过处女膜与奸尸的便捷路径。红丫起身，为自己斟酒。我由衷地感谢欧阳老师，谢谢你帮我解决了个天大的难题。不喝酒的红丫，一杯啤酒一饮而尽。是只小杯。

她喜欢问他是否爱她。她第二次去他家，他就建议他们上床。你怎么会想到这个？我就是愿意听你说话，来聊天的。她以羞涩婉拒，并不惊讶。那，对不起了，他松开她手，坐得远些，专门聊不涉及上

亲合

床的天。不涉及上床也聊得挺好，他没沮丧或者不满，可她主动说，我也没生气呀，好像他沮丧或不满了。我知道，他说，你没怪我冒失，但聊天，还是避开一方没兴趣的话题为好。他没过分。不过分是别一风格的逼压力量，迫使她放弃漫长的过渡。似乎被陷于沮丧和不满的反倒是她。她对以退为进的策略作了调整，进就是进。咱们认识这么几天，你就爱上我了？嘿嘿，不好意思。说呀，你可不像不好意思那种男人。是的，挺喜欢。喜欢？喜欢是爱吗？它们，是不一样——喜欢可以随时发生，爱出现在上床以后。这出乎她意料。他不傻，应该看得出她接受他，沿前边话头敷衍下去，说他爱她也就行了。两性之间，无害的敷衍是柔韧的骨膜，能保证男女这两块密切相连的硬骨头协同作战而不玉石俱焚。他最后的认真等于取掉骨膜。她严肃地站起来。他有些尴尬，说对不起，问可不可以以一个拥抱结束他们的这次相识。她默许，然后回以拥抱，然后是她不松开他。你就那么吝啬甜言蜜语？她打他掐他。她以快于她计划的速度上了他床。亲爱的你爱我吗？自那以后，她提问的要件就充分了。当然，当然了亲爱的。他一般这样说，也有时说当然爱。

她能感觉到他喜欢她，他也总说他喜欢她，但爱呢？她不确定，或者她也确定他爱她，但他的"当然"，即使"当然爱"，又让她感到心里没底。三个月里，她问过他五或六次，他没主动说过一次。他也没用那个简洁的单字回答过她：爱。第三个月快过完时，某次约会结束之前，她提个建议，让他带她出去旅游。她想旅游，自己能行。她不是孩子不是病人，身体和心智都无缺陷，经济也宽裕，游山玩水无须人"带"。他指出了这点。同时指出，你知道，我干什么都喜欢单独行动，除了做爱和玩牌。她说正因为我知道你特点，才让你"带"我。一次就行，去远去近我不计较，吃什么玩什么我没要求，只要我们在沈阳之外的地方像夫妻那样住二十四小时以上，我就相信你真爱我。他是否"带"她出去旅游，成了他是否爱她的分水岭、试金石、验钞机、良心秤。他反对这样验明正身。在两块骨头间，他再次将骨膜剔除。她失望、伤心、愤怒。她一把甩开他的搂抱，向他倾倒心中积怨。哼，你爱我就是这么个爱法，除了上床再没别的！难道我是有人结过账的一桌美食，你吧唧吧唧吃饱了，解馋了，一抹嘴拍屁股就走人了，碗不洗盘不刷连单都不买，直到什么时候饿了馋了再坐到桌前……沮丧和不满真出现了：她不满，他沮丧。他说，我们在一起不是商业活动，不应涉及买单问题……她气得从床上跳到地上。你混蛋！她喊，你歪曲我侮辱我！我不是说我是婊子有什么价格，我是说爱，你爱我总得有个形式。他没形式，或者，他的形式她不认可，再或者，原本她也认可那形式，但现在提出来，以之代替旅游的形式，那形式就成了敷衍。这时的敷衍，已不再是柔韧的骨膜，如果还是，也钙化了。是否旅游一次的问题成了重锤，将两块骨头一并击碎。

她说，就这么着，他冷酷地抛弃了我。

这能算？抛弃？红丫不同意这个结论。我觉得，这是正常分手，因为你们对相处的方式有异议，对爱的理解有分歧……红丫面前铺着笔记本，偶尔在上面写几个字或作一下标记。是检查放在对面女人咖啡杯旁的录音笔时，她才留意，对面的女人在观察她，像医生通过爱克斯光机观察她的心肝脾肺。这是一个不祥的信号。她急忙收住分析的话头。你意思是，如果他"带"你出门旅游，就证明他爱你，你们也就不会分手？

对。对面的女人坚定地回答。

那假设一下。假设这回，他"带"你出去了，这一轮的风波也过去了，可下一回，有一天，你忽然认为他一天给你打一个电话是爱你，而三天打一个就是不爱，他却做不到一天一个，你们不会再起争

228　　　　　　　　　　　　　　　　　　　　　　　　　　　亲合

执？

你认为我胡搅蛮缠？

我没这意思。但你的逻辑容易让人这么推断。

哈，我的逻辑？真有意思，红记者，你举的例子，跟他的例子等于是一个。

哦？

只不过他说的是，如果你要求我三天打一个电话，可我只能一周或两周才打一个，你那"不爱"的结论就还有根据。

红丫紧张。对面的女人看了出来，挺满意，自己的紧张随即解除。此前她紧张。她面容姣好仪态优雅，可由于紧张，一直语气匆促手势僵硬，像个初出茅庐的业余演员，不论如何卖力表演，都让人感觉力不从心。现在好了，现在她把紧张转嫁了出去，她的语气和手势，获得了与面容和仪态同样的表现力。想知道我情人叫什么吗？她对红丫的紧张穷追猛打。红丫低头喝咖啡，好像没听到她说什么。低头对紧张有掩饰作用。他叫胡不归。

她叫印影，三十四岁，眼睛大，嘴唇薄，比红丫高些，但仍应划为小巧玲珑型。她读过东北师范大学的中文本科，工作三年后，回家当了全职太太。她丈夫经商，儿子上小学，从未有过离婚打算。前一天，她打红丫电话，说她是《尚女》的忠实读者，对近期杂志上"口述纪实"栏目下的文章很感兴趣，尤其喜欢红丫"纪实"的那种风格。她希望与红丫谈谈。我愿意把我经历过的婚外感情，如实"口述"给《尚女》读者。这几天红丫肺不好，咳嗽，在家休息，想把约会时间往后拖拖。印影强烈要求尽早见面。我请你喝咖啡红记者，咖啡也许能治你咳嗽。她顺嘴把见面地点定在万豪酒店的咖啡座。我只去万豪那种地方，她说，五里河新区离那儿也近。红丫只注意到印影的前半句话，认定这是个虚荣的富婆，忽略了她知道她住五里河新区。万豪是家五星级酒店，五里河新区距那里两三站地。

我没想说胡不归是流氓骗子，但他至少是个不负责任的花花公子，他拿女人不当回事，残忍地伤害我们女人的感情。

对不起我还有事。谢谢你的咖啡，咱们就聊到这儿……

哎红丫，你看你，坐，坐。你放心吧我没恶意。我不是你情敌，我早不爱他了。可能为刚才穷追猛打过红丫感到歉意，印影微笑着伸手，拍红丫手背，还肯定地说红丫很像某某。你太像某某了。

红丫被印影拍到的那只手抖了一下。没收回来。她也没问某某是谁，代表了什么。如果问，她担心印影把她带进某个陷阱。可对某某一无所知，也让人苦恼。她被归入她自己并不清楚的某一类人中。她在有所期待中感到了压力。她想摆脱这个某某带给她的压力与期待。某某虚幻，出处不明象征不确，她无处找寻摆脱的途径。她闭住眼睛，镇静片刻，回到了起点。你为什么找我说他？

这，我也说不太好，也许我们同病相怜吧。印影的口气和缓也诚恳，不像戏弄，不像挖苦，不像找茬打架。如果我了解的事实没大出入，胡不归引诱我时，你们早好上了。首先，他背叛了你，然后，他这边瞒你那边瞒我，脚踩两只船亵渎爱情。而且很可能，在与你我交往的同时，还有别的女人也和他好，他玩弄我们所有的女人。

可是，在他之外，你也和别的男人好呀，那等于你玩弄胡不归吗？

胡说，除了他我没别的男人，我整个身心都给了他。

你有丈夫呀，你刚才还说，你和你丈夫恩恩爱爱。

这——你怎么能这么理解红记者，我丈夫怎么算……嗨红丫，你替胡不归说话？

我不是替他说话。但男女的事，很难说清，玩弄这种词应该慎

　　　　　　　　　　　　　　　　　　　　　　　亲合

用。

怎么慎用？爱的本质不是专一吗？不专一难道不算玩弄？哦，夫妻除外。

爱的本质……我没太想过。你打过台球吗？莫名其妙地，红丫想到了金海泉的爱好。

你想说什么？印影不可能知道金海泉，以及他的爱好。

红丫的紧张全没有了，那个未知的某某带给她的压力与期待也消失了。她在心里感激台球。打台球时，你无权要求那个白色的母球停在哪里，你要么放弃比赛，要么就得尊重它所在的位置，多难出杆都得打它。在我看来，爱应该是尊重对方而不是改造对方。

照你这么说，我爱胡不归，就应该支持他移情别恋，支持他欺骗我，支持他花心？难道他找我是你支持的？

那倒没有。我说的尊重不是你那支持的意思，不是丧失原则没有自我……对不起，你的"口述"故事性太弱，恐怕不适合我们杂志，但还是谢谢你对我们杂志的……

我说红丫，你是把我的好心当驴肝肺啦！你是个还没成家的大姑娘，被他耍完，你连退路都没有，还那么死护着他。哦，是不他承诺了离婚娶你？我提醒你，胡不归这种人，有天仙当老婆也不会老实，以后你就等着为他的风流惹气生吧……

这时红丫手机响了，打断了印影。不是来电话的那种响声，是短信提示音。红丫低头查看手机，何上游的名字跳了出来：红丫，你的咳嗽轻些了吗？今天我熬了水果羹，内容为苹果、白梨、山楂、银耳加冰糖，这东西，常喝对肺大有益处。我想给你送去，可以吗？作为一个只能自己照顾自己的新科单身贵族，我理解你一个人生活多不容易，我希望你接受我做的果羹。天寒地冻，千万保重！

看得真投入呀，是胡不归发的吧？花言巧语摇曳芳心是他的特长。

　　你认为，他喜欢发花言巧语摇曳芳心的短信？

　　他——他倒没给我发过，可谁知道给你发时会不会那样。

　　哦，对不起，我真得走了。他有事找我过去一趟。

　　　　　　　　　　　　　　　　　　　　　　　　亲 合

第七章

他说：

…………………………… 你愿意嫁给我吗？

…………………………… 她说：我愿意……

　　不用刻意回想，何木一提，何上游就知道是哪辆车了。他进小区，还借了它光。那种车醒目，想记不住比记住难。它的易于记忆，有助于更精确彻底地败坏他心绪。它是一块有毒的奶酪，吃进肚里他才知道，它味道鲜美，却不宜食用。再吐出来没意义了，毒素已渗入他的血液。那辆轿车基色为乳白，正是一块无穷膨胀过的大号奶酪。它的头顶，长匣子般横一只红蓝两色玻璃灯罩，下身画一道由窄而宽或由宽而窄的扫帚形蓝杠，在长匣子与扫帚中间的胸腹部位，写着两个发黑的蓝字。那种车，老百姓一概称为警车。借它光时，何上游也看出了它是警车，但它胸腹部位写的什么，"公安"？"法院"？"检察"？他忽略了。也不是忽略，他没机会也没打算留意那两个蓝字。他怕车，温文尔雅的都怕，横冲直撞的就更怕了。警车习惯横冲直撞。他记住它是警车不是留意的结果。在城建花园门外，他对保安赔笑脸说小话，请他开电动小门放他进去。保安是个进城不久的农村青年，面颊粗粝，刻嵌在肉纹里的日色沙痕，还远未被城市的月影香尘取而代之。他不像有过公务员履历，但眼神腔调冷漠傲慢。他要求何

233

上游出示门卡或身份证。何上游没门卡，也没带身份证。这时，何上游身旁的电动大门哗啦啦开了，那辆即将败坏他心绪的警车呼啸而来，跑高速般冲进小区。它的主人没出示门卡，都没减慢车速。何上游甩开保安，拐个小弯走大门，吞着警车屁股后边的冰碴雪沫进了小区。保安哎哎叫，他没理睬。前岳父岳母家住城建花园里端，从大门去那里要拐两个弯。在第一个拐弯处，何上游看到，刚才替他开道的警车又出来了，正驶出前边的弯道朝他扑来。他以一辆停在路边的面包车为掩体，提前避让，没再次吞咽冰碴雪沫。他再走几步，拐第二个弯，看到儿子和前岳父都在楼门洞前。何木正踢一只冻成冰坨的不圆的雪球，前岳父则追在何木身后，对着外孙子屁股嘱咐什么。何上游看表。正好十点，是他与前岳父约好接何木的时间。爸，何上游不特别别扭地按过去的叫法与前岳父打招呼，这么冷的天，怎么还出来等。前岳父直起身子打哈哈：明天就走呀？票买了吗？也是，一年到头了，回家多陪陪爸妈……这时何木已盘带着冻雪球来到何上游身边。他对足球运动员的模仿挺像回事。爸，我和姥爷没特意等你，我刚巡逻回来，姥爷下来接我……前岳父大声打断外孙子，说你好好听你爸话，又说姥爷的嘱咐你记住没？前岳父对外孙子说话时，挤眉弄眼，像小伙子与姑娘调情。他不是小伙子是老男人，他不是姑娘是小男孩。何上游说，跟姥爷再见。何木胡乱喊句什么，盘带着冻雪球往楼拐角冲。何上游与前岳父挥手道别。是这之后，何木那个"巡逻"的说法先搅动了他心绪，那辆警车才有机会败坏他心绪。去东北大学冰场的路上，何上游再三追问儿子，甚至以取消滑冰作为要挟。何木先犹豫，又要求爸爸别把他的话告诉姥爷，然后才把那辆警车变成一块有毒的奶酪。何木管那辆警车的主人叫张大大。他说张大大是警察，可来找妈妈和去学校接他时，只开一辆普通黑车，也不穿警服。坐一个便装男人开的普通轿车太平常了，何木就指控张大大是冒牌警

　　　　　　　　　　　　　　　　　　　　　　　亲合

察。妈妈为此批评了他。张大大没生气。这个星期日早上，他特意穿上警服，开来警车，带何木和泾泾绕大半个沈阳兜了一圈——用何木的话说，巡逻一圈。我证明了，他是真警察。何木信誓旦旦地说，好像何上游对张大大的身份也怀疑过，又好像，只要张大大是真警察，他与他亲近就不算背叛爸爸。今天你不来，何木说，我就和他们去棋盘山了，打猎。何木没有抱怨的意思。砰，他歪歪脑袋，一前一后地平端双手，冲一个弯腰滑冰的小姑娘开了一枪。你不愿意跟我玩？何上游站住，脸色阴沉地盯住何木。你是想开枪打死我吧？何木垂下手，眨巴着眼睛好像要哭。何上游蹲下，抱住何木。那个张大大，欺负你妈没？何木回句什么他没听到。他鼻子发酸，没看儿子只看那个弯腰滑冰的小姑娘。她滑得真好，偏着身子拐过弯道，像归巢的燕子。告诉你妈，打猎时千万别打燕子。离婚以后，何上游没对儿子提过泾泾。此时他提了。此时，在一个并不宽敞的狭小空间里，泾泾正与一个姓张的男人待在一起，可能还待得亲亲密密。他竟没有愤怒和妒恨，只有些醋意，还有些关心。他感到困惑。也难为情。

　　父子俩都不会滑冰。不会滑没关系，起步阶段都趔趔趄趄，摔跟头是滑冰的内容之一。那个燕子般的小姑娘在燕子之前，一定也像个冰雪球滚来滚去，像曾经被何木盘带在脚下的那个冰雪球。前两回滑冰，何上游一直牵着何木，如果摔跟头，就爷儿俩一起摔。作为大人，何上游平衡能力更强一些，对摔倒多少能有些预感，临摔倒时，他有机会往他这边带一下何木，何木就不会趴向坚硬的冰面，而会倒在他的身上。这回没像以前那样。只滑两圈，何上游便让何木自己滑，他汗都没出就下了冰场。他先在脑子里开圆桌会议，然后，掏出电话找董建设。他问董建设晚上干吗，想不想去他家下棋。董建设说想也没用，他正在桃仙机场准备登机，要去上海。渭渭史晨事件之后，董建设好几个月没去上海。后来又去了，公司的公干他不能拒绝。渭渭没表示反对。与泾泾离婚，没破坏何上游董建设的棋友关系。我们还是哥们儿，他们都这么说。电话里，董建设还在喋喋抱怨，说再有一周就春节了，却得出差，真是官身不由己呀。从他抱怨中，何上游听不出不满情绪。他不知道他与顾洁贞还有无来往。何上游没听董建设抱怨完，就比较果断地打断了他，让他说说"那个警察"。他直奔主题，没像以往说话那样迂回前行，不给董建设的含糊其词留出余地。这是圆桌会议拟定的备用方案。你知道啦？董建设说，老张大你两岁，可能离婚好几年了，有个女儿跟他前妻。他和泾泾是别人介绍的，刚认识几天。董建设特意强调了这点。他不知道何上游都知道什么，又不好装糊涂，只能不停地说。何上游不插话，光唔唔。董建设的描述，已经让老张的形象活了起来，他仿佛看到，那个魁梧的警察正以怎样的表情和姿态拉着泾泾在棋盘山的狩猎区追踪或潜伏。他像个眼光挑剔的退休演员，审视着曾属于自己的角色，如何被别人重现于舞台。他妒意隐隐：别人的表演毫不逊色。他想结束通话。董建设正强调下一个重点。老张跟你没法比，就一军人出身的老粗，董建设说，我和渭渭还是愿意你当姐夫。董建设倒也没一棒子把老张打死，说他工作不错，最近还升了，由铁西法院副院长升为大东公安局副局长了。提及这点时他声音不高，好像不为强调什么。何上游发现了他强调的企图。何上游用鼻子哼了一声。他的本意，是哼董建设拿好听话忽悠他，在前边扬他抑老张。董建设误会了，以为他是哼他在后边对老张的盲目恭维。他忙解释，啰啰嗦嗦，通过对公安局法院检察院的对比，来证明他的"升了"不是夸大其词。他说，以前他也以为公检法一般大，甚至法院检察院还大于公安。就拿这三个部门的一把手比吧，董建设压低声音，像在通报一个秘密，比如一个市里，市长、法院院长、检察院检察长都由人大任命，公安局长则由

　　　　　　　　　　　　　　　　　　　　　亲合

政府任命，也就是说，政府首脑、法院院长和检察院检察长同级并列，而公安局长，要比那仨部门的头头低一级半级。这么看，法院院长检察院检察长就高于公安局长。可现在我才明白，不是那么回事。人大任命就一形式，内容得看同级党委的序列安排。党指挥枪嘛。咱都知道，市长肯定是市委第一副书记，公安局长一般至少是市委常委，可法院院长检察院检察长呢，顶多是市委委员或候补委员，多数时候还排名靠后。这说明，在党内，公安局长的地位比法院院长检察院检察长高多了……建设，那就这样——你再想想上游，还有另一个重要单位呀，政法委，它可是公检法的共同统帅。政法委书记一般由市委专职副书记兼吧，可政法委主持工作的第一或者叫常务副书记，你说是谁？通常都是公安局长嘛，而法院院长检察院检察长，不过是政法委里的小听差。这说明什么？这进一步说明……

　　从年三十下午到初三中午，红丫滞留大连的时间不足七十小时，一半时间在自己家，另一半时间在宋白波家。大体一半对一半吧。离开沈阳前，有人问她何时返沈，她都说要在爸妈身边多待几天，初七回来。她初八上班。她返程的时间提前了许多。与初三车票好买没关系。从大连到沈阳，飞机火车汽车都方便，赶上年节客流量大，也不至于上不去车，顶多没座。站几个小时算不了什么。她临时决定初三离连，与金海泉的纠缠有关。这几天，金海泉是一只生命力顽强的寄居蟹，通过大包小裹和个性魅力，将红丫爸妈这对宿主死死钳住。他们迅速忘记了他对他们女儿有过的伤害，真把他当成了上门女婿。红丫没责备爸妈，她自己也忘记过身上的伤痛。她的性格是自己的问题自己解决。她像个来婆家做客的怪僻儿媳，以不动声色的、冷眼旁观的，乃至含有畸形快感的厌恶与蔑视，看丈夫一家人热热闹闹。咸腥的海洋气息已变了味道。她对爸妈作的离家解释是，单位临时有采访任务。幸好还有也回大连过春节的宋白波，她可以去她那里躲躲清静，这保证了她没初一就告别爸妈。

这个春节过得别扭。刚初三，这样下结论似乎太早。如果春节周期是七天，现在勉强算过了一半；如果春节周期为半个月，到正月十五，才仅仅过去五分之一。但别扭是可疑的电子邮件，内含病毒，要么别点，点开就得正视它的祸害。别扭开始于春节之前。

先是胡不归改变了计划。距离春节还有些日子，胡不归就表示要陪她过年，初三初四再去北京。对年节，两人都不看重。红丫的不看重有时出于无奈。比如，某个节日她想和胡不归过，可恰好琴心那天在沈阳，她只能独自打发时光。胡不归理性，他能为他的不看重作出论证。他认为，按照内心感觉行事是享受自由，遵循外在规约行事是接受束缚，为避免感觉受治于规约，即使感觉与规约并不抵触，也应该有意忽略规约。忽略是抹平、混淆、视而不见，是一种非刻意的抵制方式。刻意也是一种看重。他也承认，有时规约与责任有关，不彻底放弃责任，就没人能完全绕开规约。绕不开时，他消解。比如，自爸妈死后，每年春节他都去北京过，但他从不强化陪妻儿过节之类的意思，仿佛春节赴京，与他每两三个月一度的探亲没什么区别。他以对妻儿尽责的方式，削平过团圆年这顶堂皇的高帽。红丫知道他特点，明白他要陪她过年的意思，不无感动。她早早告诉别人她得在家待到初七，也是为初三四才能回爸妈身边埋个伏笔。胡不归表示要留在沈阳过春节时，没特意煽情，没使用"陪你过年"这种说辞。这也是他狡猾的地方，他不想把一次偶然的多情定型为规约。红丫看出了他的狡猾，但感动依然。年底琴心能闲几天，胡愚鲁也不用补课，胡不归轻描淡写地说，他们娘儿俩报了个团去南非旅游，赦免了我，咱俩可以关上门连续大战三天五日，哈，累死拉倒吧。红丫就做好了累死的准备。可腊月二十七，琴心的姐姐打来电话，说她爸突发脑溢血

　　　　　　　　　　　　　　　　　亲合

正接受抢救，请胡不归火速赶往北京。琴心的父母只有两个女儿，她姐姐是单身母亲。一个家庭，陷入困境时需要壮丁。胡不归只好去地坛医院的病房里过年。他对红丫表示了歉意，红丫没不满。但分手那天，他们的爱做得不够尽兴，好像要把力量留给想象中连续作战的三天五日，留给累死人的疯狂时刻。

接下来，栾会文出事的消息传了过来。栾会文的副局级别还没到手。也快了，他各方面表现都挺出色。有人不愿意他出色，愿意他出事。级别的位置名额有限，他的美梦成真要以别人的美梦破灭作为代价。他是分肥集团的后闯入者，剪除对手的枪口更方便瞄他。某发子弹于年底出膛。过小年那天早上，人们一进机关大楼，目光就被一侧墙壁上的宣传栏吸引了过去。那里贴十几份学习科学发展观的体会文章，是机关党委从全机关上百篇体会文章中选出的精品，其中也有栾会文的。平常宣传栏前空空荡荡。现在大家围在那里，具体地说，是围在栾会文的文章前面，不为欣赏精品体会，只为看那文章旁边的三张照片和一张打印纸上的半页文字。三张照片视角单一，但看得出来，拍摄时间有所间隔。照片上，是个妖艳女孩给栾会文按摩。都没裸体。栾会文穿洗浴中心那种褂子短裤，按摩女穿吊带背心短弹力裙。打印纸上，打了份节选的中央文件：《中央纪委办公厅关于共产党员接受异性按摩应如何处理的答复》[1995]84号……红丫是在家烤肉馆听说这事的，是冯顺把她约到了那里。冯顺给她通报信息前，她刚收到胡不归短信，胡不归说他已赶到医院。那帮流氓，太狠了，下这么毒个套。一向快乐的冯顺愁眉苦脸。会文多谨慎呀，就随他们玩过一回，还除了敲背揉脚啥都没干，下半辈子的前途就给毁了。红丫也愁眉苦脸，能那么惨吗？现在的人都接受过异性按摩呀。你呀，孩子话！冯顺大口喝酒。没人整他，他杀人放火也不算事，可现在他们要置他于死地，他们要真按那文件的要求去处理他，他最低也得挨个处分。唉——那，红丫说，我们能帮他吗？冯顺恶狠狠地盯着炭火，脸色像五花肉被烤过了火候。能帮他时你干什么去了？你要和他好，他能中套吗……红丫站起来，想骂冯顺没骂出口。

再下边的别扭就属于春节了。年三十那天，没买上火车票，红丫挤在超员的长途客车里回的大连。还在车上，她就想好了，没和胡不归在沈阳过春节也不遗憾，正好回家多陪陪爸妈。如今的交通，几乎把大连沈阳连成了一体，可三年多了，她见爸妈没超过五次。她反省了自己的孝心。她计划进家门后，抱一下妈妈，甚至与她贴贴脸蛋。见面拥抱的时尚已流行多年，她还一直不太习惯。她站到家门口按响门铃。门开了，冲出来的人先抱了她。不是妈妈，是金海泉。干什么你！她喝住金海泉，别别扭扭地见过爸妈。这一次的别扭不是脏了身子，洗洗就行，而是皮癣恶疮长在身上，无法去除。整个除夕夜，不论与妈妈挤在同一只沙发里看电视，还是后来睡妈妈身旁，她都没情绪亲近妈妈。初一早上，金海泉回新金乡，但恋恋不舍地留下话说，初二早上，甚至初一夜里，他就争取再赶"回来"。他没劝红丫随他返乡，他有眼色。是红丫的爸妈没有眼色，劝了红丫。金海泉可能夜里就再度出现，让红丫心烦。这个春节的孝心计划要落空了。她收拾行李，打算夜车返沈。是宋白波的短信留住了她。宋白波说，她到大连三小时了，陪爸妈吃个晚饭说几句闲话，就没事了，她感叹过年实在无聊。红丫回应了相同的意思。经过几度短信往返，红丫没拎上收拾停当的行李与爸妈告别，而是按宋白波发来的地址去了她家。人家帮我找了工作呀，这是她的出门理由。连夜回沈阳，她找不到不像谎言的理由说服爸妈。摆脱金海泉不是理由。在爸妈看来，她早就是金海泉的人了，如今金海泉浪子回头，她再委屈，也得接纳他。她是女人。

这两个女人，有理由两天前就联手打发无聊的春节。宋白波曾把

　　　　　　　　　　　　　　亲合

自己的行程告诉红丫，邀红丫年二十九与她和路逊同行。路逊是海城人，海城在沈阳大连中间。红丫坐他们车走，可以到海城后，再换火车或长途汽车。宋白波订的就是这样的计划。只是，她要在海城住两宿，初一再转车前往大连，开别克的路逊初三去接她，他们初五一道返沈。他们也邀红丫初五同行。年二十九与初五的同行计划，红丫一概没有接受，她不愿意在一趟三小时一趟五小时的车程里，在路逊面前听宋白波分析她与何上游多么般配。她不想再说何上游了，尤其不想当陌生人说。何上游通过宋白波向她求爱，她已三度拒绝。按胡不归"事不过三"的行事标准，这件事应划入完成时了。小姑你怎么这么磨叽？第三次宋白波提何上游时，红丫有些急扯白脸。何上游不了解我，你还不了解？他把我理想化了，我不像他想象的那么完美，天使纯洁啥的与我不沾边……宋白波不急不恼，都不征求何上游意见，就代表他为第四次求爱作了预告：你别急着表态红丫，正好春节也征求一下爸妈意见，咱节后聊。作为媒婆，宋白波韧性十足，有推销员素质，好像何上游是她手里的滞销商品，不卖出去她会亏本。作为求爱者，何上游倒像法庭上一个散淡的嫌犯，一切交由律师打理，自己只坐在旁听席上等判决结果。宋白波替他当媒婆前，他还委婉地暗示点什么，宋白波成了他辩护律师，他连个示好的信号都没有了。近两次聚会，他对红丫的态度无半点特殊，好像红丫与凌霄叶芊芊没有区别，让红丫怀疑，宋白波是不是错传了意思。可宋白波说，她近期的电话，都让何上游打爆了。这何上游，属乌龟的。红丫气呼呼地冒出来一句。嘿，宋白波瞪她，别这么骂他，他受不了。我不是骂他，红丫解释，我是想说，他这人真怪，只把你这外壳亮在外边，自己却缩壳底下躲他的清静。是这之后，宋白波分析，何上游离婚，可能因为泾泾让他当了王八。何上游对外人的解释，是他与泾泾性格不合。他把媒婆兼律师宋白波也视为外人。刚知道何上游离婚那会儿，胡不归也分析过原因。不会是泾泾的问题，肯定是何上游犯神经了。胡不归与宋白波的分析结果南辕北辙。他们都认识泾泾，不特别熟。红丫没见过泾泾。

红丫爸妈家与宋白波爸妈家已不是邻居，从白云山找到黑石礁，出租车绕了挺大个圈。下车后，红丫先看到东张西望的宋白波，刚叫声小姑，手机响了。是金海泉电话。金海泉说我回来了，兴冲冲的，又说妈说你去老宋家了，什么时候回来呀我去哪儿接你？金海泉对红丫的爸妈已爸妈相称。这时宋白波已站到红丫身旁。红丫一时张不开嘴，想避开宋白波对金海泉说话。没避。因为宋白波站在身边，她口气似乎还强硬了。不用你接，我和男朋友在一起呢，今晚不回去。随即她终止通话并关死手机。

鬼丫头，谁呀？我还得冒充你男朋友？宋白波压紧喉头用男声发音。

是个……红丫挽住宋白波胳膊，琢磨着怎么对她解释。是个我不喜欢，但我爸我妈喜欢的人，他去我家看我。

真悬，宋白波笑，你要不来我这儿，还得被缠住呢。何上游得有点危机感了。

宋白波父母年龄都大，她家春节白天过，一到晚上九点，两位老人准时上床。宋白波房间与她父母房间只隔条走廊，但她和红丫嘻嘻哈哈不必有顾虑，两位老人一摘下助听器，有人在耳边嘻嘻哈哈也听不到。

你意思我都转告何上游了。一进房间，宋白波就把何上游引了出来。他是根鱼刺，卡她嗓子里，不赶紧咳出能难受死她。红丫苦笑，请宋白波给她倒杯开水，她需要热热肚子暖暖身子。宋白波洗杯倒水拿水果。先跟你说声对不起哈，我把金海泉的事对他说了——我得诚实，我说你为以前的男朋友堕过胎，他想出国你想留住他，直到七八

　　　　　　　　　　　　　　　　　　　　　　亲合

个月才做引产。可你猜上游怎么说？他说他对你的一切都能理解，他说他那纯洁天使的说法只是比喻，不涉及处女。他还表示，别说你仅仅怀过孕，即使你已经有了孩子，他也认为你比天使纯洁。他还夸你为了爱情有破釜沉舟的勇气。

红丫把头深深埋下。何上游对她的感觉、印象、判断、品评，都通过宋白波转述给她。这是一种别扭的传情方式，表达路径曲折，抵达过程延宕。但它神奇，不损伤什么还增殖什么。它像幽谷里的一声呼喊，滞后的回声陌生而怪异，却能演变为新的东西。新东西变形厉害，也难以把握，可它脱胎于前边呼喊的痕迹又别样的清晰。恍惚中，红丫对自己失去了判断。她无力把自我重估的一系列参数建立起来。胡不归怎么也没个电话？

鞭炮声潮水般起起落落。潮水汹涌时，何上游如同溺水者，窒息感强烈。他自己不放鞭炮，窒息他的是别人的鞭炮。他怀念沈阳市的某位前任领导。这种怀念能让他喘过气来。窒息他的和疏通他的，都是别人。放鞭炮的日子多为年节，春节尤甚。每逢春节，何上游尤其怀念那位前任领导，他为沈阳失去一位亚历山大一样气魄非凡的领导人感到惋惜。那位前任领导不是欧阳的老板。他与那位前任领导非亲非友没打过交道，若告诉别人他怀念他，别人会认为他在调侃。他没告诉过人他怀念他。他不知道他具体是谁，长什么模样，也忘了他哪年到哪年统领沈阳。他对他没物理概念。他怀念他是怀念幻觉，是个吃素的食客，看到邻桌狼吞虎咽清蒸鱼或烤乳鸽后，想象游鱼戏水与飞鸽翱翔。那位领导只在沈阳亚历山大过两或三年，可能在位时间都不足一届，然后就退休了或升迁了，死了或坐牢了。一个领导的最终结局，只有这四个。具体到那位领导，他的结局更可能是三个：退休了；死了；坐牢了。如果升迁了，他的衣钵不会被打破，他发布的市区内禁止燃放烟花爆竹令，也不可能被视为废纸。事实相反。他离任后，沈阳市区重新变成巨大的炮仗，他的威权被炸得粉碎。先是年节可以放鞭炮了，然后所有的日子都可以放，除了九月十八号。"九一八"谐音"就要发"，是中国人讲究的吉利日子，许多商铺公司选这天开张，通过鞭炮，把这天弄成地震日或海啸日。任何日子开张的商铺公司都有红火的也都有冷清的。真相信数字谐音与生意好坏有关的人不多，多数人，只需要某种神秘的寄托与象征的鼓励。这个世界太不可测。不可测的世界不唯物主义。九月十八号唯物主义，有了这天，何上游怀念的那位领导就没颜面尽失，所余的面子，其面积大于一只成年男人被螨虫拓过的鼻翼毛孔。"九一八"不是平常的日子，更不是节日，是国耻日，至少是沈阳的"市耻日"。整个中国的抗日战争，叫"八年抗战"，起于一九三七年"七七事变"，止于一九四五年"八一五光复"，但东北抗战用十四年。东北受日本之辱更早一些。"十四"谐音"死死"，没谐音"发"的"八"好听。"十四年抗战"一说没存在过。沈阳之外的领导也许没人记得"九一八"了，但沈阳的领导一直没忘。估计他们与日本领导握手拥抱推杯换盏时，也没忘一九三一年九月十八号，日本人像放鞭炮那样炮轰沈阳近郊的军队营房，然后，他们镶了铁掌的大皮靴一路夯砸着鞭炮的声音，长驱直入沈阳市区。真耻辱呀！与中国军人比，日本军人是大米里的砂粒。砂粒战胜了大米。在民族情绪这一点上，那位领导的历届继任者与他认同：燃放烟花爆竹显得喜庆，沈阳的沦陷日不该喜庆。他们就延续了他的规定，九月十八号，城外也不许放烟花爆竹。是个不成文规定。对七月七号这个大于"市耻日"的"国耻日"，成文的不成文的规定都没有过。何上游希望大部分领导也能像他怀念的那位领导一样，有和平主义兼环保主义倾向：反对枪炮声包括疑似枪炮声；憎恶噪音。这不可能。大部分领导不怕战争，将震耳欲聋等

　　　　　　　　　　　　　　　　　　　　　　　　亲合

同于欢天喜地。对他们来说，不会营造喜庆气氛，比大米输给砂粒还要糟糕。喜庆的方式不止一万种，中国人只选择了一种——不，两种，还有吃。

眼下这个春节，何上游格外孤单，孤单让他更怀念那位前任领导。听着外面鞭炮声声，他不再希望别的，只希望那位衣钵没有传人的领导已经死去，否则，不论他退休了还是坐牢了，眼见他的指令遭到践踏，受辱感一定特别强烈。有权发布指令的人也是有权污辱他人的人，污辱过他人的人受辱，会更痛苦。死亡是逃避痛苦的方法之一。这样想着，何上游就看到了那位领导死去的样子。他大概死得心有不甘，躺在由书柜拼装起来的简易棺材里，瞪眼咧嘴，蠢蠢欲动。好像他没被掩埋踏实，还想跳起来继续作祟——哦，不对，何上游晃一下脑袋清醒过来。那具作祟的尸体不是前任领导，是他自己。室内没开灯，从窗口照进来的光线过于朦胧，让他产生了视觉错误，他把自己映在书柜玻璃门上的影像当成了尸首。这时他仰躺在长沙发上，双手交叉托着后脑，脑袋转动时肩胛也移动。从这点看，他不是死人。死人手臂僵硬，无法摆出懒散的姿势。从年前开始，除了吃饭睡觉，偶尔看书和出门买东西，何上游一直这么躺着，有时脑子里无主题的圆桌会议吵得太凶，他就用交叉在脑后的十指挠后脑勺。指甲抠下的一缕缕头发，纸钱或鞭炮屑一样散落在地上。纸钱和鞭炮屑是同一种东西。何上游从书柜玻璃门上收回目光。大年初五的黑暗注满室内，像沙土最终压实了棺材。那位领导不作祟了。初五是放鞭炮的又一个高潮，仅次于年三十。何上游坐起身子看窗户外边。外边的世界非常漂亮，那些划过窗口的五颜六色，把夜空点缀得绮丽斑斓。何上游愿意光有色彩没有声音。色彩与声音不同。声音太固定了，只能证明空间的有限；色彩则神秘莫测，所标志的是时间的悠长。看上去，时间的长度由理性分配，一秒，一分，一小时，一昼夜……其实它的步幅错落而参差，它根据不同人的感觉调整节律。有时像飞镖一闪，有时像落叶飘摇，有时又像细雨潇潇。这飞镖与落叶与细雨的存在，能悄然改变时间的性质，能将它实体化，显现它推移的过程与吞噬的力量。不论多么广阔的空间，最终结局都只有一个，被时间所占据、清空、抹平、消除。空间色厉内荏，时间滴水穿石。在幻化的色彩中体会流逝的时间，何上游的泪水潸然而下。他羞涩地回头看书柜玻璃门。那里没人，没有他怀念的那位领导，也没有他自己。他收回目光再看手表。还有六小时，大年初五就过去了，初五一过去，鞭炮的潮水将逐渐平息。

电话铃声响了起来。不是手机铃声，是座机铃响。自从不再拨号上网，座机就彻底没意义了，何上游一直想拆除它。一般来讲，别人找他，基本打手机，他的手机昼夜都开着，除非，泾泾还是他妻子时，若她在外边他在家里，她要商量什么请示什么提醒什么嘱咐什么，还会顺手往回打座机。是泾泾吗？离婚后，泾泾倒找过他，但没再打过座机电话。泾泾也是别人了。以前，两周前吧，泾泾也是别人的事实还不真实，还有弹性，可现在，泾泾也是别人的事实已板上钉钉不容更改。那个张警察把她彻底变成了别人。电话铃声锲而不舍。何上游凑近电话看来电显示。号码陌生。熟人都知道，他将在朝阳老家过这个春节，十五之后才回沈阳。大过年的，他有义务提醒一个鲁莽的家伙打错了电话，他也需要与自己之外的人说一句话，以证明他不是僵尸。他拿起话筒喂了一声，还加句你好。上游你在家呀我一猜你就在家我怎么这么笨我才猜到你没回朝阳……是封文福。放下电话来不及了，也没意义了。文福呀，我，何上游竟有点扫兴，我才下车，才到家……其实他心里非常清楚，他更感动，他的感动远胜过扫兴。封文福没顾忌他的扫兴或感动，更没揭穿他的谎言，只检讨自己。我怎么才猜到呀，其实三十那天我就觉得……年三十他们通过短

　　　　　　　　　　　　　　　　　　　　　　　亲合

信，封文福说农村过年热闹吧，何上游回全天下的穷人都一个活法。封文福又来短信他没再回复。这时封文福说，他正要离开父母家回自己家，他让何上游马上来他家"改善改善"。也争执了几句。何上游证明不了有女朋友陪他，就得听封文福的，因为他不去他家，菲菲就要来绑架他。即使处于泼辣时段，菲菲也不能动手打他，但绑架他，处于温柔时段的菲菲也干得出来。他表示马上过去。菲菲炒菜真快。四个菜，他得到了封文福挨完打接受犒劳的待遇。封文福菲菲都刚吃完，没胃口了，围坐桌旁只为陪他。何上游吃得不太斯文。他有胃口，又饿又馋。快两周了，他基本以速冻食品草草充饥。他瘦了。大概酒足饭饱后，菲菲将一张照片塞他手里。此前菲菲打量他时，眼神暧昧，如果身边没封文福，他都容易误会菲菲。现在不会了，现在他认为，菲菲是试图炫耀又不好意思才暧昧的。他端详照片。花丛中，一个半身女人笑望着他。平常他不喜欢照片，照片容易把目光引向表层。此时他喝了人家酒吃了人家菜，对内核可以没有要求。是封宇吗？他说，这孩子都长这么大啦？封宇是封文福菲菲的女儿，在加拿大读高中。封文福菲菲都笑了，说不是封宇——哦，何上游也看出来了，照片上是女人不是孩子。我知道谁了！他决心把兴趣保持下去。陈好，一个明星，演过——那种打情骂俏的青春剧吧？封文福菲菲笑得心满意足，豪放的菲菲直拍大腿。何上游掂量着菲菲拍大腿的劲道，能想象出，那只手打封文福脸时多有力量。她打封文福他没见过。不是陈好，可也不比她逊色，菲菲第N次给何上游夹菜倒酒，她是我婆家邻居老回家的大女儿……细看照片，的确不是陈好，而是回音——封文福和菲菲抢着告诉何上游，回姓少见，但假陈好姓回名音一点不含糊。他们从何上游的左右两边指点回音：三十二岁，读大学时学英语，没结过婚，现在就职于……何上游放下回音照片，唏里哗啦地喝酒吃菜。其实他饱了。

回音生长在怒江广场一带，父母都是火车上的工人，一个在车头当司炉，一个在餐车当厨师，家里的三个孩子里她是老大。庞大的怒江铁路家属宿舍区是个小世界，在至少两百个同性别同年龄段的女孩子里，回音的出众是公认的。除了长得漂亮，她还白净、娴雅，学习好并且会当家。两百女孩子里，白净娴雅学习好又会当家的，肯定不止回音一个，那为什么她出众呢？封文福和菲菲互相补充着说，是这几项优长，在回音身上综合得好。白是天生，这没什么好说的。但铁路家属宿舍的孩子多愿意在铁路沿线玩，在车站货场玩，在机车车辆厂玩，这些地方都乌烟瘴气，都灰扬暴土，久而久之，天生的白也容易变黑。回音也常去这些地方，可这些地方不改变她。说到娴雅，那倒是回音身上较大的特点，尤其在中学以前，青春期以前。大部分女孩，青春期后，不论以往性格怎样，多半都会沉静稳重，眉宇之间有娇羞之色，体态之上有妩媚之韵，谓之娴雅不尽准确，也差强人意。当然也有女孩青春期后更像男孩，桀骜不驯，狂躁张扬，不过那多半有"作"的嫌疑，说娴雅是青春期女子的重要特征，在生理学心理学上都有依据。之所以要特别提及回音的娴雅，在于它的一以贯之。回音从小就进退有序，收放有度，仪容步态声音眼神，都有种幽婉的东西蕴藉其间。铁路家属宿舍的孩子多像父母，有火车的性格脾气，女孩子们的兴妖作怪叱咤风云，一点不比男孩子差。回音始终和小伙伴玩得挺好，但在小伙伴间，她始终像沙棘丛中的一株水草。学习好就更没说的，小学考初中，初中考高中，高中考大学，回音从来都高分上榜，至于她为什么初中高中都舍弃了外边的重点而仍留在铁路子弟学校，至于她为什么没报北京上海的重点大学而只报家乡沈阳的大学，至于她为什么三十多了还没嫁人，那些原因都在她家里。她初二那年，爸爸在工伤事故中丢了条腿。她高二那年，妈妈又下岗没了工作。回音懂事，在家门口

　　　　　　　　　　　　　　　　　　　　　　　　　　亲合

念书能照顾爸妈还有弟妹，重点中学诱惑再大，北京上海诱惑再大，她都不能去。生活景况如此这般，再加上懂事，回音怎么会当家如何会当家便可想而知……

电视里开始震耳欲聋：鞭炮声、锣鼓声、喊叫声，烘托着又一台春节节目隆重上演。窗外的鞭炮声也来凑趣，又一轮噪音高潮喧嚣而至。封文福的说话声被压了下去，他提高嗓门反抗也没用。他无奈地闭嘴，往窗外看。他只能看到窗口看不到窗外，窗外被菲菲宽阔的身体阻挡在外面。菲菲先于他被窗口的噪音吸引了过去。何上游利用男女主人都没注意他的空当，站起身子东瞧西看。看不到窗外的封文福重新看他，问他找什么。他冲他晃晃手里的手机，意思似乎是在找手机。封文福被他晃糊涂了：手机在他手里呀。他没针对封文福的糊涂作出说明。他脑子里的圆桌会议没告诉他怎么说。他从衣帽架上拿起自己的黑羽绒服，蒙住脑袋，身子一偏蹲饭桌底下。他让羽绒服和饭桌为他发挥隔音板作用。他按电话键时，听菲菲说，上游怎么了？这时，电话通了，喂，喂……电话里的鞭炮声也挺响亮。何上游先还小声，接着大声，以更高的分贝抗衡鞭炮。红丫，红丫！是我！有些事情他管不了了，管不了封文福菲菲夫妇对他的大呼小叫如何反应。你还初七回来吗？本来我想等你回来再跟你联系，可我等不及了。我想明天去大连接你，后天陪你回来……在持续强烈的鞭炮声外，受话器里，有一种预想中的寂静汹涌而来。那是一种令人窒息的寂静，平滑宽广无边无际，比鞭炮的喧闹声更让人窒息。

今天不做好吗？光说说话。

不好。但我不勉强你。

你生气了？

没有。我不会生你气——至少轻易不会。只是你愚蠢时，我会遗憾。

不做爱就愚蠢？

我认为是。两个彼此喜欢的人有做爱条件却拒绝做爱，除了愚蠢还能是什么？

何上游还是你朋友吗？

当然。尽管我对他有看法，认为你嫁他不合适，但这不影响我们还是朋友。

那——朋友妻不可欺，宁穿朋友衣不夺朋友妻。我是他未婚妻。

哈，红丫，这种逻辑上漏洞百出的理由会让你更蠢。男女之事，平等是第一原则，对任何人，"欺"和"夺"都没道理。胡不归不是恶霸。我愿意和红丫长久交往，是因为我俩的臭味相投特别难得，我俩交流和实践一切荒诞不经的、难以理喻的、不道德的和隐私性的东西时，有种天然的默契。我喜欢红丫，是喜欢一个独立的女人，这与她丈夫是不是我朋友，与她是独身女人还是贤妻良母都没关系。

你这是强词夺理。

也许是。但主要原因可能在于，我的观点理念与通行的观点理念不大一样。你知道，我不认为婚外情是毛病，倒觉得挺好。

这我知道。可全天底下，包括有婚外情的人，没几个像你这么认为。

你绝对了，你就像我这么认为，琴心也这么认为……

不，我不这么认为——也不是，我不知道我怎么认为的，我不知道如果我是你妻子，还能不能认同你。我不知道，我想不好，我估计，琴心也未必都能想好，包括你自己。琴心和别的男人上床时，我和别的男人上床时，你心里就真那么舒坦……

你说得对红丫，内心必然存在分裂。可至少你看到了，你和琴

亲合

心，都是我非常看重的女人——我想用那个词：我爱你们，可你们在与我之外的人享乐时，我没意见还替你们高兴，只要你喜欢那享乐……

不说这个了不归，反正有了何上游，我就不能和你再来往了——以前我以为，除了嫁金海泉，嫁谁我都不会放弃你，可现在，我想我应该忠实于任何我愿意嫁的男人。

一个人，要忠实的首先是自己，也只能是自己。不过这话题复杂，我们可以先不讨论，我也不强迫你接受我意见。这样好吗，我们暂定一年不来往，一年之后，明年春节，不论你我想法态度有无变化，我们都交流一次，用不用身体交流我听你的。这一年里，我们不约会不上床，不通电话短信电子邮件，平常聚会时见到了，只当就是普通朋友。当然了，如果你想见我，单独见我，随时可以，明天都行；我的一年之约只为约束自己。好吗？

不归，你这是把球踢给我了。

不，我是想扩大你的选择余地。

你让我为难。其实，我很怕一年之后还不想和你恢复来往，可我更怕一个月后，甚至一周后，就来找你，你打我骂我都撵不开我。不归，你又让我没主意了……

没了主意的红丫暗自垂泪，然后，他们试探着搂到一起。开始都没做爱的意思，就那么搂着，抚摸和亲吻，与任何一对情侣的生离死别都没大区别。小区别是，其他情侣生离死别的地方，往往是飞机场、火车站、公园门里或大路岔口，都属于公共场所，众目睽睽，想做爱但条件不行。他们条件行。他们生离死别的地点在自己家，封闭严实，私密性好，洗涤设施完善，助兴工具齐备。他们依然迷恋对方。他们没法不意志薄弱。他们边脱衣服边由客厅挪进卧室。他没提议，她也没暗示，是惯性让他们结合在一起。先是胡不归模仿奔马，在红丫身上风驰电掣，接下来红丫充当驭手，翻身骑到胡不归身上。以前红丫也常当驭手，没这回主动。她不主动，不因为她反感这种体位，更不是害臊。她是那样一种女人，穿上衣服时羞涩拘谨，甚至冷漠，但在床上，她不为淫荡设立边界。只是，放纵自己时，她需要男人的唤醒与差遣。以前他们如此选择，是胡不归这匹奔马乏了累了，或想玩花样，邀请驭手来驾驭他。此时胡不归精力充沛，暂时也没想变换花样。他从下面揉红丫乳房。我的女人，想要翻身——求解放啦……他喘吁吁地开着玩笑，以此缓解自己的冲动。红丫不必缓解冲动，扬鞭催马一路狂奔，没空应接胡不归的玩笑。她的脑袋使劲摇晃，长发随之跳来跳去，身体起伏着一蹲一挺，按在胡不归胸前的双手像两把钩子，指甲咬进胡不归肉里。红丫平常不爱出汗，运动量大，身体也只发热发潮，皮肤现出温暖的湿润。可这时，在她脑袋摆动的同时，汗珠开始跌落下来，一颗一颗晶莹剔透，砸在胡不归胸前脸上。胡不归双手加力控制红丫。宝贝累死了我上去吧。不，红丫叫，我想累死！胡不归不忍心累死红丫，他欠身，把手绕到红丫背后，把她拉向自己。红丫不想就范，但力量没胡不归大，只能弯腰，将身体平铺在胡不归身上。两人贴在一起，红丫的起伏没有了幅度，仅剩下蠕动。胡不归继续把她搂紧，让她的蠕动也停下来，然后支起左腿往右翻滚。两人的位置颠倒了过来。这是个训练有素的协调翻身，他没脱离她的身体，她也没失去他的身体。之后他们走向了高潮，以他上她下的传统体位，共同在高潮中发出嘶鸣。是那种抵达终点后，两匹并驾齐驱的赛马共同发出的满足的嘶鸣。嘶鸣之声随即低缓，转调为哭声。红丫哭了。她好像受了很大委屈，呜呜的哭声曲曲折折，无拘无束不加控制。胡不归没哭，他把身体支成拱形，为红丫的胸部减轻压力，以使她哭泣得舒展顺畅。两人的头还抵在一起。他用舌头舔她的脸，将一粒粒泪珠收入嘴里。每舔一次，他都吧嗒下嘴，仿佛为强调多么好吃。

一切都事先计划好了。是宋白波与封文福作的计划，马新奇听了汇报表示赞赏。何上游和红丫也知道这计划，也都同意。他们反对就无法实施。最初这计划瞒着红丫，是何上游担心出现意外，偷偷向红丫作了泄露。何上游的谨慎很有必要。果然，红丫不同意这个计划，态度坚决得出人意料，还刁蛮地拒绝出示理由。其他几人反复劝她，没用。是过两天后，她改了主意，愧疚地说，她可以接受他们的计划。计划重新启动，他们都夸她通情达理。胡不归的通情达理没人知道。不知道是对的，知道就麻烦了。计划一传到红丫耳里，她立刻对胡不归说了，她说她没勇气在他面前做幸福状。胡不归批评了她，让她别节外生枝。他说，享受一次别致的求婚，是所有女人共同的希望，你有这天，我替你高兴，怎么会受伤呢？宝贝我对你从无要求，但现在我要求你听我的，必须接受他们的美意。当然了，胡不归说，有我在场你会尴尬，我也可能不大自然。但这好办，我缺席。正好这阵子北京事多，我就明后天过去，多忙一阵子。你好好的，这段时间，我只偷偷关注你。红丫的泪水流了出来，胡不归的眼睛也湿润了。红丫哭着说对不起，胡不归哽咽着说，傻孩子，别这么说，活着好玩，就因为它规定了许多两难选择，没难题的日子还有什么过头。几天后，又一个沙龙活动日就来到了，每个走进酒店包房的团伙成员，都对包房里的披红挂绿感到惊讶：这怎么了？什么喜事？谁过生日吗？摆张床这儿就成洞房啦……团伙成员中，最善于别出心裁的两个人都没现身：任小彤死去一年半了，胡不归去北京也快一周了，还有谁这么热衷于制造神秘？没人解释。众人耐心地等待六点。聚会六点准时开始，是老规矩。比老规矩稍微严格的是，事先马新奇特别关照，必须提前十分钟到场。

还有三分钟！马新奇起身向大家宣布。他意思是，距六点还剩三分钟了。他哈一下腰，变戏法一样，拿出一支大烛台摆桌子中央。银色的烛台呈"W"状，三根粗大的红蜡烛一高两低，显示出某种性感的张力。马新奇让抽烟的人点燃蜡烛，他伸手关灯，自己站到包房门口，以挺拔的军人身段代替门僮。许多酒店门僮都军人出身。包房里变得红彤彤的，是种朦胧的明亮。众人都意识到了，马上将被破解的神秘，会发端于门口。大家齐齐振作起来，中断交流，停止寒暄，抻长脖子朝门口看，兴奋和紧张像两抹红晕，争相涂上他们面颊。不明所以的大家没来由地兴奋，知道一会儿将发生什么的封文福马新奇以及何上游有来由地紧张。兴奋和紧张这两种情绪，许多时候比较接近，有时就是同一回事。也有细微差别。兴奋者不知道何为兴奋源，兴奋中的紧张易于释放，不论一会儿发生什么，只要那事件有异常之处，紧张就会被兴奋覆盖。紧张者麻烦。紧张者清楚一会儿将发生什么，对兴奋源有心理预期，但又担心设定的目标完成得不好，或无法完成，紧张便会抑制兴奋，直到事件顺利抵达预定的目标，强大的紧张才能消除，真正的兴奋才能到来。封文福再次检查手中的家用摄像机，马新奇再次透过包房门缝向外张望，何上游则像个多动症患者，一忽弯下左膝，一忽弯下右膝，一忽把一只雕花小盒攥在左手，一忽又将小盒移进右手，同时没忘时时关照一下窗台上那一大束伸手可及的玫瑰花。紧张令他记忆空白，他忘了宋白波作礼仪指导时对他的要求：待会儿单膝跪地时，应该跪左膝还是跪右膝呢？给红丫献戒指时，应该左手递出还是右手呈上呢？而把那束玫瑰交给红丫时，要不要提醒她别扎了手……他脑门子上渗出了汗水。没人注意他。他抹一把脑门低头看表。时间马上到了。一分钟后，也许半分钟后，宋白波将陪红丫走进包房，马新奇将会简短地宣布，这次聚会，讨论爱情话题，由何上游红丫同唱主角，并且，他们的现身说法式演

　　　　　　　　　　　　　　　　　　　　　亲合

讲，还将为一个美丽的爱情故事拉开序幕。然后，就轮到何上游走向红丫了。他将手捧鲜花，单腿跪地，拿出戒指，深情地望定红丫的眼睛：

亲爱的红丫，我现在正式向你求婚，你愿意嫁给我吗？何上游将这么说。

我愿意……亲爱的，上游。红丫将这么说。

图书在版编目（CIP）数据

亲合/刁斗著. –北京：作家出版社，2011.6
ISBN 978 – 7 – 5063 – 5875 – 0

Ⅰ.①亲… Ⅱ.①刁… Ⅲ.①长篇小说 – 中国 – 当代
Ⅳ.①I247.5

中国版本图书馆 CIP 数据核字（2011）第 083058 号

亲　合

作　　者：刁　斗
责任编辑：李宏伟
装帧设计：任凌云
出版发行：作家出版社
社址：北京农展馆南里 10 号　　　　邮码：100125
电话传真：86 – 10 – 65930756（出版发行部）
　　　　　86 – 10 – 65004079（总编室）
　　　　　86 – 10 – 65015116（邮购部）
E – mail：zuojia@ zuojia. net. cn
http：//www. zuojia. net. cn
印刷：三河市紫恒印装有限公司
成品尺寸：142 ×210
字数：200 千
印张：8.25
版次：2011 年 6 月第 1 版
印次：2011 年 6 月第 1 次印刷
ISBN 978 – 7 – 5063 – 5875 – 0
定价：26.00 元